Cael e o destino de Eleanthus

Livro I – Batalha Anelar

José Agnaldo Navarro

Cael e o destino de Eleanthus

Livro I – Batalha Anelar

Coleção
NOVOS TALENTOS DA LITERATURA BRASILEIRA

novo século

São Paulo 2011

Coordenadora editorial Letícia Teófilo
preparação de texto Mateus Duque Erthal
Revisão Carolina Ferraz
Nair Ferraz
Projeto gráfico e composição S4 Editorial
Capa Carlos Eduardo Gomes

Texto de acordo com as normas do Novo Acordo Ortográfico da Língua Portuguesa (Decreto Legislativo nº 54, de 1995)

Dados Internacionais de Catalogação na Publicação (CIP)
(Câmara Brasileira do Livro, SP, Brasil)

Navarro, José Agnaldo

Cael e o destino de Eleanthus : livro I : batalha Anelar/ José Agnaldo Navarro. – Osasco, SP : Novo Século Editora, 2011. – (Coleção novos talentos da literatura brasileira)

1. Ficção – Literatura brasileira I. Título.

11-12793 CDD-869.93

Índices para catálogo sistemático:
1. Ficção : Literatura brasileira 869.93

2011
IMPRESSO NO BRASIL
PRINTED IN BRAZIL
DIREITOS CEDIDOS PARA ESTA EDIÇÃO À
NOVO SÉCULO EDITORA LTDA.
Alameda Araguaia, 2190 - 11º andar
CEP 06455-000 - Barueri - SP
Tel. (11) 2321-5080 Fax (11) 2321-5099
www.novoseculo.com.br
atendimento@novoseculo.com.br

Esta obra é dedicada à esposa (Marcia) e filhos
(Roberto e Ésdras) que foram estímulo para a escrita,
pois são leitores de aventura e magia.

“A imaginação, a aventura e a magia são as melhores maneiras de fugir da realidade.”
JOSÉ AGNALDO NAVARRO

Sumário

CAPÍTULO I – Conselho dos Astros Reis....................11

CAPÍTULO II – As Revelações de Inalã e Haivorés.......31

CAPÍTULO III – A difícil jornada para Damaiurás.........48

CAPÍTULO IV – Damaiurás e a Cidade do Céu 68

CAPÍTULO V – O Retorno de Aquiel e Cael...............90

CAPÍTULO VI – Cael, o Filho de Dois Mundos 113

CAPÍTULO VII – O Medo da Morte..........................137

CAPÍTULO VIII – Planos de Ambos os Lados.............165

CAPÍTULO IX – As Descobertas do Vale da Sombra ...187

CAPÍTULO X – Planos de Krisna..............................213

CAPÍTULO XI – Batalha Anelar 234

LIVRO II – O AMENIDIUM.............................. 281

CAPÍTULO I – O Recomeço 283

CAPÍTULO I

CONSELHO DOS ASTROS REIS

Quando o mundo foi criado, bem antes do que conhecemos, antes mesmo da era dos dinossauros, nele não havia desertos e nem áreas geladas, mas apenas uma imensa floresta, dominada por diversas criaturas, repletas de poder e magia.

Entre elas, os elfos, que apresentam características semelhantes às dos humanos, sendo porém menores e, consequentemente, mais magros. A altura de um elfo varia entre 1,40m e 1,70m, e seu peso entre 40 e 65 quilos. Todos os elfos possuem a pele clara, tendendo ao pálido, e cabelos lisos, normalmente longos, que variam entre o dourado, o prateado e o loiro. Seus olhos são sempre de cores claras, normalmente verdes, mas as cores azuis e castanho-claros são também comuns. Os elfos possuem traços corporais, principalmente os da face, extremamente sutis. Uma característica peculiar dos elfos é que não possuem pelos por todo o seu corpo, com exceção de seus cabelos e sobrancelhas. Essas criaturas em especial controlavam toda a floresta e todos os seres que nelas viviam.

Nessa época havia muita paz, as criaturas aladas e as terrestres estavam em harmonia, a magia da floresta e dos elfos controlava e mantinha o constante equilíbrio no mundo, que para todos se chamava *Eleanthus*.

O maior e mais poderoso elfo era Daidegan, e seu poder e sua fama se espalhavam por todos os cantos do planeta. Era conhecido também por sua misericórdia e bondade, ajudando a todos os que precisavam. Sua esposa Inalã sempre o acompanhava por onde quer que fosse. Ela, uma elfa que viera de outra comunidade, tinha uma aparência linda. Sua pele parecia pêssego e seus cabelos longos dourados caiam pelas costas. Enfim, um corpo perfeito, e possuía mãos de fada.

Para manter o equilíbrio, um grande conselho formado pelos seres mais poderosos em força e magia foi criado, e este era reunido quando algo precisava ser decidido não só pelos elfos, mas por todos os viventes do planeta.

Entre as principais criaturas que formavam o Conselho dos Astros Reis estavam os elfos, representados por Daidegan, e os leões brancos, representados por Alifás. Os leões brancos eram criaturas muito grandes, do tamanho de elefantes, totalmente brancos e que podiam falar mentalmente com os elfos, bem como com todas as outras criaturas vivas da superfície e do interior do planeta. Também faziam parte do conselho dos astros reis os mantifores, grandes árvores zeladoras da floresta, que podiam se movimentar. Eram representados por Haivorés, o mais antigo dos membros. Os Mantifores, quando queriam se locomover, usavam sua magia para se transformarem em criaturas semelhantes aos elfos, mas com pequenos chifres na cabeça e orelhas arredondadas, corpos bem feitos e pele levemente esverdeada. Havia também Subpteus, à frente dos habitantes das profundezas, os diacris, criaturas de lava que se solidificavam ao sair para a superfície para que não incendiassem toda a floresta, adquirindo a forma de anões com aparência de seres fortes, guerreiros e de cor marrom.

O Conselho dos Astros Reis tinha como principal objetivo conduzir as ações da vida, controlar e proibir magias que pudessem causar danos a outras criaturas do planeta. Sempre que era preciso, o conselho era convocado.

Mil anos se passaram sem que o conselho se reunisse para discutir ou procurar solução para algum problema.

Daidegan, chefe dos elfos, e Inalã, sua companheira, sempre passeavam pela floresta, acompanhando a vida da vila dos elfos. As vilas se encontravam na copa das maiores árvores da floresta, principalmente sequoias, gigantescas, com mais de duzentos metros de altura e com troncos de trinta metros de diâmetro. Eram as rainhas das alturas, morada dos elfos e de muitos outros animais.

As noites em Eleanthus eram lindas, o céu lindo e profundo, as estrelas vivas e brilhantes, com a lua que parecia abraçar o mundo. Daidegan contemplava a noite quando viu um clarão que inundou a floresta. Assustou-se com aquilo, mas o clarão logo desapareceu em meio à grande escuridão. Não deu muita atenção ao fato.

No dia seguinte, em um de seus passeios, o casal encontrou algo inesperado. Daidegan lembrou e falou que na noite anterior algo caiu do céu, uma linda estrela desceu e iluminou a noite, fenômeno este antes nunca visto por nenhum animal da face de Eleanthus. Quando o pegou, sentiu que um grande poder emanava do objeto: um círculo de ouro, como um bracelete, com desenhos que não conseguia entender, estampada havia uma coroa com a face de um animal jamais visto ou jamais imaginado por nenhum elfo. Tinha também estampadas inscrições em uma língua antiga, e isso o deixou preocupado, pois conhecia tudo e todos, até agora. O lugar onde caiu o bracelete, nome dado por Daidegan, ficou todo queimado, e nem mesmo o poder de Inalã fez as flores voltarem a viver ali.

Inalã tinha o poder de fazer as plantas crescerem e florescerem onde e quando quisesse, mas ali não conseguia fazê-lo, por mais que se esforçasse. Isto a assustou, deixando-a muito perplexa.

– Precisamos convocar o Conselho dos Astros Reis – disse ela!

– Será necessário? Passaram-se mil anos sem que o conselho fosse convocado, acaso devido a esse bracelete devemos convocá-lo?

– Sim! – exclamou Inalã com convicção. E ainda complementou: – Um grande poder emana deste inanimado, sinto algo ruim!

E assim se fez. Foram usados os grils, uma espécie de ave com asas de borboletas azuis, para convocarem os membros do conselho. Os grils viajaram pelos cantos do planeta, e todos foram convocados.

Daidegan, representando os elfos, Alifás dos leões brancos, Haivorés representando os mantifores e Subpteus dos habitantes das profundezas se reuniram na grande planície do conselho. Neste local, havia troncos muito antigos, era uma área aberta em torno da grande floresta onde moravam os elfos.

Durante a reunião do conselho, todas as criaturas da floresta podiam assistir, mas não se pronunciar.

Alifás rapidamente se pronunciou:

– Daidegan? Qual o motivo da convocação? O que lhe aflige?

– Algo inesperado aconteceu em Eleanthus! – disse Daidegan. – Um objeto caiu do céu, um bracelete de ouro, e não tenho bons pensamentos a respeito. Precisamos decidir o que fazer.

Ao terminar de falar, mostrou o objeto colocando-o no centro do conselho, em um grande tronco que servia como mesa. O espanto foi geral, principalmente por Haivorés, que subitamente se levantou assustando diante de todos os presentes.

Uma pergunta foi geral: o que houve, Haivorés? Qual o problema? Conhece o objeto?

Um grande murmúrio aconteceu, e uma desordem no campo onde se reunia o conselho. Até mesmo os grils, tão pacíficos e contentes, se estremeceram com a atitude de Haivorés. Ele sempre foi muito calmo e prudente, e sua reação despertou a curiosidade de todos. Apesar de não ser o líder, possuía grande admiração e respeito em Eleanthus, assim como todos os membros do conselho.

– Sentem-se! Mantenham a calma, vamos ouvir o que Haivorés nos tem a dizer – disse Daidegan.

Haivorés sentou-se, e disse:

– Minha espécie vive neste mundo há milhares de anos, e nem sempre tudo foi assim. Diz a lenda que antes de tudo, bem no início, antes dos elfos e de todas as criaturas vivas, Eleanthus era dominado por duas forças: o bem e o mal. O bem criou as árvores gigantes e o mal as queimou. O bem separara as terras das águas e o mal as misturara outra vez. O bem e o mal eram irmãos. Caius o bem, Krisna o mal. Caius sempre queria fazer o mundo melhor, criar vida, e Krisna, a irmã, queria perturbar e infernizar a vida de seu irmão. Cansado de tanto sofrimento, Caius lutou com Krisna, até que um morresse. A luta durou anos, pois ambos tinham os mesmos poderes, mas Krisna esqueceu-se de que Caius já havia criado vida no planeta, e esta foi a causa de sua derrota. Caius invocou a vida de todos os seres que havia criado para ajudá-lo, e eles obedeceram. Todos os minúsculos seres vivos que perambulavam cercaram Krisna e a subjugaram. Caius, em sua bondade, não quis exterminar sua irmã e a amaldiçoou. Trancou seus poderes em quatro peças que, juntas, formam o Diacroney, uma espécie de coroa que restaura os poderes de Krisna e a sua própria pessoa, e mandou-o para outro mundo. Desde então, o mundo de Eleanthus é o que conhecemos.

– Então a lenda de Caius e Krisna é verdadeira? – perguntou Alifás.

– Sim! Ao que parece, em boa parte – mencionou Haivorés.

E continuou:

– Ainda não terminou: quando Caius prendeu os poderes de sua irmã no Diacroney, ela lançou uma maldição: *Ainda que dure centenas de milhares de anos, que se passem muitos e muitos mundos, que me esqueçam e que você pereça, eu vou retornar e terminar o que comecei, vou destruir tudo o que você tanto ama, eliminarei. Você, meu caro irmão Caius, é um fraco, e eu ainda vou retornar, deixo meu legado".* Quando terminou de falar, sumiu assim como seus poderes. Como Krisna, Caius também começou a desaparecer, pois ambos deveriam viver juntos. Se um morresse, o outro também seria eliminado, mas Caius não sabia da ligação entre ambos. Antes de desaparecer, Caius fez uma profecia: *Você pode até retornar, mas o bem sempre aqui vai estar. Um bem diferente; um bem de dois mundos. Este bem vai conduzir a batalha e juntar o Diacroney para que não só você, mas eu também possa retornar para você novamente derrotar e o mundo de toda a maldade livrar. Desta vez para sempre.* E assim diz a lenda. O Diacroney foi quebrado em quatro partes, espalhadas pelo mundo, por lugares mágicos e escondidos de todos os seres vivos. E, ainda, com grandes perigos a quem as tentasse procurar.

– Com o passar do tempo – continuou Haivorés – a lenda foi tomando várias proporções. Dizem que o mal de Krisna ainda vive entre nós e que vai despertar. Acredito que este é o primeiro sinal do mal. Este pode ser o que meu povo chama de *Anelar*, um objeto de Krisna que Caius não destruiu, e cabe a nós o dever de destruí-lo: este pode ser o primeiro dos quatro elementos que formam o Diacroney.

Daidegan, com toda a sua sabedoria, questionou Haivorés:

– Como sua espécie sabe sobre isso? Nossa espécie, que domina Eleanthus, nunca mencionou nada! Nem mesmo os anciãos!

– Com todo o respeito, amigo Daidegan, minha espécie é muito mais antiga que a sua – disse Haivorés.

– Mas por quê? Por que nunca você nos disse nada?

– Por mil anos o Conselho dos Astros Reis nunca foi convocado, eu não tinha autoridade para chamá-los para falar sobre uma lenda que permeia por minha espécie!

Subpteus, sempre muito calado por sentir-se inferior, pediu a palavra e disse:

– Meu povo, que também vive aqui nos subterrâneos de Eleanthus há muitos séculos, sempre viveu em paz com todos os seres da superfície. Mas já fomos povo guerreiro, e mantivemos isso em segredo por todo o tempo. Vocês da superfície nunca desceram para meus domínios, mas sabemos de coisas que vocês não sabem sobre a criação de Eleanthus e da lenda de Caius e Krisna.

– Como todos esses segredos estão agora vindo à tona? – perguntou Alifás, chefe e representante dos leões brancos.

Haivorés, demonstrando sabedoria, respondeu:

– Não adianta ficarmos discutindo sobre nossas lendas ou nossos poderes, sabemos, amigo Alifás, que os leões brancos são muito poderosos em magia, e que podem até mesmo convocar asas para voar!

Alifás deu um grande rugido e se espantou.

– Como sabe disso? – perguntou Alifás.

– Mais uma vez digo a vocês – disse Haivorés –, meu povo foi o primeiro a ser criado. As sequoias existem há milênios, e já presenciamos leões brancos voando para as montanhas de picos azuis. Claro que isso há muitos anos, talvez nem mesmo você existisse nessa época.

– Mas não sei de nada disso. Minha espécie é terrestre, nunca vi um leão branco com asas. Era outro animal, você e sua espécie estão enganados.

– Não, eram leões brancos. Sim. Mas nosso mundo é tão pacífico e equilibrado que nossas espécies se esqueceram de como lutar ou de como usar seus poderes, pois nunca houve necessidade de usá-los para nada. Temos o que comer e beber, e isto já basta.

– Para tanto – mencionou Daidegan –, nossas vidas transcorrem normalmente, sem nunca termos nenhum problema.

– Até agora... – murmurou Subpteus. E continuou:

– O que fazer agora?

Um grande silêncio pairou sobre o conselho, todos trocaram olhares entre si. O Anelar, como havia sido nomeado por Haivorés, jazia sobre o centro e não aparentava representar nenhum perigo. Porém, segundo ele, representava.

Nem mesmo Daidegan, com toda a sua sabedoria, pronunciou palavra alguma.

O vento soprava, e uma brisa fresca tomou conta de todo o lugar onde eles estavam. Até mesmo todas as outras criaturas que assistiam à reunião do Conselho o sentiram, ficando admiradas.

Quem estará fazendo isso? A pergunta ressoava entre todos.

Inalã, esposa de Daidegan que controlava a vida da natureza, caminhou lentamente para o Conselho, olhou para frente e pediu a palavra.

– Eu gostaria de falar! – exclamou, em alto e bom som. – Mandei a brisa para acalmar os espíritos e chamar a atenção de todos.

– Inalã! – retrucou Daidegan, seu marido, levantando-se do tronco onde se sentara. – Você não tem permissão para falar no Conselho dos Astros Reis. É violação das regras criadas há milhares de anos!

– Besteira! Em milhares de anos nunca houve um problema em nosso mundo. Agora que estamos enfrentando um possível problema, vamos ficar ligando para regras? É hora de falar! Eu tenho a solução! Ao menos um começo.

Mais uma vez, o silêncio pairou sobre o Conselho, com o espanto de todos.

– Não! – disse Alifás. – Você não vai falar – continuou ele.

– Por que não? – questionou Haivorés. – Parece com medo...

– O que ela pode ter a nos dizer? Não sabe de nada a respeito desse Anelar.

– Você até há alguns instantes nem sabia que podia voar! Como pode saber se ela tem ou não algo a dizer?

– Deixemos a decisão para Daidegan. – disse Subpteus.

– Pois bem, diga a sua sugestão.

Daidegan falou com tom de autoridade para não demonstrar que estava preocupado com o que ela ia dizer. Conhecia bem sua esposa, e com certeza seria algo importante.

Inalã começou a andar por entre os conselheiros e a falar.

– Todos vocês sabem que a família dos elfos é imortal. Porém, espero que saibam que temos nossas fraquezas como todos vocês. Temos grandes poderes, controlamos a natureza, as águas e a terra, e desta forma temos o controle de Eleanthus. Cada um de vocês tem o poder e o domínio de um determinado elemento, mas nós, apesar de parecermos frágeis, somos fortes. Contudo, esquecemos de como lutar, assim como já foi dito neste Conselho.

Daidegan franziu a testa, agitou-se e gritou:

– Pare! Aonde você está querendo chegar?

– Acalme-se – disse Alifás. – Apesar de ser contra sua palavra, agora fale.

Inalã continuou.

– Minha família vem de muito distante daqui. Somos do lado leste do planeta, e lá existem muitos elfos antigos. Um deles é meu pai, que já viveu mais de dois mil anos, ouviu muitas histórias, me contou-me muitas delas e....

Inalã suspirou, como que se arrependesse do que estava prestes a dizer.

– Não a estou reconhecendo, Inalã! – O que está dizendo? – perguntou seu marido Daidegan.

– Prossiga – disse Haivorés, demonstrando interesse e curiosidade.

Inalã prosseguiu.

– Eu sei que nunca disse nada a meu marido sobre o que vou falar. Nunca imaginei que fosse necessário. Não pense que foi falta de confiança ou de amor. Nunca disse nada por não haver motivo para tal. Caso não me perdoe, eu compreenderei.

Disse isto olhando para seu marido. Uma lágrima já caía por seu rosto, deixando todos perplexos.

Daidegan, apreensivo, olhava para sua esposa e esperava para ouvir o que ela continuaria a dizer.

– Meu pai é o que chamamos de mestre em meu reino, o reino do leste. Nunca ninguém daqui esteve lá. Apenas eu vim para cá, gostei de Daidegan e nunca mais retornei para casa. Meu esposo nunca me questionou sobre minha família, o amor dele por mim é tão grande que nunca se importou com isso. Não é que eu não o ame, mas omiti várias coisas de minha vida, que agora precisam ser reveladas. Meu pai já havia me contado a história de Caius e Krisna, inclusive sobre como ela poderia retornar a este mundo. Pensando nisso, me fez fazer algo inexplicável e, para vocês, talvez impossível. Antes não compreendia por que nos fazia treinar tanto, meu irmão e eu. Nós somos ágeis, estudamos magia, flechas mágicas, e eu não queria mais isso. Decidi fugir e acabei aqui.

Daidegan, em tom de desespero, levantou-se novamente e foi até Inalã, acariciou sua face e esbofeteou-a.

– Isso é só pelas palavras que já mencionou até agora. Eu deveria ser o primeiro a saber de sua vida, e você vai querer pedir meu perdão para falar em público no Conselho? Nunca perguntei nada porque pensei que nada tinha de importante a me dizer.

– Meu amado esposo – disse ela –, nunca imaginei que as lendas de meu povo fossem reais. Como já foi dito aqui hoje, muito já foi revelado e acredito que muito mais ainda será. Eu o amo e vou precisar muito de você, caso seja nossa missão impedir Krisna de retornar e ajudar Caius a vencê-la para sempre.

Daidegan se mostrava angustiado, andando para um lado e para outro.

– Daidegan! – chamou-lhe a atenção Haivorés. – Calma, vamos ouvir antes e reagir depois. Se Inalã escondeu algo de você esse tempo todo, isso não indica que haja falta de amor ou confiança.

– Essa é a verdade! – exclamou Inalã.

Nesse momento, todo o Conselho e os participantes já estavam alvoroçados com tantas novidades e confusos com lendas e com o perigo eminente.

– Afinal, que mal será este? É real? E tem algo a ver com esse Anelar o motivo de toda nossa preocupação? – indagou Alifás. – Como sabe o nome disto, Haivorés?

– Veremos isso no transcorrer da história de minha esposa – disse Daidegan, com tom desafiador e olhar fixo em Inalã. – Prossiga, diga tudo o que escondeu de mim todos esses anos.

Inalã, já se sentindo culpada, rodeou a todos, chegou bem próximo de seu marido e disse:

– Você não conhece o mundo em que vivemos? Para você, Eleanthus é um mundo pequeno e sob seu domínio, mas não é bem assim. Ele é imenso, e nele há coisas que você não consegue ver ou entender. Não ainda. Vou tentar esclarecer o que eu puder, mesmo que isso custe meu amor por você e minha própria existência.

Ao mencionar existência, Subpteus levantou-se rapidamente. – Você acaso não está mencionando a troca da vida pelo poder de transpor a barreira dos mundos, está?

Houve novamente um murmúrio entre todos: o que seria essa barreira entre os mundos? Haivorés tomou a palavra:

– Comecei esse diálogo, e agora tenho que tomar conta do que iniciei. Vamos ouvir Inalã e como ela apresenta sua solução para o perigo que este Anelar representa para nós.

Alifás questionou Haivorés:

– Explique-nos antes de onde vem o nome anelar, minha curiosidade é grande.

– Espere, ouçamos Inalã primeiro. Talvez estejamos nos precipitando, e isso pode ser nada mais do que um objeto do céu.

– Não! – Exclamou Inalã. – Isso é um sinal, sim. Indica que o mal pode estar retornando para nosso mundo. Indica que Krisna pode estar ganhando forças e aliados. Tudo o que, segundo a lenda, não teve da primeira vez que disputou o mundo com seu irmão Caius.

– Mas afinal, você sabe o que é isso? Qual o poder dele? – perguntou Daidegan.

– O poder dele eu não sei. Mas sei que a maldição não foi dita corretamente, ou seja, faltou um detalhe.

Antes que falasse, a ansiedade de Haivorés a interrompeu. – Qual parte foi omitida?

– A parte em que menciona objetos malignos espalhando-se pelo mundo para aguçar a maldade das pessoas e dar poder ao mal para que ele se levante – ela continuou.

– Isto é um sinal: um objeto de ouro já disputado entre nós, causando discussão e inveja.

– A profecia está correta, mas deve ser bem interpretada. E é aí que eu entro – disse Inalã.

– Como? – Daidegan indagou.

– Por meio do filho de dois mundos, Daidegan. Tive um filho há muito tempo.

O espanto e silêncio foram gerais. Apenas Haivorés ficou quieto.

– Traidora! – exclamou Daidegan em tom de desespero e raiva, andando de um lado para o outro. – Como pôde fazer isto comigo? Sempre foi meu sonho que tivéssemos um filho, e você nunca quis me dar um. Este era o motivo, você já o tem! Como nunca o vi? Como pôde...

– Eu nunca o vi. Assim que ele nasceu, foi enviado para outro mundo. Na verdade, nosso mundo, mas no futuro. Tudo foi feito pensando no dia em que isso aconteceria. Ele é o filho da profecia, o filho de dois mundos que pode reunir o Diacroney, fazendo que o mal seja exterminado para sempre.

– Como isso é possível? – Foi a pergunta que todos fizeram ao mesmo tempo.

– Lembram-se de quando eu disse que os elfos são muito poderosos? Todos vocês também o são, mas esqueceram-se de como usar seus poderes, pois não havia necessidade disso. É isso: temos o poder de invocar o futuro, meu pai tem esse dom. Lembram-se do que disse sobre estudar magia e arte da guerra? Tudo é verdade.

– Prove, então! – desafiou Daidegan.

Neste momento, Inalã pegou seu arco e atingiu o tronco abaixo das pernas de seu marido, causando espanto e alvoroço entre os conselheiros. Daidegan, com cara de espanto, puxou a flecha e a arrancou do tronco com muita força e raiva. Novamente aproximou-se de Inalã e disse palavras ásperas. – Nunca mais quero tê-la a meu lado.

– Mas, Daidegan! Procure me entender! Como poderia explicar tudo isso a você? Como fazê-lo acreditar em tantas coisas, praticamente esquecidas há séculos? Pensei que fosse melhor nunca dizer nada. Não me arrependo, sei que meu pai pode ajudar. Só ele pode nos dizer o que fazer com o anelar.

– Nunca! – exclamou Daidegan.

Pegando uma grande pedra, dirigiu-se ao centro onde estava o anelar e o acertou, valendo-se de toda a sua força.

Inalã com um grande grito disse:

– Não!

Tarde demais, a pedra já havia sido lançada. Uma nuvem de poeira se formou e um grande barulho aconteceu. Todos os que estavam por perto ouviram: elfos, leões brancos, habitantes do subterrâneo, grils e mantifores, que ali estavam presenciando o Conselho. Por um segundo houve um grande silêncio, todos aguardavam a poeira baixar para ver o que acontecera ao anelar. Devagar, a poeira baixou e todos se aproximaram. Para grande surpresa e espanto de todos, o anelar havia sumido.

– Onde? Onde está? – Daidegan o destruiu? Ele virou pó? – disse Alifás.

– Pronto, está feito. Representava o mal, foi destruído. Acabou esta besteira de maldição e profecia. Nada de filho de dois mundos, de bem e mal. Acabou! – exclamou Daidegan, com ar de superioridade.

– Engano seu – disse Inalã. – Se este anelar for mesmo uma das partes do Diacroney, ele não pode ser destruído sem que todas as partes estejam finalmente reunidas, e só o poder do bem pode destruí-lo para sempre.

No instante em que Inalã falava, Subpteus tentava se esquivar do Conselho. Sorrateiramente, tentava fugir sem que ninguém percebesse.

Haivorés chamou-lhe a atenção. – Subpteus, aonde vai? Nosso Conselho ainda não terminou.

– Para mim sim, tudo está terminado. O anelar destruído, nada de problemas, tudo voltou ao normal. Ou estou errado?

– Mas por que nos dá a impressão de estar fugindo?

– Não estou fugindo, só estou voltando ao meu lugar, o subterrâneo. Não é lá que vivo? Não é, Daidegan?! – perguntou, com tom desafiador.

– O que está querendo dizer? – retrucou Daidegan.

Com tom agressivo, Subpteus levantou a capa que cobria seu corpo petrificado, pois incendiaria tudo à sua volta caso voltasse a sua forma de lava. Levantou sua mão e nela estava o anelar. Disse, aos gritos:

– Agora meu povo vai ter poder de novo! Vocês nunca foram até mim, sempre tenho que vir até vocês! Meu povo vive se escondendo, vive com fome, mas agora podemos ter nosso próprio poder de volta!

– Subpteus, calma – Inalã e Haivorés disseram juntos.

– Inalã, deixe que eu falo, mantenha-se à distância – disse Haivorés.

Ela obedeceu, mas com seu arco já a postos e apontado para Subpteus.

– Subpteus, como pode pensar assim? Somos um Conselho milenar, e seu povo sempre esteve presente. Você nunca reclamou de nada. Nunca manifestou vontade de subir à superfície e viver aqui. Como imaginaríamos que quisesse isso?

– Tudo o que falaram até agora já sabíamos. Meu povo vem esperando o sinal de Krisna há milênios. Este é o sinal, e agora já sei o suficiente: ela pode retornar, e o fogo vai voltar a ser o maior, vai voltar a ter vez.

Deu um grande sorriso e disse algumas palavras antigas, como se estivesse lendo o que estava escrito no anelar. Repetiu uma, duas, três vezes, cada vez com mais força, e com mais intensidade. Todos olhavam para ele sem saber o que fazer. O anelar começou a ficar mais brilhante do que antes. Parecia queimar, pois o braço de Subpteus voltou a ser lava de repente. Ele continuava a pronunciar as palavras antigas que ninguém entendia.

Inalã o interrompeu, acertando uma flecha em seu coração. – Nada de invocar sua ama, seu maldito.

– De nada pode fazer agora, guerreira, é tarde demais.

Como se explodisse um vulcão, do braço de Subpteus surgiram grandes tochas de lavas, que se transformaram em uma forma meio humana, da cintura para cima, apoiando-se em seu corpo. Parecia que ele sofria muito com isso, parecia sentir muita dor, mas ao mesmo tempo muita alegria em estar fazendo algo pelo ser que estava suportando. Enquanto isso, todos se agrupavam atrás de Inalã, como se pensassem no que fazer ou se aguardassem o que ela faria. Corriam em várias direções, apavorados e sem rumo a seguir. Quando o ser ganhou forma, via-se que se tratava de algo jamais visto: não era parecido com nenhum dos habitantes de Eleanthus. Esse ser aproximou-se de Inalã.

– Eu sou Krisna! Agora posso retornar, o mal voltou. Não importa o que fizerem, sempre que discutirem ou zangarem-se eu ganho poder e me alimento. Assim, posso juntar o Diacroney. Sei tudo sobre você, a guerreira de Damaiurás, mãe do mestiço. Vou matá-lo.

Parecia que o poder da forma não era grande, pois parecia não conseguir manter-se estável. Porém, continuou.

– Há milênios me escondo no subterrâneo, e meus escravos sempre estão espionando o que acontece na superfície, mantendo-me informada. Meu anelar voltou, e este é o primeiro de todos os poderes que vou reconquistar. Agora vou vencer. Já fui tola uma vez, mas agora tenho aliados, e meu irmão não vai mais me vencer. Quando prendeu meus poderes no Diacroney, consegui fugir para o subterrâneo. Lá meu espírito está se reconstituindo com o fogo dos diacrons. Estes deram a vida por mim, mas um dia ainda vou restaurá-los. Também os diacris, cujo mestre é Subpteus, sempre me ajudaram e me mantiveram viva. Agora, este anelar voltou, e ele é uma das partes do Diacroney. Quando Caius o fez, nem ele sabia o que estava fazendo, nem o que aconteceu depois. Agora que eu já possuo uma das partes, posso vencer e continuar minha busca pelos outros elementos, para que eu possa finalmente me restabelecer e dominar o mundo de Eleanthus para sempre.

Ao terminar de falar, a forma esvaiu-se pelas fendas da terra, e tanto ela quanto Subpteus desapareceram.

– E agora, o que fazer? – disse Alifás. – Tudo está perdido? Nossas vidas estão nas mãos do mal!

– Não! – disse Inalã. – Meu pai pode ajudar. Krisna não é real ainda, só não está morta, e isto nós já sabíamos. Ela só veio provar que tudo o que disse é verdade.

Daidegan tentou reavivar em sua memória as palavras do espírito. Virou-se para Inalã e perguntou rapidamente.

– O que é Damaiurás? Como essa coisa sabia disso? – Também perguntou para Haivorés: – Como você sabe desse anelar? Bem, Alifás já havia perguntado isso antes. Vocês irão explicar tudo, mas não aqui, vamos para a aldeia, este lugar não parece seguro.

Todos partiram para a aldeia. O Conselho dos Astros Reis se reunia em uma clareira na floresta dos mantifores, e a aldeia dos elfos não era distante. Ficava mais ao sul, nas árvores maiores.

Caminharam por entre grandes árvores milenares em que pendiam grandes touceiras de orquídeas e bromélias. As orquídeas desabrochavam em flores muito grandes, de cores que variavam do amarelo ao vinho, deixando no ar um intenso perfume, que trazia paz e tranquilidade. Muitos pequenos animais corriam, assustados, escondendo-se por entre os troncos das árvores e arbustos. Alifás, que nunca tinha adentrado a floresta dos elfos e dos mantifores, admirou-se com tão grande beleza, pois vivia com seu grupo nos cerrados de Eleanthus, onde as florestas eram mais baixas e muito mais abertas.

Quando se aproximaram de uma sequoia gigantesca, Daidegan fez com que todos parassem. Pronunciou algumas palavras em sua língua, e algo inesperado aconteceu. Um dos galhos da grande árvore se moveu até eles, como se fosse uma escada. Todos se admiraram do tamanho poder. Daidegan começou a subir e percebeu resistência dos visitantes.

– Andem! Podem vir, é seguro. – Demonstrou um sorriso e prosseguiu. Logo atrás dele, Inalã. Os outros continuavam com desconfiança, mas subiram o grande galho.

CAPÍTULO II

As Revelações de Inalã e Haivorés

Trombetas soaram alto quando avistaram o grupo de visitantes acompanhados por Daidegan e Inalã. Alguns elfos correram ao encontro de todos. Haivorés e Alifás ficaram impressionados com o que presenciaram. Nunca haviam visto tantos elfos, muito menos uma cidade inteira sobre as árvores. Parecia que os galhos sustentavam um peso imenso, e centenas de elfos passeavam pelas passarelas que ligavam toda a vila. As casas pareciam pequenas cabanas cobertas com folhas de palmeiras, mas muito bem arranjadas, como feita por arquitetos. Muitas crianças brincavam nas pequenas áreas que havia entre as casas. Havia muitas flores por todos os locais e pequenos animais, das mais variadas formas. Alguns atraíam a curiosidade de Haivorés, principalmente um grupo de mançairiques, animais semelhantes aos chimpanzés, mas com orelhas bem maiores. Estes animais caminhavam eretos, apresentavam pelos de cor marrom por todo o corpo e usavam um tipo de manto como vestimenta. Inclusive, alguns vinham ao encontro de Daidegan, como se estivessem a sua espera.

– Mestre, ouvimos barulho! O que aconteceu?

– Está tudo bem, Seroc – tranquilizou-o Daidegan.

Daidegan abraçou todos os que se aproximavam dele, dando segurança e conforto. A impressão que se tinha é que ele era de grande importância para seu povo e para seus agregados.

– Daidegan! – chama-lhe a atenção Haivorés. – Como é possível? – perguntou, em um tom de admiração e espanto. – Os mançairiques não são vistos há muitos anos, acreditávamos que estavam extintos desde a grande doença na floresta. Nós mesmos tivemos dificuldades para manter todas as árvores vivas – disse Haivorés, pois os mantifores eram os zeladores das florestas. – Eles me parecem muito frágeis, ou estou enganado?

– Não, você está certo, os últimos que sobraram estão aqui conosco e nunca mais voltaram para suas terras. Estão aqui graças a Inalã, que os salvou com sua magia de cura. Ela vez nascer uma planta que os curou. Parece que Inalã chegou a nossos domínios na hora certa. Não só eles estavam em perigo, mas nós também.

Enquanto falavam, Inalã estava rodeada por mançairiques, inclusive algumas crianças. A impressão que Haivorés e Alifás tinham era de que eram muito pacíficos, tanto os elfos quanto os mançairiques e todas as outras criaturas que ali se encontravam.

– Após todo o acontecido, não parece estranha a chegada de Inalã na época da grande doença? – indagou Alifás.

Um entreolhar ocorreu, e todos se voltaram para ela. Haivorés ficou impaciente, mas nada falou. Somente contemplou a beleza do lugar. Observou também que algumas criaturas e alguns elfos estavam com medo.

– Respondendo à sua pergunta, descobriremos toda a verdade sobre Inalã hoje – disse Daidegan. – Percebe que estão com medo? É natural. Afinal, nunca viram vocês ou ninguém de suas espécies. Alguns elfos nunca desceram daqui.

Após apreciarem a beleza do lugar, Daidegan alertou-os de que discutir algo muito sério e que não tinham tempo a perder: agir rápido seria fundamental.

– Inalã, vamos! Temos muito que conversar.

Dito isso, Inalã rapidamente voltou-se para eles, e todos entraram em uma das cabanas. O interior causou espanto. Parecia maior do que se via por fora, mas era muito simples. O detalhe que marcava presença por toda a vila eram as flores coloridas. Sentaram-se os quatro: Daidegan, Alifás, Haivorés e Inalã.

– Inalã, nos diga agora como agir. O que podemos fazer para deter o retorno de Krisna? – perguntou Haivorés rapidamente.

Daidegan, indignado, diz:

– Espere! A impressão que tenho é que você, Haivorés, já sabia que isso iria acontecer e que já esperava o retorno do mal. Não só você, mas Inalã também. Quem vai se explicar primeiro?

– Daidegan! – disse Inalã. – Já disse que muita coisa não é como você imagina, existem muitos detalhes que você ainda precisa saber. O futuro de Eleanthus estará nas revelações que você irá escutar agora. Vamos contar tudo a você.

– Como? Agora tenho que ter traição de mais um membro do Conselho? Comece a falar agora! – disse Daidegan, zangado e muito afoito, entendendo que a fala de

Inalã significava que um dos outros dois também sabia de alguma coisa.

Haivorés manteve-se calado, bem como Alifás. Inalã observou pelas janelas e fechou a porta para que ninguém ouvisse o que iria dizer. Não queria que houvesse testemunhas daquilo que mudaria para sempre a história de Eleanthus.

– Para iniciar, tenho que voltar no tempo, reavivar minhas lembranças, voltar para minha casa no reino de Damaiurás. Lá onde tudo começou. Meu pai é o rei de Damaiurás, reino que fica a leste daqui. Vocês sequer imaginavam que existíamos, já que o Livro de Damaiurás cria uma barreira mágica, fazendo que nem a telepatia possa nos detectar. Lá, nosso povo já se preparava para esse dia. Quando criança, meu pai sempre me contava que um dia eu seria muito importante para o mundo de Eleanthus, que eu seria aquela que mudaria a história. Dizia também que meu irmão Aquiel participaria da minha missão. Quando digo que meu pai pode nos ajudar, digo a verdade. Bem, voltando à minha infância, meu pai fazia que eu treinasse todos os dias, que estudasse a magia antiga das flechas mágicas e que conhecesse toda a história de Caius e Krisna. Meu povo conhece os mantifores, e Haivorés sempre foi nosso contato. Ele não é traidor, mas sim protetor, por proteger o segredo do feitiço do despertar. Por ser muito antigo, o segredo ficou sob sua responsabilidade, e ele o tem protegido até agora.

Inalã continuou seu relato, dirigindo-se a Daidegan: – Lembra-se de quando você me encontrou na floresta, cuidando dos mançairiques? Não foi por acaso que eu estava ali. A profecia dizia que tudo se iniciaria na grande peste, na cura dos inocentes, ou seja, eu conheceria você. Naquele momento, eu comecei a acreditar que algo realmente poderia acontecer, e que eu tinha algo a ver com isso. Haivorés foi quem me disse que tipo de planta deveria fazer crescer para curar os mançairiques. E assim eu fiz. Com o passar dos anos, séculos e muitas luas, nada acontecia e eu já me esquecera do meu objetivo. Mas agora sei que tenho que retomá-lo, e sei que Haivorés também deve fazê-lo. Está na hora de revelar o verdadeiro poder dos habitantes de Eleanthus, um poder que ficou escondido por milênios, desde a última reunião do Conselho dos Astros Reis, em que o representante de Damaiurás, meu pai, era o líder.

Inalã voltou-se a seu esposo e aos demais membros do Conselho. – Assim como você o é hoje, Daidegan. Haivorés é o único dos integrantes do Conselho daquela época que permanece até nossos dias. Mesmo você, Alifás, não existia, e os leões brancos viviam com suas asas a postos e com sua força pronta para lutar. Desde a decisão de ocultar os poderes no feitiço do despertar, Haivorés ficou encarregado de mantê-lo seguro até que fosse necessário. A hora chegou, Haivorés, você deve revelar o poder para enfrentarmos Krisna e os subterrâneos, ou seja, os diacris.

– Não! – disse Haivorés. – O poder de Eleanthus é muito grande! Se o revelarmos, Subpteus também receberá os seus de volta! Você se esquece disso, Inalã?

– Como assim? – questionou Daidegan.

– No grande Conselho dos Astros Reis – explicou Haivorés –, o que fica decidido e estabelecido é válido para todos no mundo, não podemos escolher este ou aquele para se beneficiar. A decisão de manter somente os poderes mínimos foi tomada para que realmente se evitassem conflitos. Como os elfos sempre foram os mais poderosos e numerosos, estes ficaram sempre no comando de Eleanthus.

– Mas afinal, se eu não estava aqui, quem representava os leões brancos naquela época? – perguntou Alifás.

– Seu pai – respondeu rapidamente Haivorés. E continuou: – Seu pai foi um grande guerreiro, lutou bravamente na batalha do Diacroney ao lado de Caius e deixou seu legado para você.

– Como eu nunca soube disso? – perguntou Alifás. – Nunca ninguém falou de meu pai para mim!

– Meu amigo Alifás, não se preocupe, seu pai foi um grande herói, e você pode se orgulhar dele. – finalizou Haivorés.

Daidegan tomou a palavra. – Se somos numerosos e poderosos, por que temer o mal? Vamos retomar nossos poderes, como disse Haivorés para Alifás, e combatê-lo!

– Não é tão simples assim! – disse Inalã. – Podemos com isso também liberar poder até mesmo para Krisna, ou mesmo para o próprio Caius! Devemos ir até Damaiurás para ver o que meu pai acha.

– Temos que ir até a árvore mãe! – disse Haivorés.

– Como? Árvore mãe? Acreditávamos que estas eram as árvores mães, as maiores da floresta – disse Daidegan, agitadíssimo pelos corredores da cabana.

– Sabem, acredito que Daidegan e eu somos inúteis – disse Alifás. – Não sabíamos de nada. Nem mesmo que éramos poderosos. Ao contrário de Haivorés e Inalã, que sabem de tudo. E agora quer que confiemos em vocês?

– É a única maneira de salvar nossas vidas e as de todos os habitantes deste mundo – disse Haivorés. – Temos que destruir o anelar, caso este não seja uma das partes do Diacroney. E quando digo para irmos à árvore mãe é porque ela é o único meio de falarmos com Damaiurás sem que Krisna, ou mesmo Subpteus, leia nossos pensamentos.

– E onde está a árvore mãe? – perguntou Daidegan.

– No coração da floresta – disse Haivorés. –Vamos até lá.

– Sim, mas antes Inalã terá de explicar a história desse "filho de dois mundos" – questionou Daidegan.

– Não agora, antes devemos tentar falar com meu pai. O que posso adiantar é que meu filho Cael está no futuro, protegido pelo meu irmão, Aquiel. Com certeza vamos convocá-lo para a batalha.

– Haivorés, conduza-nos então a árvore mãe – disse Daidegan.

Assim como subiram às grandes árvores, eles desceram. Os galhos fizeram uma ponte que os levava ao chão. Mas desta vez Seroc, um dos mançairiques, foi junto, convidado por Haivorés, pois este sabia que os guardiões da árvore mãe sempre foram os mançairiques, e que a esse fato se devia a vinda de Inalã no passado para ajudá-los a sobreviver. A vida da árvore mãe estava ligada à vida dos mançairiques: se eles morressem, ela morreria também.

Partiram floresta adentro, desta vez com Haivorés e Seroc na frente conduzindo o caminho. Mais uma vez, Alifás seguia entusiasmado com tamanha beleza nas grandes árvores de Eleanthus. Caminharam cerca de duas horas, até que Alifás perguntou:

– Ainda está longe, Haivorés? Onde fica o coração da floresta?

– Quando você notar que Seroc ficou mais forte, isto significará que estamos chegando perto – mencionou Haivorés.

Alifás murmurou com Inalã:

– O que ele quis dizer com isso?

– O que sei é que eles, os mançairiques, cuidavam da árvore mãe, e isto foi o que me fez vir para cá de repente, à época da doença. Meu pai disse que não poderíamos perder a árvore mãe. Ela é o elo entre nós e Caius, eu acho. Veremos o que Haivorés vai fazer.

Continuaram caminhando e observando Seroc. Seus músculos ficavam mais fortes, parecia ganhar força, o que fez que Inalã fizesse o seguinte comentário com Daidegan:

– Você está observando a criatura? Vê como fica mais forte, caminha mais adiante e parece receber mais energia?

– Já havia notado. É como Haivorés disse, ele tem ligação com a árvore.

Parando subitamente, Seroc assusta a todos.

– Chegamos, é aqui – tranquiliza Haivorés. Todos começaram a olhar em volta, para cima e para baixo, sem nada de extraordinário, nem sequer uma árvore diferente. Daidegan questionou:

– Onde está? Qual delas é a árvore mãe? Para mim todas são iguais.

Haivorés e Seroc começaram a pronunciar uma língua antiga que nenhum dos demais conhecia. Fizeram um tipo de círculo no chão em meio às folhas secas e, um de cada lado, continuaram a fazer um tipo de magia que ninguém jamais havia visto. Para espanto de todos, começou a surgir do chão um broto que logo se tornou um arbusto e, em seguida, uma árvore. Essa árvore era dourada, não ultrapassava dois metros de altura e parecia muito velha, como um bonsai de mil anos. Quando a árvore ficou completamente formada, Seroc ajoelhou-se diante dela e começou a falar com ela, na mesma linguagem antiga da magia de renascimento. Haivorés disse:

– Tenhamos calma, vamos ver o que a árvore mãe tem a nos dizer. Esta árvore foi uma das únicas que Krisna não conseguiu destruir na batalha com seu irmão. Os mançairiques ficaram encarregados de protegê-la a qualquer custo, ela é a única ligação entre nós e Caius.

– Seroc, e então? O que ela nos aconselha? Qual a mensagem de Caius para nós? – perguntou, finalmente, Haivorés.

Olhando para ele e muito assustado, Seroc disse:

– Você deve fazer o feitiço do despertar. Esse é o sinal. A árvore mãe concorda que os diacris terão mais força, mas nós também o teremos. Ela diz que precisamos dos leões voando para irmos o mais rápido possível para Damaiurás, pois seu pai, Inalã, nos espera. Diz também que tem uma visão de seu filho para mostrar. Devemos olhar nas folhas com muita atenção.

Inalã foi a primeira a se aproximar. Contudo, todos se aproximaram da árvore mãe, e uma imagem começou a surgir nas folhas douradas refletidas pelo sol.

Drin, Drin, Drin!

– Puxa vida! Escola de novo! O fim de semana passa muito rápido!

– Leo, venha tomar café, já está na mesa! – chama Dona Dolores seu filho Leonardo.

Na mesa posta estavam o pai, Sr. Fernando e o amigo Francisco. Leo desce correndo pelas escadas. A casa, muito grande, dava a entender que a família era bem sucedida e com boas condições financeiras. Viviam na cidade do Rio de Janeiro.

– Tchesco – disse Leo –, tenho a impressão de que alguém me observa... Que sensação estranha, parece alguém que eu conheço.

– Pare de bobagem! Você não é mais criança. Está assistindo a muita televisão e fica imaginando coisas – retrucou sua mãe, Dona Dolores.

A fala de Leo deixou Francisco assustado. Francisco, na verdade, era Aquiel, irmão de Inalã e protetor de Cael, que recebera o nome de Leonardo. Ele previa que estava chegando a hora de revelar tudo a Cael, mas *como* fazer isso era a pergunta que se fazia há tempos.

– Com licença! – pediu Francisco. – Posso ir ao banheiro?

– Ora! Claro que sim – disse Sr. Fernando, pai de Leo. – Você já é de casa.

Francisco dirigiu-se ao banheiro e, ao trancar a porta, perguntou, olhando para o espelho:

– Inalã, você está ai? Vamos, responda? O que aconteceu?

Inalã ouviu o irmão fazer as perguntas, mas como responder? Haivorés disse que talvez fosse possível que Aquiel ouvisse algumas palavras. – Concentre-se e fale com convicção.

– Aquiel? Aquiel? Sou eu, Inalã!

Francisco assustou-se e ficou a rodar no banheiro. – Quem está aí? Vamos, responda!

– Sou eu Inalã! – ela repetiu. – Ouça-me.

Quando Francisco fixou seu olhar no espelho, viu a imagem refletida de sua irmã. Quis abraçar o espelho, mas conteve seu impulso. Mas não a emoção. O mesmo acontece com Inalã: a emoção tocou seu coração e sua fala ficou trêmula com a visão de seu irmão amado.

– Ina – disse Aquiel, usando o apelido pelo qual sempre chamara sua irmã –, quanta saudade, quanto tempo! Tenho tanto a falar! O que aconteceu, está tudo bem?

– Não tenho muito tempo, mas fique preparado e vá preparando Cael, o momento de voltar está chegando.

– Quem são estas criaturas aí com você? São amigas?

Haivorés adverte Inalã. – Você não tem muito tempo.

– Meu irmão, o mal despertou, nosso pai sempre teve razão. Temos nossa missão para cumprir.

– Não! Eu não sei como. Vocês precisam me ajudar, estou sozinho aqui neste mundo há muito tempo, e tenho medo.

– Nós o ajudaremos, mas tenho que ir para casa. Vá preparando Cael.

Falando isso, a imagem começou a sumir.

– Ina, volte! Não vá embora! – disse Aquiel. Sem ouvi-lo, Inalã sumiu.

Rapidamente Francisco saiu do banheiro e voltou à mesa do café com a família de Leo.

– Nossa! Parece que viu um fantasma! Está tudo bem? – perguntou Dona Dolores.

– Sim, sim, estou bem. Não se preocupe, Dona Dolores. Leo, vamos. Não podemos nos atrasar. Lembra-se de que tem aula de física e que não estamos bem, certo?

– Calma. Temos tempo sim, rapaz afobado. Acho que o que você quer é encontrar Ana no caminho, não é? – Francisco ficou sem jeito. – Acertei – disse Leonardo.

– Vamos, então – disse Francisco.

– Está bom. Tchau, mãe. Tchau, pai. Até a tarde.

– Obrigado pelo café – mais uma vez agradeceu Francisco, como fazia todos os dias.

Dona Dolores os acompanhou até a porta da frente e saíram. Já na rua, Francisco resmungou.

– Puxa! Você me deixou com vergonha na frente de seu pai e de sua mãe.

– Bobagem, meus pais são liberais e descolados nesse assunto.

Acenando com a mão, Dona Dolores voltou ao interior da casa e comentou com seu marido:

– Como cresceram estes meninos! Ontem mesmo eram crianças e hoje já estão com dezessete anos. Até pensando em namoro, você ouviu?

– É – disse Sr. Fernando –, estamos ficando velho. É a lei da vida, meu amor. É a lei da vida – tornou a dizer.

Voltando a Eleanthus, Daidegan questionou Inalã sobre a aparência de Cael.

– Me parece muito jovem. Como é possível?

– É, explique – perguntou também Haivorés.

– No mundo onde ele está, a vida dos habitantes é curta. Vivem oitenta e poucos anos. A recomendação de Aquiel é que, sempre que ele envelhecer, deve renascer e, então, meu irmão encontra uma nova família para ele.

– Como é que é? Ele não sabe de nada? – questionou Daidegan. – Você o enfeitiçou? O que fez?

– Não. Só sei que ele já vive lá há muito tempo. Aquiel cuida dele, é a sua missão.

Inalã se aproximou de Daidegan e tentou pegar sua mão.

– Largue-me, não me esqueci de sua traição, e ainda não me contou como fez esse filho. Fique longe de mim! – disse Daidegan, em tom de arrogância.

Alifás defendeu Inalã. – Não está vendo o sofrimento dela estampado em seu rosto? Seja humilde e acredite.

Haivorés chamou a atenção de todos. Disse a Seroc que se despedisse da árvore mãe por eles. Seroc, obediente, ajoelhou-se novamente, e em uma língua estranha conversou mais uma vez com a árvore mãe.

– Haivorés! Temos que nos apressar – disse Seroc.

– Por quê? O que houve? Mais alguma mensagem?

– Sim, ela disse que pressente o perigo e pede que tenhamos cuidado ao passar pelas montanhas de picos azuis.

Todos ficaram sem entender nada.

- Montanhas de picos azuis? O que é isso? – perguntou Alifás.

– São cadeias montanhosas muito altas, pelas quais temos que passar se quisermos chegar a Damaiurás – disse Inalã.

E Seroc terminou complementando: – Os aliados de Subpteus não vão esperar.

–Vamos então à minha casa-lar. – Disse Haivorés. – Sei o que preciso fazer: realizar o feitiço do despertar.

Rapidamente voltaram à vila dos elfos e seguiram para o lar de Haivorés. Ninguém sabia onde ele vivia. Sabia-se somente que era na floresta, pois os mantifores cuidavam dela.

Caminharam por horas até chegarem a um vale onde não havia nenhuma árvore. Haivorés disse a todos que não se assustassem com o que iam ver. Há milênios ninguém via a cidade dos mantifores. Mas a situação merecia a revelação, pois o mundo corria perigo. Haivorés começou a enraizar no solo, e suas raízes cresceram rapidamente, para o espanto de todos.

– Preparem-se! – alertou Haivorés.

– Nos prepararmos para quê? – perguntou Inalã.

Enquanto falava, a sua resposta começou a ser respondida. Uma porta começou a surgir bem à sua frente. E também Haivorés já havia recolhido suas raízes. Ele abriu a porta e os convidou a entrar.

– Bem-vindos à cidade dos mantifores, os guardiões dos segredos de Eleanthus e cuidadores das florestas.

Ao entrar, encantaram-se. A cidade era enorme, com muitas casas feitas de grandes troncos de madeira. Muitas outras criaturas também viviam lá além dos mantifores.

– Nossa cidade é protegida por um campo de força invisível – comentou Haivorés.

– Como é possível? – indagou Inalã.

Ao dizer isso, Haivorés fechou a porta, que desapareceu como por encanto.

– Vou explicar tudo a vocês. Acompanhem-me.

Seguiram-no por um tipo de estrada entre as casas até chegarem ao centro da cidade. Lá havia uma espécie de casa-grande, ou seja, algo diferente das outras casas. Haivorés parou bem em frente a ela, abriu a porta e disse:

– Vamos entrar, esta é minha casa.

Todos entraram e se sentaram em uma espécie de sala. Era um ambiente bastante agradável, com muitas plantas no interior e em que podiam observar muitos escritos em pergaminhos, colocados em prateleiras com aspecto muito antigo.

Daidegan, tomando a frente, perguntou:

– Explique-nos tudo. Como é que vivem aqui? Como mantêm sua cidade invisível?

– É, minha maior curiosidade é sobre o campo de força – disse Inalã. – É magia?

– Sim. É magia – disse Haivorés. – Protegemos nossa cidade para proteger a Pedra da Luz. Ela contém todo o poder de Eleanthus.

– Como? Pedra da Luz? – perguntou Daidegan. – Explique-nos, mais uma vez.

Haivorés pegou uma caixa que demonstrava ter algo muito precioso, pois sua manipulação era feita com muito cuidado. Colocou-a no meio de todos e disse:

– Aqui dentro desta caixa está a Pedra da Luz. Ela foi lacrada aqui quando o Conselho decidiu manter a paz em nosso mundo. Nunca imaginei que chegaria o dia em que ela seria revelada. Eu mesmo não a vejo há centenas de anos.

Lentamente, Haivorés foi abrindo a caixa e todos se aproximaram. À medida que abria a caixa, uma luz muito forte começava a emanar por todo o ambiente. Quando a caixa ficou completamente aberta, a Pedra da Luz mostrou-se como sendo um objeto muito lindo, e uma luz azul atraía o olhar de todos. O espanto e a admiração foram gerais.

– Ela é linda! – exclamou Inalã.

– Aí está o nosso poder? – perguntou Alifás. – Como fazer para libertá-lo?

– Como fazer? Responda-nos, Haivorés! – disse Daidegan.

– Simples, é só quebrar a pedra e tudo será revelado: o poder voltará para todos – disse Haivorés. – Mas há um detalhe: a Pedra da Luz precisa ser jogada na Fonte do Infinito, apenas lá ela se quebrará e devolverá o que está guardando há mais de mil anos.

– Onde fica essa fonte? – perguntou Inalã, apressada.

– Aqui mesmo, na cidade. Vamos. Temos pressa.

Saíram da casa levando a Pedra da Luz e caminharam até o centro da cidade, onde tremulava uma pequena fonte.

– É aqui que devemos jogar a pedra – disse Haivorés.

– Mas quem vai jogá-la? Deve ser você, Haivorés? – perguntou Daidegan.

– Sim, deve ser eu – respondeu Haivorés.

Ao terminar de falar, lançou a pedra dentro da fonte. Todos acompanharam com o olhar seu percurso pelo filete de água. Todos aguardaram algo acontecer, mas nada aconteceu.

Inalã ficou brava.

- Pronto, agora terminou, não sinto nenhuma diferença.

Haivorés respirou fundo: – Está feito.

Ao dizer isso, uma imensa onda de luz começou a surgir da fonte: luzes azuis, vermelhas, verdes, amarelas, cada uma fazendo círculos em torno de um deles. A azul rodeou Daidegan e Inalã. A luz verde, Haivorés e todos os que estavam na cidade. A luz amarela, por sua vez, circulou por todo o corpo de Alifás e de Seroc. As luzes vermelhas seguiram seu caminho pelo céu. As demais percorreram todos os cantos do planeta, cada cor procurando seu herdeiro. Os elfos se espantaram com tamanha beleza, os leões brancos rugiram com grande força e as árvores pareceram pressentir o mal e o bem prestes a se enfrentarem. Haivorés esclareceu o que aconteceu a todos: cada cor pertencia a uma linhagem de criaturas, ou até mesmo a mais de uma. Com isso, os poderes foram restaurados, e seriam descobertos com o passar do tempo.

– Não sinto nada de diferente – disse Daidegan.

– A luz vermelha, para onde foi? – perguntou Alifás.

Antes que Haivorés respondesse, Inalã tomou a vez e disse:

- Para Subpteus!

– Sim. Assim como nós, eles também terão seus poderes completamente restaurados.

Haivorés parecia triste.

- Agora não dá mais para fugir. A batalha começou. Vamos nos preparar para a viagem. Alifás, convoque seus leões, precisamos deles.

CAPÍTULO III

A difícil jornada para Damaiurás

Daidegan ficou preocupado com as atitudes de Haivorés, mas acreditou que um fato era verdadeiro: a batalha iria começar, e não havia maneira de fugir disso. Não se sentia diferente com a volta de seus poderes. Afinal, nem todos eles haviam desaparecido, somente a capacidade de utilizá-los em seu potencial máximo. Contudo, sentia-se seguro e confiante. Também seu rancor por Inalã já começara a ser amenizado com o passar do tempo e dos acontecimentos presenciados por ele e por todos os habitantes de Eleanthus.

Assim que saíram da cidade dos mantifores, voltaram para a vila dos elfos e se prepararam para a viagem. Os convocados para a viagem foram: Inalã, Haivorés, Alifás, que deveria convocar mais alguns leões, Daidegan e também Seroc, que, apesar de aparentar fragilidade, detinha grande poder, principalmente o de convocar a árvore mãe.

Haivorés notou que Alifás mantinha um ar de preocupação e ansiedade.

– Alifás, o que lhe aflige? Algum problema?

– Sim! Convocar os leões... Qual a finalidade? Como iremos para Damaiurás?

– Voando! – exclamou Haivorés. – Você se esquece de que agora pode usar seus poderes antigos? E um deles é voar.

– Como?

– Convoque os leões que lhe direi como fazer.

Alifás deu um grande rugido. Os leões rapidamente o identificaram e seguiram em direção a ele. Apesar de não terem ainda a capacidade de voar, a velocidade era assustadoramente alta: chegava facilmente a 100 Km/h. À medida que avançavam, os leões adquiriam mais e mais velocidade, o que os deixou admirados.

Ao chegarem à planície onde todos os aguardavam, Alifás explicou tudo o que havia acontecido e que Eleanthus necessitava da ajuda de sua raça. Os leões manifestaram sua aprovação, por meio de grande um rugido, e concordaram em ajudar no que fosse necessário.

Um dos leões disse a Alifás que sentiram algo estranho com o fenômeno da luz sobre o qual todos já comentavam pela floresta. Apesar disso, não parecia haver nada de novo, para eles tudo continuava normal.

Haivorés veio à frente, dizendo para os leões e para Alifás.

– Vocês receberam de volta o poder de Eleanthus, precisam aprender a usá-lo. Já foram guerreiros poderosos e ajudaram Caius a derrotar Krisna uma vez, precisam ajudar novamente. O poder está em vocês, peçam a ele que desperte. Imaginem suas asas e elas aparecerão, os poderes de cada espécie voltarão com o tempo ou conforme a necessidade de usá-los.

Alifás adiantou-se, fechou seus olhos. Todos ficaram observando, enquanto ele lentamente levantava sua cabeça com a enorme juba branca e pedia com um grito:

– Asas, apareçam! Preciso de vocês!

Magnificamente, grandes asas apareceram em seu dorso, asas brancas como todo o seu corpo, cobertas por grandes penas e plumas. Alifás bateu asas e deu alguns saltos. Sua alegria foi entusiasmadora, e ele dava grandes gargalhadas, para o espanto de todos. Inalã tocou suas asas, admirando-as.

Rapidamente, Alifás ordenou aos leões que solicitassem suas asas. Todos procederam da mesma forma e, assim como em Alifás, as asas apareceram em todos eles. Levantaram voo e era como se sempre tivessem voado. Haivorés explicou que, ao surgirem as asas, o poder de voar e a arte da magia vêm juntos. Para eles, voar agora era natural. Disse também aos leões que as asas desapareceriam e retornariam ao seu comando.

Quando os leões voltaram dos ares, Alifás chamou, com voz de comando:

– Rando, Brando, Tricoá, Tranto, convoco vocês para a missão! Já fomos alertados de que vamos enfrentar perigos e de que poderemos ser aniquilados. Nossa imortalidade tem fraquezas. Podemos, sim, viver para sempre, mas também podemos ser exterminados pelas forças do mal. Não obrigo ninguém a nos seguir, mas precisamos de ajuda e a solicitamos.

Aproxima-se, então, de Aroá, sua parceira:

– É melhor que você fique.

– Não! – exclamou ela. – Precisam de toda a ajuda que puderem, e é minha missão fazer parte para ajudar no que puder.

Assim como Aroá, todos os leões concordaram em fazer a viagem até Damaiurás, até mesmo aqueles que não haviam sido convocados por Alifás.

Todos montaram nos leões e partiram para o leste. O voo era muito veloz, e seus passageiros precisavam segurar com muita força nas grandes jubas, tanto nas dos leões quanto nas das leoas.

A paisagem era deslumbrante: avistavam do céu as florestas e animais correndo quando avistavam no céu o grupo de leões voando em alta velocidade.

Durante o voo, Inalã olhava para Daidegan com um sorriso de alegria, mas ao mesmo tempo de apreensão. A resposta de Daidegan não era muito amistosa, pois ainda demonstrava raiva e mágoa pelas mentiras e pelo engano. Inalã, porém, acreditava que sua tristeza ainda haveria de passar.

Enquanto o grupo voava para o leste, no subterrâneo de Eleanthus, Subpteus articulava seu exército para combater os viajantes. Assim como todos os habitantes do planeta haviam recebido seus poderes depois da liberação da Pedra da Luz, todos ali também sabiam, ou pelo menos pressentiam, que algo tinha acontecido.

Nunca ninguém tinha descido ao subterrâneo, ninguém sabia que Krisna estava escondida no fogo do interior do planeta há milênios. O subterrâneo de Eleanthus era um lugar sombrio, as lavas corriam como rios, cavernas sumiam de vista e lá viviam muitos habitantes, criaturas da mesma espécie de Subpteus e outras criações de Krisna. Ao pressentir que a viagem havia começado, Krisna convocou Subpteus para dar suas ordens.

Krisna se encontrava presa no fogo e na lava, não podia sair dali sem reaver seus poderes, a não ser com a união do Diacroney. Podia apenas fazer sua fraca aparição por meio do anelar, que era sua única passagem para outro lugar, fora da lava do vulcão. Contudo, mesmo de sua prisão ela podia comandar todo o ser exército: os diacris, povo de Subpteus, os dragões de colaborós, que já haviam retornado, e ainda outras criaturas que, com a restauração dos poderes dos diacris pela Pedra da Luz, poderiam ser libertadas para ajudá-la na vingança que tanto almejava.

Krisna apareceu diante de Subpteus e disse:

– Quero que você intercepte o grupo de Daidegan, eles não podem chegar a Damaiurás. Não podem ler as inscrições do livro, nem podem reunir o Diacroney. Nós temos que reuni-lo, pois só assim eu poderei dominar meu irmão, reaver completamente meus poderes e sair daqui para sempre.

– Mestra! Como posso combater o grupo?

– Leve seus diacris. Levante os vulcões das montanhas de picos azuis, eleve suas lavas à altura deles e derrube-os. Leve também alguns dragões de colaborós, eu os ressuscitei.

Os dragões de calaborós eram formados por rocha incandescente. Haviam sido criados por Krisna com a lava do interior de Eleanthus. Eram do tamanho aproximado dos leões brancos e também podiam voar. Ao invés de lançarem fogo pela boca, como é de se esperar, lançavam rajadas de energia de cor vermelha que desintegravam tudo aquilo que atingiam. Ao ver os Dragões se aproximando e saindo da lava ao redor de Krisna, Subpteus ficou assustado.

– Não estavam extintos?

– Disse bem, meu amigo Subpteus! *Estavam*. Estou começando a reaver meus poderes. Enquanto você usar o anelar em seu braço, estarei a par de tudo o que acontece, onde quer que você esteja, e poderei ir até onde você estiver, caso seja necessário. Cuide do anelar até reconstruirmos o Diacroney, para que eu possa enfim reinar para sempre.

Krisna riu incessantemente, enquanto Subpteus dava ordens aos seus.

–Vamos, temos algo a fazer.Vamos cumprir nosso papel.

Começaram a marcha pelo interior das cavernas, e os Dragões escalavam as paredes com grande facilidade.

Os leões brancos e os outros continuavam sua viagem para Damaiurás, e tudo parecia muito tranqüilo. Estavam até se divertindo com o passeio. Daidegan, mesmo com a dificuldade de comunicação devido ao barulho do vento, tentava manter certa comunicação com Alifás.

– Não acha tudo muito tranquilo? – perguntou.

– Sim, estava pensando nisso agora também. Mas vê o que se aproxima? São as montanhas dos picos azuis, um lugar perigoso para nós, não acha?

– Acredita em emboscada? Ou algo assim? Mas o que Subpteus pode fazer?

– Lembra-se da profecia da árvore mãe? Teríamos problemas para chegar a Damaiurás. E tem mais: não conhecemos nada sobre o povo do subterrâneo. Durante o tempo todo mantiveram Krisna adormecida em seus domínios, do que seriam capazes agora? É bom estarmos preparados.

Durante a conversa de ambos, Inalã observava atenta, sem porém conseguir entender o que falavam. Pressentia que estavam preocupados com alguma coisa, e que isso não era bom. Na verdade, ela também estava com a mesma sensação. O perigo podia estar próximo.

Alifás deu um comando aos leões para que ficassem atentos. Passar pelas montanhas dos picos azuis podia ser mesmo perigoso.

No instante em que sobrevoavam as montanhas, Subpteus, no interior da terra, deu a ordem:

– Elevem as lavas para o céu, provoquem a erupção dos vulcões até que não reste nenhum deles!

E assim se fez. Os diacris se elevavam pelas fendas das montanhas, preenchendo os espaços e derretendo todas as rochas. Ao chegarem aos picos, provocavam uma enorme explosão, e grandes quantidades de material piroclástico (pedras incandescentes) espalhou-se pelo céu. A primeira explosão assustou a todos, e rochas voavam como balas de canhão. Pareciam ter destino certo: acertar os leões que sobrevoavam o lugar. Uma explosão após a outra, e vários picos se incendiaram com grande rapidez. Lava escorria pelas crateras abertas pelas explosões, ou mesmo subia para o céu.

– Cuidado! – exclamou Alifás. – Segure-se, Daidegan, temos que nos desviar das rochas!

Quando perceberam, estavam presos em meio a muitas explosões e a rochas incandescentes vindas de todas as direções. Daidegan observou que algumas das rochas maiores eram criaturas que voavam, fazendo até mesmo curvas, sempre procurando acertar os leões, que tentavam a todo custo manter-se no ar e em segurança.

– Alifás! Olhe! Não são rochas, são dragões!

À medida que essas imensas massas de fogo não conseguiam acertar os leões de primeira, logo tomavam sua verdadeira forma.

– São dragões de colaborós! – exclamou Haivorés, gritando alto, para que todos pudessem ouvi-lo.

– Qual o problema com esses dragões? – perguntou Rando, o leão branco que estava com Haivorés.

– Eles estavam extintos há milhares de anos, desde que Krisna foi banida. Acredito que Krisna os trouxe de volta. Temos que alertar a todos para que fujam de sua rajada de luz, que desintegra o que toca! Temos que nos aproximar para avisar!

Os leões tentavam se aproximar uns dos outros, mas não conseguiam, pois todos estavam muitos ocupados desviando-se das rochas em brasa e dos dragões. Daidegan aproximou-se de Haivorés e, em tom de desespero, perguntou:

– O que vamos fazer?

– Lutar! – respondeu Haivorés.

– Como?

– Lembre-se de que possui seus poderes de volta! Use-os! E espero que o faça bem rápido!

– Mas o que posso fazer? Quais meus poderes?

– Você é um mestre nas flechas. Invoque seu arco e ele aparecerá. Inalã já o possui, como pode ver. Cada elfo tem o seu.

Nesse momento, Daidegan olhou para Inalã e ela já lutava contra os dragões com flechas que nunca acabavam.

Viu-a abater um deles com uma flecha no coração, e o seu desempenho com Aroá no céu fazia parecer que haviam treinado juntas a vida toda.

Alifás também questionou:

– O que mais podem fazer os leões além de voar?

– Muitos poderes nem nós sabemos quais são, mas podemos descobrir com o tempo! – disse Haivorés. Apesar de ser muito antigo e de conhecer a lenda, ele não detinha o conhecimento de todos os poderes que foram liberados com a destruição da Pedra da Luz. Aguardava a descoberta de tais magias com ansiedade, assim como os demais.

Daidegan sentiu que a situação não estava boa, e tudo ainda parecia pior quando percebeu que no topo dos vulcões apareciam os diacris, mas que desta vez não se solidificavam. Ao contrário, lançavam lava em sua direção.

– Alifás! Veja! São criaturas como Subpteus.

Mesmo antes que Daidegan terminasse de falar, Haivorés gritou para todos:

– Diacris nos vulcões! Cuidado!

– Lutem! – gritou Inalã para todos. – Não podemos ficar nos desviando o tempo todo! Vamos, temos que derrotar os inimigos, a guerra ainda nem começou!

Daidegan, em desespero por não saber o que fazer, angustiou-se e...

– Ah!

O elfo deu um grande grito, e imediatamente seu arco apareceu em suas costas. Daidegan admirou-se, mas não pensou duas vezes: pegou seu arco e começou a atacar os dragões, assim como já fazia Inalã.

– Acerte no pescoço, é ali que fica o coração, só assim podemos destruí-los. Caso contrário, eles absorvem nossas flechas – disse Inalã, ao ver que Daidegan havia conseguido reavivar um de seus poderes.

Daidegan parecia ter o poder de comandar as suas flechas com a mente, pois elas acertavam o alvo com precisão.

– Um dragão! Dois dragões! Ótima pontaria! – disse Inalã, com um belo sorriso. – Você tem o poder de controlar suas flechas, isso é ótimo!

Pela primeira vez depois das revelações, Inalã via um sinal de simpatia em Daidegan.

Haivorés viu que seus amigos precisam de ajuda e também resolveu lutar. Concentrou-se, e em suas mãos surgiu uma luz verde, a mesma que o havia rodeado quando destruíram a Pedra da Luz. Quando não conseguiu mais conter a energia, ele a lançou, atingindo um Dragão, jogando-o contra o chão e deixando-o atordoado. Daidegan e os outros contemplaram a iniciativa de Haivorés e sua coragem, dando incentivo para que seu ataque continuasse.

Mesmo com Daidegan e Inalã conseguindo aniquilar os dragões, outros continuavam saindo dos vulcões. Além deles, os diacris também estavam atacando. Dentre tantas explosões e ataques, um deles acertou as asas de Aroá.

– Fui atingida! Estou perdendo o equilíbrio – alertou Aroá. Virando-se para Inalã, sua passageira, gritou: – Inalã, segure-se! Temos que descer!

– Aroá! – gritou Alifás quando viu sua parceira caindo do céu, ferida. Desceu velozmente, carregando consigo Daidegan, para ver como estavam as duas guerreiras.

Ao aterrissar, Alifás recolheu suas asas por instinto. Ambos, ele e Daidegan, correram ao encontro de Aroá e Inalã. Elas estavam atordoadas com o pouso forçado, mas bem. O solo estava muito quente, fumaça cercava todos os lados e grande quantidade de lava corria montanha abaixo. Os rios de fogo já estavam bem próximos deles.

– Calma. Estamos bem – disse Inalã. – Temos que nos preocupar com os outros. E em sair daqui o mais rápido possível.

Tudo parecia perdido. Havia lava em todos os cantos, e alguns dragões ainda sobrevoavam atrás de Haivorés e dos outros. Os golpes de Haivorés não eram suficientes para matá-los, apenas os derrubava. Para deixar a situação ainda mais complicada, surge no topo de um dos vulcões o próprio Subpteus. Este também os viu no chão, e ali esperava acabar com a vida de todos.

– Diacris, ataquem os que estão no chão. Matem todos! – ordenou Subpteus. Olhando para Daidegan, disse: – Agora chegou a minha vez! Vamos reinar também na superfície! – Subteus riu e lançou sobre eles sua fúria de lava e fogo.

– Enquanto estivermos vivos, vamos lutar! Você ainda não conseguiu nada, esse objeto que carrega em seu braço ainda não é nada. Podemos vencê-lo. E vamos! – disse Daidegan aos gritos, para que todos pudessem ouvi-lo.

Em meio aos ataques, e vendo que sua amada estava ferida, Alifás ficou nervoso, querendo fazer algo para proteger seus amigos. Deu um grande rugido, como nunca se ouviu. Os olhos de todos se voltaram para ele, dos amigos e dos inimigos, e até mesmo Krisna ouviu o rugido de Alifás. Algo estranho começou a acontecer com ele: a mesma luz amarela que o rodeou na passagem da Pedra da Luz também o rodeava agora, assim como acontecera com Haivorés. Enquanto a luz o rodeava ele se transformava. Ficou ainda maior, sua juba tornou-se de branca para uma cor laranja--claro, e um tipo de armadura formou-se sobre seu corpo. Instintivamente, depois de completada a transformação, disse para Aroá, Inalã e Daidegan:

– Agora sei de tudo! Podemos vencer o inimigo, vamos lutar! Aroá, recolha suas asas e as refaça!

Sem questionar, a leoa obedeceu, e suas asas voltaram como novas.

Alifás continuou:

- Levante voo e continue atacando os dragões, enquanto eu e Daidegan cuidamos dos diacris.

Alifás falava com firmeza e clareza, e parecia ter recebido um grande poder e uma grande revelação. – Depois explico tudo a vocês, agora temos trabalho a fazer.

Inalã e Aroá fizeram o ordenado sem questionar, sabiam que era o certo a fazer.

– Inalã, o que aconteceu com Alifás? – perguntou Aroá. – Como ficou diferente!

– Mais bonito, você quer dizer.

As duas riram, e começaram a batalha no ar contra os dragões.

– Daidegan, atrás de mim – falou Alifás.

O leão posicionou-se contra a lava que vinha fechando ao redor dos dois e começou a soprar contra ela. Daidegan sentiu o frio e observou que a lava começava a se solidificar no instante em que o sopro chegava a ela. Avançaram sobre a rocha petrificada e, quando se aproximaram dos diacris, o sopro de Alifás os solidificou, deixando-os como estátuas de pedra.

– Daidegan, agora é sua vez. Acerte no peito de cada um deles, e assim desaparecerão – pediu Alifás. – Rápido, antes que recuperem a forma!

Sem questionar, Daidegan os atingiu com suas flechas com grande rapidez, e cada um que atingia se desfazia em pó. Subpteus observava e começava a preocupar-se, ordenando mais ataques. Todos os diacris que apareciam eram destruídos por Alifás e Daidegan.

–Vamos pegar Subpteus! Alifás, é agora a nossa chance – disse Daidegan.

Dizendo isso, os dois avançaram contra Subpteus, mas sempre eram atrasados por novos diacris saindo do vulcão mais próximo. Para impedir que novos ataques fossem feitos, Alifás congelou a saída do vulcão.

Enquanto isso, no céu a luta continuava. Os leões atacavam os dragões como podiam. Haivorés continuava a lançá-los para o chão e Inalã os exterminava com suas flechas certeiras.

Subpteus percebeu que estava em desvantagem e quis recuar, mas antes que voltasse vulcão adentro, Alifás congelou a entrada, e ele ficou preso entre eles. Daidegan pensou que naquele momento tudo poderia acabar, e o mesmo pensou Subpteus, que tinha medo. Entretanto, Subpteus levantou o braço que ostentava o anelar, que brilhou. Novamente, Krisna apareceu, assim como fizera no Conselho dos Astros Reis.

– Seu tolo! – diz para Daidegan. – Pensa que pode destruir meu criado assim tão facilmente?

Virando-se para Subteus, Krisna gritou: – Idiota! Volte para o subterrâneo agora, antes que seja tarde demais!

Subpteus rapidamente escorregou pelas fendas das rochas e desapareceu, bem como os dragões, que voltaram para os vulcões ainda abertos.

Agrupando-se no chão, Daidegan perguntou se todos estavam bem. A resposta foi positiva, apesar de alguns ferimentos: queimaduras e arranhões, devido à lava lançada pelos diacris e pelas rajadas de luz produzidas pelos Dragões de Calaborós.

– Algumas coisas me intrigam... – Haivorés disse.

– O quê? – Alifás e Daidegan perguntaram juntos.

– Primeiro, como os Dragões de Calaborós ressurgiram? Por que Krisna não vem lutar e só aparece por alguns instantes?

– Meu pai pode responder a estas perguntas – respondeu Inalã. – Temos que chegar lá o mais rápido possível, não há tempo a perder.

– Tem razão. Daidegan, devemos prosseguir – diz Alifás.

– Espere. Antes temos que conversar, muitas coisas estão acontecendo. Alifás, como sabia de seu novo poder, o sopro congelante?

– Quando a luz amarela me rodeou novamente, me trouxe lembranças que eu nunca tive. Trouxe recordações de batalhas entre leões brancos, dragões e diacris há milhares de anos, e isso me fez ter certeza do que devia fazer. Vi que poderíamos vencê-los trabalhando juntos. Eu posso paralisá-los, e suas flechas podem destruí-los enquanto estão petrificados pelo gelo. O mesmo sentimento me foi revelado sobre nossas asas: a qualquer ferimento, devemos recolhê-las e nos serão apresentadas sem um arranhão sequer. E elas não podem ser arrancadas de nós.

– Eu não tive nenhuma revelação – disse Daidegan. – Somente meu arco apareceu, e era como se eu sempre o tivesse e manejasse há séculos.

Haivorés tomou a palavra:

– Meus caros amigos, nem mesmo eu sei o quanto de meu poder foi restaurado. Cada um de nós ainda tem muito a descobrir sobre si mesmo, acredito que o livro de Damaiurás poderá nos dar grandes pistas sobre o que deveremos fazer. Acredito que vencemos a primeira batalha, sentimos nossos poderes e os de nossos inimigos, mas agora temos que prosseguir.

E assim se fez, levantaram voo novamente e deixaram para trás uma paisagem que já não era mais a mesma: onde antes havia picos azuis agora restavam picos de cinzas, fumaça e lava petrificada. Um novo mundo estava surgindo naquele lugar.

No subterrâneo, Subpteus, os dragões e seu povo se reunificavam. As perdas causadas por Daidegan eram insignificantes, segundo ele.

– Subestimamos nossos oponentes! – disse Subpteus. – Alguns dos nossos morreram. Nossa mestra Krisna vai nos orientar e nos ajudar.

Krisna, no fogo da lava, apresentou sua fúria:

– Eles não podem vencer! Temos que eliminá-los, temos que encontrar os elementos do Diacroney antes deles. Temos que fazer alguma coisa. A força de nossos inimigos está crescendo, eles não sabem que os usos dos poderes combinados entre Alifás e Daidegan podem matar um imortal. Tivemos perdas hoje, mas posso compensar com novas criaturas. Tenho uma missão a você Subpteus, aproxime-se.

O líder dos diacris aproximou-se do fogo, entrando nele. Krisna o envolveu com a luz vermelha que recebera da Pedra da Luz. Quando Subpteus saiu do fogo, todos ficaram assustados: ele parecia um elfo, as mesmas características, a semelhança perfeita. E Krisna continuou:

– Contemplem o meu poder que está se restaurando! Vá para Damaiurás, descubra o que irão fazer, descubra o que o livro vai indicar a eles. Misture-se aos elfos e mantenha-me informada. Agora vá, pegue um dragão e voe. Mas voe rápido, pois o tempo nos é precioso.

Enquanto isso, a viagem dos guerreiros de Eleanthus continuava. A visão deles agora era de planícies com muitos animais diferentes, os quais Daidegan nunca havia visto. Era como se estivessem em outro mundo.

– Já estamos nos domínios de Damaiurás – disse Inalã. – Vocês nunca virão em outro lugar o que vão ver aqui. Os poderes do livro protegeram este lugar de todos os habitantes, o motivo eu não sei. Quem sabe agora, com a restauração dos poderes de Eleanthus, o livro também tenha novas mensagens a nos dar?

Inalã se alegrou e começou a rir muito.

- O que houve? – perguntou Aroá à sua passageira.

– Estou em casa de novo! Nunca imaginei que esse dia chegaria.

Ela apontou para a planície, pedindo que todos olhassem.

– Vejam, uma manada de mitrix.

– Mitrix? Que animal é este? – Perguntou Alifás.

– São seus irmãos, meu amigo. É uma linhagem antiga de sua espécie. Temos Eúria, a representante dos mitrix na cidade. São pacíficos, mas muito fortes.

Os mitrix eram parecidos com os leões brancos. Podiam andar sobre as quatro patas ou sobre as duas traseiras. O corpo era coberto de pelos como o dos leões, mas de cor marrom. Eram de tamanho bem menor, dando a impressão de serem mesmo inferiores aos leões brancos. Porém, segundo Inalã, podiam se comunicar muito bem com os elfos.

De repente, algo os assustou.

– Daidegan! Algo vem em nossa direção – afirmou Haivorés ao avistar alguma coisa voando até eles.

– Não vejo nada! Você tem uma visão mais apurada e consegue ver mais longe.

– Sim. Mas estão se aproximando rápido.

– Não se preocupem – disse Inalã –, são soldados de Damaiurás. Ou melhor, a recepção de meu pai.

Em poucos minutos todos puderam observar que vinham mesmo em sua direção.

- Não parecem leões brancos? – questionou Haivorés.

– Não são – disse Daidegan. – Parecem pássaros. Inalã, o que são?

– São as águias gigantes da floresta de Eleanthus. São nossas aliadas. Estão esperando o retorno do mal há muito tempo, assim como nós.

Todos ficaram impressionados com as aves, do tamanho dos leões brancos. Suportavam o peso dos elfos com tranquilidade e tinha a cor dourada em suas penas, asas grandes e bem feitas, o bico curto e recurvado de cor azul e os olhos verdes. Emitiam um som agudo e forte. Quando se aproximaram, planaram ao lado dos leões brancos. Os leões também pararam no ar. Notava-se que em ambos os lados a expressão era de espanto e admiração.

– O rei Sairik de Damaiurás lhes dá as boas vindas aos seus domínios, do lado leste de Eleanthus – disse um dos soldados, que parecia um comandante. – Sou Hélios, chefe da guarda do livro de Damaiurás e protetor da cidade do céu.

– Nós viemos com Inalã. – nem mesmo terminou de falar, Daidegan foi interrompido pelo elfo. – Nós sabemos por que estão aqui. Venham, o céu não está mais tão seguro quanto antes.

Hélios e os seus tomaram o caminho de volta, sendo seguidos pelos visitantes. Logo à frente já era possível observar algo diferente. Inalã fez cara de alegria – O que é isso? –, questionavam todos os demais, admirados com a visão que tinham. A cada instante, as imagens se tornavam mais reais e ainda mais admiráveis. A cidade de Damaiurás estava bem à frente. Nada comparado à vila de Daidegan, nem mesmo a cidade invisível dos Mantifores. Aqui era tudo diferente, a mesma fala saiu da boca de todos os visitantes.

– Nossa! Magnífico!

– Inalã, o que estamos vendo? – pediu Daidegan.

– Bom, esta é minha cidade, minha casa.

– Só isso? – Daidegan interveio.

A cidade era um grande castelo, com torres altas e emaranhados de trepadeiras e flores. O castelo tinha a cor verde das florestas e os muros da cidade pareciam troncos de árvores velhas, numa altura de aproximadamente cinco metros, rodeando toda a cidade. As torres pareciam sem fim, muito altas, semelhantes às sequoias gigantes da floresta de Daidegan. Ao redor da cidade, uma imensa floresta circundava todo o vale, e uma enorme quantidade de animais e pássaros habitava o lugar. A cidade parecia muito bem protegida e muito movimentada. No portão, muitos viajantes entravam na cidade, mas apenas depois de muita revista. Havia animais que nunca tinham visto ou sequer imaginado que existisse.

– Inalã – chamou-lhe a atenção Daidegan.

– Sim, o que foi.

– Como construíram essa cidade? Quem a construiu?

– Foi o próprio Caius – disse ela –, antes que prendesse os poderes de sua irmã no Diacroney, ele criou a cidade. Os troncos que a cercam impediam que ela percebesse sua existência. Sendo assim, a cidade permaneceu até hoje. O que Caius não imaginava é que sua ligação com Krisna era grande a ponto de fazer que ele também desaparecesse quando ela se fosse.

– Mas e agora que ela, Krisna, reapareceu? Onde ele está? Por que não deu sinal de sua existência para nos aconselhar?

– Essa resposta só meu pai pode responder – completou Inalã. –Você achou a cidade bonita? Então olhe para cima.

– Para cima? Por quê?

– Todos olhem para cima. Para bem acima das nuvens – pediu Inalã.

Quando olharam, viram algo inexplicável: uma cidade no céu. Os leões subiram um pouco mais, acompanhados pelas águias e pelos soldados. A visão era impressionante. Havia outro castelo, mas este parecia uma árvore, uma grande árvore, em volta nas nuvens, e as torres da cidade pareciam ligar o céu à terra. Mais uma vez, a admiração deixou todos perplexos.

– Por acaso existe algo ainda que nós não vimos? – perguntou Haivorés para Inalã.

Inalã deu um grande sorriso, indicando que ainda tinham muita coisa a ver. Disse apenas uma frase:

– Tenham calma, muitas surpresas os aguardam em Damaiurás.

CAPÍTULO IV

Damaiurás e a Cidade do Céu

Quando pousaram em uma espécie de praça no centro da cidade, uma comitiva já os aguardava. Os soldados com suas águias continuaram voo, passando ao outro lado da cidade. Na comitiva estavam vários elfos e outras criaturas que demonstravam estar bastante agitadas pela presença dos estranhos. Assim que todos desceram dos leões, Inalã correu e abraçou seu pai, que estava à frente de todos os anfitriões.

– Pai! Que saudades!

– Minha filha, seu retorno muito me agrada, mesmo que a situação não seja tão agradável! Nosso mundo corre grande perigo. Acredito que agora confia em mim e já sabe da verdade.

– Perdoe-me por ter duvidado de você. Agora sei da minha missão e acredito que posso ajudar. Deixe-me apresentar meus amigos. Eles podem ajudar muito.

Inalã aproximou-se de seus amigos, junto com seu pai:

– Este é meu pai, Sairik, o rei de Damaiurás.

Apresentou um a um a seu pai, começando por Daidegan, seu marido.

– Pai, este é Daidegan, chefe dos elfos da floresta das sequoias. E Haivorés, representante os mantifores. Ele foi nosso contato com os habitantes do oeste de Eleanthus todo o tempo.

– Um grande prazer em conhecê-lo Sr. Sairik – disse Haivorés. – Sua fama em minha terra é muito grande: o guardião do livro de Damaiurás.

– Este é Alifás – continuou Inalã –, chefe dos leões brancos, e Seroc, dos mançairiques, que vivem com Daidegan nas sequoias gigantes da floresta da árvore mãe. Foram poucos de sua espécie os que sobraram. Lembra-se, pai, quando me mandou para ajudá-los? Quando lá cheguei, quase nenhum ainda tinha vida devido à grande peste.

– Sejam todos bem-vindos à Cidade de Damaiurás. A presença de vocês foi muito aguardada, e dela depende a salvação de Eleanthus. A cidade está inteiramente a seu dispor – disse o pai de Inalã.

Inalã já estava revendo velhas amigas. Havia risos e muita alegria ao ver Inã, amiga que, quando Inalã fora embora, ainda era muito jovem. Um momento de descontração em meio a tanto risco e perigo.

Inalã convidou Inã e Eúria, que ali também se encontrava, para conhecerem seus amigos e, principalmente, Daidegan, seu marido.

– Venham, vamos! Venham conhecer meus amigos e meu amado – disse Inalã, com muita graça.

– Não. Seu pai há de não gostar – disseram Inã e Eúria.

– Claro que não, vamos, venham logo.

Caminharam um pouco, porque estavam distantes alguns metros de onde se encontravam os outros, ainda em conversa com Sairik.

Aproximaram-se primeiro de Daidegan:

– Daidegan, estas são Inã e Eúria. Lembra-se do que lhe disse sobre haver na cidade uma representante dos mitrix?

Daidegan respondeu que sim, e demonstrou muita simpatia com as duas.

– Quando saí daqui – continuou Inalã –, Inã era ainda muito jovem. Agora já é uma grande arqueira, pelo que me relatou Eúria.

– Uma das melhores de Damaiurás – disse Sairik, deixando-a envergonhada.

– Estou pronta para ajudar e para servir, Mestre Daidegan – disse Inã.

– Mestre?! – respondeu Daidegan, assustado. – Que ideia é essa de mestre? Explique-se. Inalã, o que disse a ela?

– Perdoe-me – disse Inã –, mas esperamos o nosso líder de batalha há muito tempo. Ele é você: o mestre dos elfos, aquele que pode controlar as flechas.

– Como sabe de tudo isso? Estou confuso.

Sairik interrompe a conversa e os convida a entrar. Todos entram no castelo. As torres se afunilavam céu acima, e não se via o seu fim. O castelo era muito antigo. As paredes pareciam ter crescido naquele lugar, pareciam vivas, mas tudo era muito simples: mesas, cadeiras e muitas flores, como na vila de Daidegan.

– Desculpe a pergunta, mas a cidade é mesmo do tempo de Caius e Krisna? – perguntou Haivorés a Sairik.

– Sim, mas tudo será esclarecido a seu tempo. Agora devem estar com fome, e devem se servir.

Quando entraram em uma sala, uma grande mesa estava posta com muita comida. Havia de tudo: frutas das mais variadas espécies, sucos, pães e doces. Todos se serviram à vontade, pois estavam sem comer há muito tempo.

Os habitantes de Eleanthus não tinham a necessidade de se alimentar constantemente, devido à magia do planeta. Seus corpos podiam viver semanas sem alimento sólido. Contudo, ele era necessário também. Enquanto comiam, Daidegan observou que Inalã conversava com seu pai às escondidas. Aproximou-se, sorrateiramente, por detrás de uma coluna de sustentação das torres do castelo, e escutou a fala dos dois.

– Mas pai, ele ainda não está pronto.

– Chegou a hora. Não podemos esperar mais. Lembre da profecia que Caius nos deu por meio do livro.

– Pai... Devemos pensar melhor, algo de errado pode acontecer.

– Inalã, depois que libertaram o poder da Pedra da Luz, o livro está mais forte. Ainda não subimos a torre até a cidade do céu esperando por vocês.

– Inalã, quem não está pronto? – perguntou Daidegan, saindo de repente de onde estava.

– Ah! Você estava ai! Há quanto tempo ouvia nossa conversa?

– Tempo suficiente. Quem não está pronto? Responda! – disse Daidegan, em tom ameaçador. – Já não me enganou o suficiente? Ainda há mais mentiras?

O elfo virou-se e saiu nervoso na direção dos outros, que ainda comiam e bebiam. Inalã correu atrás dele.

– Daidegan! Daidegan! Espere! Não há mais mentiras! – Ela o segurou pelo braço para impedi-lo de prosseguir.

– E essa história de profecia. Outra profecia? Eu não entendi. Pode me explicar?

– É a mesma profecia, a deixada por Caius. Era sobre ela que eu e meu pai falávamos. Acredite.

Nesse momento, o pai de Inalã veio ao encontro deles e confirmou a fala de sua filha.

– Escute meu filho, a verdade vai ser revelada, você e todos os seus devem acreditar e confiar. Nós precisamos de vocês.

– Que algo está errado eu sei, não preciso de mais provas para acreditar. Sei que Krisna e Subpteus estão tramando contra nós. O que mais devo saber?

– Já é tarde. Descansem e amanhã falaremos.

Todos se recolheram aos aposentos a eles designados. Daidegan, como sempre, apreciava a noite, que sempre foi e continuava linda. O elfo olhava, de uma das janelas das torres, as plantas que a envolviam e arrumava as orquídeas que estavam se desprendendo das paredes das janelas. Eis que chegou Inalã.

– Oi – Daidegan assustou-se com a chegada repentina.

– Ah! Quem está aí?

– Desculpe se o assustei. Apreciando a paisagem ou refletindo sobre nosso mundo?

– Estava pensando que, até alguns dias atrás, nós passeávamos pela nossa floresta, não tínhamos nenhum problema, nossa vida era maravilhosa. Por que algo teve que mudar nossa vida? Até mesmo você mentiu para mim o tempo todo. A impressão que tenho é que eu sou um tolo.

– Não, você não é tolo, é maravilhoso, um excelente chefe e parceiro.

– Estou como medo. Muito medo. Não sei se posso comandar uma guerra, não sou tão forte assim.

– Você é sim. O melhor e o mais puro. O mais seguro e o mais valente.

– Às vezes penso que está tudo perdido. Que nosso mundo já era. Perco as esperanças.

– Não. O destino, somos nós que o fazemos. Se quisermos um destino melhor, temos que buscá-lo.

Dizendo isto, Inalã tentou abraçá-lo. Ele a princípio recusou, mas depois cedeu, abraçando-a como nunca a havia abraçado antes. Inalã chorou de emoção com suas palavras:

– Inalã, eu te amo. Ajude-me, não posso realizar esse trabalho sozinho, preciso de você. Perdoe-me.

– Sou eu quem deve pedir perdão a você, quem o enganou foi eu, quem escondeu a verdade fui eu. Se alguém tem que ser perdoada, esse alguém sou eu.

– Vamos esquecer nossas diferenças e lutar pelo mesmo ideal. Vamos salvar nosso mundo e nossos amigos. Construir um mundo melhor para todos nós. Mesmo que isso custe nossas vidas.

Dizendo isso, Inalã e Daidegan ficaram a olhar o infinito e as estrelas, contemplando a noite e esperando o dia seguinte, ansiosos para saber o que o livro tinha a revelar. De repente, Daidegan rompeu o silêncio.

– Inalã, olhe! Você viu aquilo!

– O quê, Daidegan?! Eu não vi nada.

– Não sei, pareceu uma ave, sei lá, um dragão daqueles que enfrentamos nas montanhas.

– Pode ser uma das águias da cidade.

– É, talvez eu esteja vendo coisas.

Entraram nos aposentos, e a noite passou muito rápido. Aquilo que Daidegan avistara no céu era Subpteus chegando, a mando de Krisna, para verificar os planos de Caius para poder contra-atacar.

No dia seguinte, a mesa estava posta para o café. Sairik recebeu a todos no salão principal do castelo.

– Comam e bebam. Temos muita coisa a conversar. Vou levá-los ao livro de Damaiurás.

Todos comeram, conversaram e observaram o movimento da cidade pelas janelas do castelo. Nas ruas, parecia haver uma espécie de feira, com muitas barracas em que não só elfos, mas outras criaturas também trabalhavam. Ficaram curiosos para ver o que havia nas barracas, mas Sairik não deu espaço para eles e rapidamente os convocou.

– Vamos, precisamos subir a cidade do céu.

– Como? – perguntou Haivorés.

– Acompanhem-me.

Caminharam para uma das torres. Quando lá chegaram, observaram que nenhuma escada havia para subirem. Somente viam o cone da torre, que sumia nas alturas. Impaciente, Daidegan perguntou:

– Sei que estou me precipitando, mas como vamos subir? Não há escadas, nada para nos apoiarmos?

– Espere e verá – respondeu Sairik.

Assim que Sairik acabou de responder, todo o assoalho da torre começou a se mover e a subir. Todos se assustaram e procuraram se segurar uns nos outros. Após alguns segundos, começaram a apreciar o passeio. A rapidez era imensa.

– Qual a altitude em que estamos? – perguntou Daidegan para Haivorés. – Acredito que muito alto. A esta velocidade em que estamos, já devemos ter subido muito.

Ao final da torre, Sairik abriu uma porta e eles se depararam com uma visão deslumbrante. Lá estava o castelo, menor que o da cidade de Damaiurás, parecido a uma velha árvore. Seus galhos formavam as torres e o seu tronco, a parte principal do castelo. Todos ficaram intrigados, principalmente Haivorés e Seroc. Estes ajoelharam-se perante a árvore castelo. Neles, uma expressão de alegria e de admiração ao mesmo tempo.

– Haivorés, é o que eu estou pensando? Não, não, não pode ser – disse Seroc.

– Acredito que é sim, meu caro amigo.

Daidegan e Alifás, sem entender nada questionaram os dois:

– Afinal, o que está havendo? Já viram este... Sei lá o que, árvore, castelo, enfim, isso?

– Não – disse Haivorés –, mas contam as antigas sequoias que uma das árvores de Caius não foi destruída por Krisna, e ele a salvou. Acredita-se que ela podia estar ainda em nosso mundo, ou que teria sido enviada para outro mundo. Ao ver essa árvore, Seroc sentiu algo que o levou a deduzir que é ela.

Daidegan, indignado, responde:

– Já não sei de mais nada. A cada dia que passa tenho a impressão de que não conheço meu próprio mundo.

Sairik caminhou a frente de todos e, antes de entrar, disse:

– Esta é a árvore matriz. Dela saiu a árvore mãe. Seroc tem o poder de convocar a árvore mãe, e será muito importante para nós agora. Por esse motivo, Inalã deveria impedir a extinção dos mançairiques: tudo depende dele e de Haivorés. Hoje, a revelação vai continuar.

Abriu a porta, e uma grande luz de cor verde inundou a todos e ao redor do castelo. Haivorés e Seroc pareciam ter mais força do que antes. Alifás olhou para Daidegan.

– O que está acontecendo? Que lugar é esse?

– Para mim tudo é novo, assim como para você. Inalã, o que está acontecendo?

– Na verdade, nem eu sei. Parece tudo tão diferente. Antigamente, a árvore matriz não tinha folhas verdes e novas, era seca, e agora está tão bela... Parece feliz.

– Verdade, minha filha – disse Sairik. – Após o despertar dos poderes de Eleanthus feito por Haivorés, a árvore matriz também recuperou parte de seus poderes. Assim como o livro de Damaiurás.

À frente deles, após acostumarem-se com a luz, viram então o famoso livro. Era grande, parecendo um livro de bruxaria, mas estava envolto em trepadeiras e flores, como em todo lugar que havia verde. Ele era dourado e estava fechado. A luz que inundava o lugar vinha dele, e isto impressionava: o livro parecia vivo. Estava sobre um ambão que o protegia para que não caísse.

Sairik convidou todos a se aproximarem e disse o que iriam realizar.

– Hoje a profecia vai ser cumprida, e algo novo vai acontecer em nosso mundo. A união de todos não é mero acaso, tem um fundamento e um objetivo. A partir de hoje, vocês irão enfrentar o mal. Seroc e Haivorés, vocês precisam convocar a árvore mãe.

– Como? Ela está a muitos quilômetros daqui – disse Haivorés. – Ela está na floresta dos elfos, a oeste de Eleanthus.

– Não – disse Seroc. – Onde eu estiver, ela também estará, desde que estejamos juntos e próximos à árvore matriz.

Assim como fizeram na floresta das grandes sequóias, Haivorés e Seroc realizaram o ritual de convocação da árvore mãe. Fizeram o círculo no chão e pronunciaram as palavras da magia antiga do renascimento. Rapidamente, próximo ao livro de Damaiurás, a árvore mãe apareceu, assim como na floresta, dourada. Agora parecia maior e com mais vigor. Seroc ajoelhou-se e, mais uma vez, conversou com a árvore mãe. Nenhum dos presentes compreendia o que ele falava, parecia em transe com a árvore.

– Seroc, Seroc! Você está bem? – perguntou Haivorés. – O que ela pede a você?

– Ela quer que você abra o livro, Haivorés – respondeu ele.

– Eu?! Por que eu? Deveria ser o guardião do livro Sairik, e não eu.

– Ela diz que você e eu somos os guardiões da floresta, e você deve abrir o livro. Somente três pessoas podem ler o livro.

– Quem? – rapidamente perguntou Daidegan.

– Haivorés, Cael e Seroc.

– O quê? – espantou-se Inalã. – Meu filho pode ler o livro? Ele nunca esteve aqui, como a árvore mãe sabe de sua existência? Seroc, pergunte a ela como sabe sobre meu filho.

– Ela me diz que somente o livro pode responder suas perguntas.

Sairik então pediu a Haivorés que abrisse o livro. Alertou que desde que o livro chegara ali, nunca ninguém o abrira para ler suas inscrições.

– Não sabemos o que pode nos informar, nem o que devemos fazer. A única coisa que nos foi revelada é a profecia, e esta vocês já sabem.

Haivorés aproximou-se então do ambão do livro, retirou algumas das trepadeiras que estavam sobre ele, assoprou a poeira e o abriu lentamente, virando sua capa grossa e pesada. A ansiedade de todos era muito grande. Ao terminar de abrir o livro, fixou seus olhos nas páginas e disse:

– Não existe nada escrito aqui. – Virou outras páginas: tudo em branco.

– Tudo em vão – reclamou Daidegan. – Viagem inútil, guerra inútil. E agora, o que vamos fazer?

Sairik demonstrou inquietação e ficou também sem saber o que dizer ou fazer. Andou de um lado para outro, pensando e murmurando.

– O que está faltando? Tem algo errado. Não pode ser só isso. Tem que ter mais alguma coisa.

Seroc interrompe.

– Espere. Tem mais uma coisa. Haivorés tem que dar seu poder ao livro. É o que diz a árvore mãe.

– Como assim? – perguntou Haivorés.

– Com certeza é a rajada de energia que você usou quando estávamos na batalha com os dragões nas montanhas – disse Inalã.

– Mas e se eu destruir o livro? É tão antigo que posso fazê-lo em pedaços. Sr. Sairik, o que acha?

– Se a árvore mãe está pedindo, devemos acreditar. Tem minha permissão.

– Afastem-se, então.

Todos ficaram próximos à porta de entrada da sala onde estavam. Haivorés agiu como na luta contra os dragões: juntou suas mãos e a energia verde se formou. Lançou-a sobre o livro, e uma grande nuvem de poeira e luz encheu o ambiente. Todos tossiram, e então se aproximaram. Quando a visibilidade voltou, mais uma vez o espanto tomou conta de todos. Ao lado do livro havia um jovem de cabelos loiros e aparência diferente. Nem elfo, nem mantifore, nem mançairique, era diferente de todos. Aparentava muita paz e tranquilidade. Usava roupas estranhas, vestia uma espécie de túnica branca que cobria os braços e pernas e estava descalço. Não parecia real, a impressão que se tinha era de uma imagem quase real.

– Inalã, não parece semelhante à Krisna, que vimos nos braços de Subpteus na reunião do Conselho dos Astros Reis? – disse Daidegan.

Antes que Inalã se pronunciasse, o jovem se manifestou:

– Eu sou Caius. Obrigado por me libertar de meu próprio castigo. Quando aprisionei minha irmã no Diacroney, também me aprisionei. Ela ficou confinada no subterrâneo de Eleanthus, está aprisionada na lava do vulcão, e eu fui aprisionado neste livro. A árvore matriz me manteve seguro até agora. Como minha irmã tentou destruir minhas criações, como as florestas e os animais, eu comecei a esconder algumas coisas. Por exemplo, a árvore mãe no subsolo e árvore matriz no céu, do lado leste do mundo. Aqui Krisna não tinha interesse, pois não conseguia ver nada, com a árvore matriz escondida nas nuvens e seus habitantes camuflados. A árvore mãe no subsolo, então, ela nem imaginava, e os mançairiques cuidaram dela para mim. Quando Krisna destruiu tudo, estas plantas sobreviveram e salvaram vocês. E eu, com a libertação dos poderes de Eleanthus feita por Haivorés, posso me comunicar com vocês.

– Mestre – disse Haivorés –, o que devemos fazer? Vamos exterminar os diacris e fazer tudo voltar ao normal?

– Não é tão fácil assim. Eu não posso sair daqui, a não ser que levem o livro.

Daidegan interrompeu a fala de Caius e questionou:

– Mas nós já vimos Krisna duas vezes.

– Isso só seria possível se fosse encontrada pelo menos uma das partes do Diacroney, e eu as espalhei pelo mundo. Como ela pode ter encontrado uma das partes sem poder sair do subterrâneo?

– Na verdade, eu o encontrei – disse Daidegan. – Haivorés deu a ele o nome de anelar.

– Como é este objeto? – Caius perguntou.

Haivorés descreveu o objeto, assim como havia feito no Conselho dos Astros Reis. Acrescentou que, quando Subpteus o colocou no braço, uma grande força emanou dele e que Krisna tomou forma na lava de seu braço.

Caius ficou pensativo, fez um silêncio e então complementou:

– Sim, realmente é uma das peças do Diacroney, e quando um ser do mal o possui, Krisna fica mais forte. Temos que tê-lo de volta o mais rápido possível. Temos que reaver o anelar. Desta forma, enfraqueceremos minha irmã e ganharemos poder.

– Desculpe a intromissão, sou um mero servo seu – disse Seroc. – Mas como é esse tal de Diacroney para que possamos encontrá-lo e trazê-lo até você, para que possa rearranjar nosso mundo e fazê-lo como era antes?

– Excelente pergunta – disse Daidegan. – Como é o Diacroney, ou o que é?

– Infelizmente, isso eu já não sei mais – disse Caius. – O que sei é que quando o espalhei pelo tempo dei a ele o poder de mudar de forma. Somente quando ele estiver reunido novamente voltará ao normal e apresentará sua forma original, assim como o criei. E quando ele estiver restaurado, poderei prender para sempre os poderes de minha irmã e assim destruí-la para sempre.

– Mas como era a forma original do Diacroney? – questionou mais uma vez Daidegan.

– Não consigo me lembrar. Não sei se é pelo tempo, ou se ele mesmo não quer ser encontrado.

Dizendo isso, Caius começou a desaparecer. Parecia que seus poderes não eram suficientemente grandes para que ele permanecesse visível por muito tempo. Antes de sumir completamente, porém, ainda disse as seguintes palavras:

– Leiam o livro – dizendo isso, desapareceu, e o livro rapidamente se fechou. A luz que dele emanava voltou para seu interior.

Daidegan rapidamente correu até o ambão tentou abrir o livro, mas não conseguiu fazê-lo. Usava toda a sua força, e nada: quanto mais força fazia, mais difícil ficava de abri-lo.

– Não consigo abrir – disse, já irritado.

Inalã, também irritada, gritou:

- Você não ouviu o que Caius disse? Somente três pessoas podem ler o livro: Haivorés, Seroc e Cael. Deixe que Haivorés tente e veremos se algo acontece.

Haivorés aproximou-se e, com calma, abriu novamente o livro, deixando Daidegan ainda mais irado.

– Já sei – disse Daidegan. – Nada está escrito como da outra vez, é isso?

– Não, espere! Parece que algo está acontecendo. Seroc, venha aqui para ver. Algumas letras estão se formando.

Rapidamente, Seroc se aproximou e realmente confirmou que algo estava se formando no livro. Sairik também se aproximou, exclamando para os demais:

– Eu não estou vendo nada, a página está em branco.

– Não. Tem algo escrito sim! – respondeu Haivorés.

Seroc confirmou que havia algo se formando. A curiosidade fez que todos se aproximassem, mas, para eles, no livro havia somente páginas em branco.

Seroc disse que já conseguia ler algumas palavras.

– Então leia! – pediu Alifás, que permanecia ao lado de Inalã.

– Aqui diz: *"para vencer a batalha anelar, precisam trazer Aquiel de volta, e, com ele, Cael. Somente este pode vencer o anelar. Verifiquem a profecia"*.

– Só isso!? – falou Daidegan, gritando e muito bravo.

– Sim, várias vezes a mesma coisa! E as outras páginas estão em branco.

– Mas o que isso quer dizer? Como vamos trazer os dois de volta? Onde eles estão, afinal? Quando vimos sua imagem na floresta, me pareceu um lugar muito diferente do nosso. Onde é esse lugar? Vamos buscá-los logo e resolver todo esse problema.

– Daidegan, não é tão simples assim – disse Inalã em desespero.

– Por quê? Qual o problema?

– O que mais me preocupa é a profecia.

– Qual delas? Já ouvi falar de tantas quem nem sei mais qual é uma e qual é a outra?

– Se meu filho voltar, eu tenho que ocupar seu lugar.

– Como assim?

– Quando meu pai mexeu no tempo, mandando meu filho e meu irmão para este outro mundo, havia um problema. Uma vez lá, alguém tem que ocupar seus lugares caso saiam, pois eles têm uma vida lá. Se saírem, isso pode mudar a história daquele povo.

– Não, isso não pode acontecer. Precisamos de você aqui. Como vamos treinar e lutar? – disseram Inã e Alifás.

Daidegan também interveio, e já dava a entender que havia perdoado Inalã, e inclusive que a amava como antes e que se preocupava com sua vida.

– Pai! Como vamos fazer agora? – perguntou Inalã.

– Primeiro, temos que avisar seu irmão. Depois, daremos um jeito de trazer Cael de volta.

Sairik convidou a todos a voltarem para a cidade. Lá poderia explicar como mexeu no tempo e no espaço, e como poderia fazer isso novamente.

Quando voltaram para o salão principal da cidade, muitos elfos estavam ali. Alguns conversavam, alguns treinavam em uma praça no centro do castelo. Usavam arcos e flechas, e saltavam sobre obstáculos.

– Isto é um campo de treinamento? – perguntou Alifás a Inalã.

– Sim. Foi aqui que treinei a minha vida toda.

A conversa de ambos foi interrompida bruscamente por um dos soldados, que chamava rapidamente por Sairik e pelo capitão da guarda, que também os acompanhou para a cidade do céu. Contudo, não se pronunciava, somente mantinha a guarda.

– Senhor! Senhor! – dizia o soldado, com voz cansada e ofegante.

– Sim, fale – ordenou Sairik. – O que aconteceu?

– Precisa ver isto! Tem algo muito estranho aqui! Acompanhem-me que os levarei até lá.

Todos acompanharam o soldado. Caminharam por algumas ruas da cidade, até se depararem com uma cena nada agradável. A visão causou grande dor em Inalã, que abraçou Daidegan, em busca de consolo e proteção.

– Mas o que houve aqui? – perguntou Sairik ao soldado.

– Na ronda da manhã, encontramos o corpo já assim. Parece que alguém sugou sua vida.

– Estranho. Muito estranho.

O corpo estendido não chão, de um elfo adulto, estava pele e osso. A impressão que tiveram realmente era de que alguém tinha sugado sua vida e sua estrutura, deixando apenas os ossos. Até mesmo os olhos desapareceram.

Sairik continuou o interrogatório. – Ninguém viu nada? Alguma testemunha do acontecido?

– Até o momento não, senhor.

– Mas o que houve aqui? – Haivorés estava perplexo, e ficou pensativo com o caso.

– Alifás, tem alguma ideia do que possa ser isso? – perguntou Daidegan. – E você, Haivorés, tem alguma pista?

– Desconfianças sim! – disse Haivorés.

Antes que continuasse a falar, surgiu nas sombras um elfo de idade avançada.

– Senhor, perdoe-me a intromissão, mas eu vi o que aconteceu a ele ontem à noite. Posso relatar com detalhes, pois eu estava aqui e ninguém me viu.

– Vamos, conte logo então – disse Daidegan, antes mesmo que Sairik desse o comando.

– Eu estava aconchegado aqui no canto e notei que uma criatura se aproximava do céu. Vi logo que não se tratava das águias de Damaiurás, era diferente. Quando pousou, vi que era um dragão.

Entre cochichos, Daidegan e Inalã comentaram: um dragão de colaborós.

– Junto com ele havia um ser estranho que, ao descer, tornou-se fogo puro. Muito medo me deu, e me escondi rapidamente no escuro da rua. Esse elfo, que agora jaz aqui, morto, vinha em direção contrária e não notou o intruso, batendo de frente com ele. Foi horrível, senhor. O homem de fogo pegou em seu braço e ele começou a gritar. Quanto mais gritava, mais o homem de fogo ria. De repente, o homem foi ficando igual a ele, um elfo como nós, enquanto este se esvaía. Quando terminou, jogou o corpo aí não chão e se foi, cidade adentro. Parecia que queria algo.

– Nem precisa terminar, foi Subpteus – disse Daidegan.

– Quem? – perguntou Sairik.

– O que está com o anelar, aquele com o qual Krisna pode aparecer em outros lugares.

– O que ele quer aqui? – novamente, Sairik quis saber.

– Com certeza, descobrir o que estamos tramando para avisar Krisna.

– Mas onde ele está agora? – disse Inalã. – Pode ser qualquer um. Temos que investigar.

Perceberam, então, que o elfo ainda possuía traços de vida, graças à imortalidade. Tomaram, então, todas as providências para que sua força vital fosse restaurada. Segundo Sairik, porém, mais alguns segundos e ele teria deixado de existir para sempre.

Voltando ao castelo, Daidegan, curioso, perguntou a Sairik como um elfo poderia morrer. A resposta dele foi rápida.

– Desta maneira, ou seja, quando nossa força vital é sugada ou algo a faz fugir de nós. Nós, elfos, não morremos, mas desaparecemos para sempre. O que nos mantém vivos é justamente nossa força vital, que vem das árvores e, em especial, da árvore matriz e da árvore mãe. Caius deixou esse legado. Enquanto houver vida vegetal, viveremos, mas quando ela acabar, sumimos ou deixamos de existir.

– Mas então devemos proteger a árvore matriz de todas as formas, e com todas as nossas forças – disse Daidegan.

– Ela já está protegida há milênios. Krisna nunca a descobriu, e tampouco sabe da árvore mãe. Caso contrário, teria vencido a luta com seu irmão, e nós nunca teríamos existido.

Haivorés tomou a palavra:

– Então na verdade somos todos ligados uns aos outros. Nós, mantifores, dependemos da floresta, os leões, das planícies e os elfos também da vida que emana de nosso planeta.

– Sim – disse Sairik. – Nosso medo é que Krisna fique sabendo dessas informações e que as use para nos prejudicar. Se ela destruir uma floresta, por exemplo, podemos sofrer perdas de poderes, e até mesmo de espécimes vivos.

Após a conversa entre eles, Alifás observou que alguém tentava se esquivar pelos cantos do castelo. Alertou Daidegan e Inalã, que estavam próximos a ele.

– Tem alguém se escondendo atrás das colunas, se esquivando nas sombras!

– Vamos investigar – disse Daidegan.

Saíram sorrateiramente e cercaram o indivíduo. Logo em seguida, chegaram Sairik e os outros. Quando percebeu que está sendo vigiado, o intruso tentou fugir, mas Inalã já o esperava no portão.

– Parado aí! Aonde pensa que vai!

– Ah! O que disse? Eu...

– Não faça rodeios, diga o que queria aqui no salão principal do castelo! – disse Inalã em voz alta e muito nervosa.

Os outros já haviam chegado correndo, e Daidegan e Alifás seguravam o elfo, que demonstrava muito medo e apreensão.

– Meu filho, o que faz aqui? – perguntou Sairik.

– Nada mestre, só estava de passagem! Não é nada mesmo, eu juro! Deixe-me ir, por favor!

– Mentira! – interrompeu Inalã. – Conheço a mentira a quilômetros de distância.

Inalã já estava com uma flecha apontada para o peito do elfo, ameaçando-o. Disse a ele que já sabia como fazer um elfo sumir, era só fazer a força vital deixá-lo, e que isso não era nada difícil para ela: além de fazer as plantas crescerem, Inalã podia tirar a vida de qualquer coisa viva.

– Calma Inalã, iremos interrogá-lo – disse Daidegan.

– Isso mesmo, tenha calma Inalã – disse Haivorés.

– Calma nada! Ele está mentindo, vocês não estão vendo? – Inalã disse estas palavras com fúria e, sem pensar duas vezes, lançou a flecha certeira no coração do elfo.

– Não! – gritou Daidegan.

Tarde demais. A flecha de Inalã já atingira o alvo. O elfo gemeu de dor e se retorceu muito. Parecia que tudo havia terminado, mais um elfo deixaria de existir. Contudo, Haivorés chamou a atenção de todos para algo que achava muito estranho.

– Daidegan, olhe! Está mudando!

– Como pode ser? Parece outra pessoa.

Neste momento todos perceberam que algo estava acontecendo com o elfo. Ele parecia com muita dor, mas uma dor de transformação, não de morte. Deixava de ter os traços dos elfos, começando a ter traços dos diacris, as criaturas do subterrâneo.

– Não pode ser! É Subpteus! – exclamou Haivorés.

Alifás confirmou que realmente se tratava de Subpteus.

– O que faz aqui, seu traidor? – perguntou Daidegan.

– Minha missão já está cumprida, posso levar informações valiosas para minha ama Krisna. Ela me disse que deveria segui-los e vigiá-los, e tinha toda razão. Já posso voltar para meus domínios agora.

– Alifás! Rápido, use seu sopro congelante! Só isso pode detê-lo! – gritou Haivorés.

Alifás rugiu como fizera nas montanhas de picos azuis, congelando tudo à sua frente. Porém, quando o sopro de Alifás chegou a Subpteus, ele já estava em forma de lava e se escorregava pelas frestas do piso em direção ao solo, não sendo atingido a tempo. A decepção atingiu o leão guerreiro. Daidegan o animou.

– Calma, vai ter outra chance.

– Quanto será que ele ouviu da conversa? – preocupou-se Seroc.

– Acredito que não muito, falamos pouco sobre tudo o que vivemos hoje.

– Mas ele deve ter ouvido com certeza sobre como nos prejudicar – Inalã se lembrou da conversa sobre como as árvores eram importantes para os elfos e todos os demais habitantes da floresta.

– Não temos mais tempo, agora devemos chamar Cael e Aquiel o mais rápido possível! – disse Sairik. – Seroc, Inalã e Haivorés! Devemos novamente subir à cidade do céu para avisarmos Aquiel que o tempo de voltar chegou. Precisamos da árvore mãe para enviar o recado.

– Chame a árvore mãe aqui – sugeriu Alifás .

– Não – Sairik interveio –, à cidade do céu Krisna não tem acesso e lá ela não percebe nossas ações. Aqui, por outro lado, já não é mais seguro.

CAPÍTULO V

O Retorno de Aquiel e Cael

No castelo, todos se preparavam para ir novamente à cidade do céu. Lá, Seroc invocaria a árvore mãe para enviar notícias a Aquiel, avisando-o sobre seu retorno e o de Cael para Eleanthus, já que sua presença era necessária na luta contra Krisna e sua força do mal.

Antes que fizessem o caminho para a cidade, Daidegan interveio:

– Acredito não ser necessária a presença de todos nós lá novamente. Seroc, Haivorés, Inalã e Sairik são suficientes. Eu e Alifás nada podemos fazer a não ser observar. Fiquemos aqui de guarda, caso Subpteus volte.

Todos concordaram com sua opinião, e Daidegan e Alifás voltaram para a praça em busca de pistas sobre possíveis traidores. Enquanto isso, o segundo grupo já estava a caminho da cidade do céu.

– Daidegan, o que você pensa sobre tudo isso que está acontecendo? Até alguns dias atrás, nossa vida era totalmente diferente, e agora está tudo de cabeça para baixo. Uma reviravolta total em nosso mundo! Qual o sentido de tudo isso? – perguntou Alifás.

– Eu ainda estou perdido. Na verdade, todos estão perdidos, estamos com medo e com raiva. Por que nosso mundo tinha que ter esse problema? Não podia continuar como estava, tranquilo e calmo como sempre foi, desde que me conheço?

– Nosso destino ninguém consegue prever, mesmo.

Misturaram-se à multidão da cidade e aguardaram o retorno dos outros, sem saber o que iria acontecer, se Cael iria ou não voltar. Enfim, naquele momento, tudo o que podiam fazer era esperar.

Já na cidade do céu, estavam todos mais apreensivos. Ao entrarem no castelo da árvore matriz, a árvore mãe lá já estava, bem ao lado do livro de Damaiurás, repleto de trepadeiras e plantas como antes. Este fato levou Inalã ao espanto.

– Pai, olhe como as plantas cresceram rápido! O livro já está protegido novamente pelas trepadeiras.

– Sim. Quando juntas, as duas árvores são poderosas. Ainda mais agora, com os poderes do planeta sendo restaurados, elas ficam ainda mais fortes, assim como nós. Quanto mais forte a floresta, mais forte a vida.

– Esperem – Seroc alertou, antes mesmo de se aproximarem da árvore mãe e do livro.

– O que houve? Qual o problema? – perguntou Inalã, apavorada.

– A árvore mãe tem algo a nos mostrar, Cael corre perigo onde ele está.

– Como assim? Que perigo? Vamos, Seroc, pergunte a ela.

– Inalã, o mal está lá: criaturas mandadas por Krisna. Olhem para as folhas da árvore e fixem seus pensamentos em Aquiel e Cael.

Assim como da outra vez, a imagem começou a aparecer, agora mais nítida e mais viva. A impressão que se tinha era a de que era possível tocar nas pessoas do outro lado. Viram Aquiel e Cael em meio a muitos adolescentes. Não estavam na cidade, mas parecia um lugar afastado, um parque, uma floresta, até que Inalã avistou uma placa. Nela, Haivorés disse que conseguia ler uma inscrição. Então todos, com muita curiosidade, pediram que ele a lesse logo. Ele assim o fez:

– Ali diz: "Parque Nacional de Itatiaia, Rio de Janeiro, Brasil, área de estudo de geomorfologia".

– Haivorés, o que isso quer dizer? Como consegue ler essa escrita?

– Há muitos anos, nossa espécie falava essa língua também. Os mais velhos passam o modo de falar e ler para todos os novos.

Quando os dois, Aquiel e Cael, se distanciaram dos demais do grupo em que estavam, Inalã chamou a atenção de seu irmão:

– Aquiel! Aquiel!

Ele ouviu Inalã, mas ficou procurando o lugar de onde vinha o chamado. Leonardo (Cael) perguntou se estava ficando maluco.

– Não – disse ele –, lembra-se da história que te contei sobre sua vida mudar de uma hora para outra, e de quando disse que você tinha que confiar em mim e acreditar?

– Tá! Que história é essa, Tchesco?

– Aquiel, olhe para cima, na copa das árvores, e peça para Cael olhar também – disse Inalã.

– Leo, olhe para a copa das árvores.

Os dois olharam para cima, e a imagem começou a aparecer. Começaram a ver Inalã e os outros. Leonardo ficou espantado e queria fugir, mas Aquiel o segurou pelo braço e pediu que tivesse calma e que ouvisse e visse o que eles tinham a dizer. Leonardo, impaciente e nervoso, brigou com Aquiel, pedindo que o soltasse e o deixasse ir para onde quisesse.

– Eu não preciso ver fantasmas ou monstros em folhas de árvores – acrescentou ele. – Largue-me! Não sou obrigado a ver fantasmas! Não sou louco. – Leonardo tentava se soltar de Francisco, mas ele o segurava com todas as forças que tinha.

– Leo! Escute, você não está maluco. O que você está vendo e escutando é real, são meus amigos e minha irmã.

Mesmo escutando isso, Leonardo não acreditava e continua tentando fugir. Aquiel, não aguentando mais e sem argumentos para convencê-lo, gritou para que ele ouvisse:

– Ela é sua mãe! Inalã, minha irmã, é sua mãe!

No mesmo instante, Leonardo paralisou.

– O que disse?

– Foi a única maneira de fazer você escutar! Esta que você está vendo aí é Inalã, sua mãe. E ela também é minha irmã – disse Aquiel, já parecendo estar arrependido. Contudo, atingiu seu objetivo: de chamar a atenção de Cael.

– Como? Mentiroso, ela nem é humana. Parece um monstro. Mande-os embora! Vamos voltar para a nossa turma e para nossa casa.

Inalã, ouvindo tudo através do portal aberto pela árvore mãe, irritada e indignada com a fala de seu filho, gritou do outro lado, através das árvores que chegaram a balançar com a força de sua voz.

– Cael! Ouça-me! Eu não sou nenhum monstro, sou sua mãe!

Ao falar essas palavras, Inalã chorou. Tentava se aproximar de seu filho, mas era somente uma ilusão, e isso a deixava mais desesperada do que já estava. Leonardo a olhou atentamente e disse, com muita frieza.

– Minha mãe! Que é isso? Minha mãe é Dona Dolores. Ela está em casa, à minha espera, com o jantar pronto quando eu chegar.

Ao dizer isso, virou-se e começou a caminhar, distanciando-se de onde a imagem de sua mãe, Inalã, estava. Tchesco tentou buscá-lo, sem sucesso. Era irremediável. Ao ver que seria difícil convencê-lo a ouvi-la, Inalã teve uma idéia, que puseram em prática. Chamou por seu irmão e lhe deu uma missão.

– Aquiel, volte aqui. Deixe-o ir, logo ele estará pronto para me ouvir. Escute com atenção. Os poderes de Eleanthus foram liberados, Haivorés destruiu a Pedra da Luz e nós, aos poucos, temos nossos poderes restaurados. Acredito que você também, mesmo distante, tenha seus poderes de elfo, e neste lugar talvez mais fortes ainda. Temos a certeza de que algo de mal pode acontecer a vocês neste local. Devem voltar o mais rápido possível. Papai vai abrir o portal que os levou até aí, e por ele vocês devem retornar.

– Mas e quem vai ficar aqui? Lembra-se de que alguém tem que tomar meu lugar aqui? É o preço da troca de existência.

– Nisto pensamos depois. Agora escute o que quero que faça: quando estiver sozinho com Cael, volte a ser elfo. Transfigure-se e mostre a ele quem realmente ele também é. Só assim poderemos trazê-lo de volta para podermos fazer nosso mundo como era antes, como sempre foi.

– Isso não é problema, nós estamos sozinhos. Os outros alunos foram ao outro lado do vale fazer coletas e nós ficamos aqui. Sabe, Inalã, há alguns dias me sinto mais forte realmente. Será que os poderes de Eleanthus me alcançaram até aqui?

Antes que Inalã pudesse responder, Aquiel ouviu um grito desesperado de Leonardo. O grito não vinha de muito longe, mas não podia vê-lo, a região era montanhosa e com algumas áreas de planalto, com altas ondulações.

– Tchesco! Socorro! Ajude-me!

– Inalã! Cael está com problemas, algo aconteceu e ele pede minha ajuda.

Nem sequer tempo de correr Aquiel teve: Cael, ou Leonardo, já havia chegado até onde ele estava, muito cansado e com cara de quem havia visto um demônio.

– Tchesco, temos que sair daqui. Há algo estranho nas encostas das montanhas, e parece que está vindo para cá. São animais grandes, parecem pedras. Nunca vi algo assim.

– Leo, mantenha a calma. Não queria que fosse assim, mas nunca podemos prever nossas atitudes. Esperei centenas de anos por esse dia, e chegou a hora de revelar a você nossa verdadeira aparência.

Muito desesperado, Leonardo nem se importou com o que Francisco lhe dizia. A única coisa que importava era fugir para o mais longe possível do mal que podia atingi-lo. Escondeu-se atrás das árvores em que a imagem de sua mãe estava sendo projetada, mas nem se importou com isso. O medo das criaturas nas montanhas era tão grande que superava o medo de conhecer alguém através de uma imagem nas folhas das árvores.

– Francisco, corra para cá! Não está em ouvindo? Não estou brincando, não! – disse Leonardo.

– Leo, olhe para mim.

Leonardo não o olhava, até que, em um determinado momento, Francisco perdeu a paciência, gritando:

– Pare de criancice e olhe agora para mim! Quem não está brincando aqui sou eu! Deixe de tanto medo e acredite em mim!

Quando Aquiel terminou de falar, ouviu-se um som muito estranho, como se fosse o rugido de um leão, mas parecendo algo ainda mais forte, de um animal ainda maior. Inalã também ouviu, assim como Haivorés, Seroc e Sairik. Haivorés rapidamente identificou o som.

– Inalã, é um dragão de colaborós, os mesmos que nos atacaram nas montanhas de picos azuis. Mas como chegaram até lá?

– Simples. Subpteus ouviu nossa conversa e passou as informações para Krisna. Ela deve ter, de algum jeito, mandado os dragões para acabar com Cael, pois agora ela sabe que ele pode derrotá-la, ou pelo menos ajudar a derrotá-la.

Inalã alertou Aquiel:

– Aquiel! Preste atenção! São dragões de colaborós, animais controlados por Krisna, nós já os enfrentamos aqui. Volte a ser elfo e use suas flechas para acertar abaixo da cabeça, no pescoço, onde eles são mais facilmente aniquilados. Espero que os poderes tenham chegado até você!

Neste momento, Leonardo já estava mais perto e podia ver com clareza Francisco, que começou a transfigurar-se. Ao final, Francisco voltou a ser Aquiel e apresentou-se a Leonardo.

– Eu sou Aquiel, irmão de Inalã e filho de Sairik, o guardião do livro da cidade de Damaiurás, no mundo de Eleanthus. Você é Cael, filho de Inalã, e seu destino é cumprir a profecia de salvar nosso mundo do mal, restaurando o bem junto a todos os habitantes de nosso mundo.

Leonardo não teve sequer tempo de fazer perguntas, pois o grande dragão já se aproximava. Inalã, pela visão, angustiava-se e preocupava-se com a segurança dos dois. Rapidamente, o arco mágico de Aquiel apareceu em suas costas, assim como suas flechas mágicas. Quando percebeu isso, Aquiel sentiu o poder que possuía e, sem demora, correu ao encontro do dragão que se aproximava, lançando uma flecha atrás de outra com uma rapidez incrível. Suas flechas se incendiavam ao tocar o animal e, percebendo isso, Aquiel mudou sua estratégia: suas flechas, que antes eram fogo, agora eram gelo. Ao tocarem o dragão, já não incendiavam mais e sim causavam dor, e ele gritava um som diferente. O dragão, por sua vez, contra-atacava com sua rajada de luz. Contudo, Aquiel se esquivava muito bem.

Vendo tudo isto, Inalã comentou com Haivorés:

– Ele tem grande poder: pode mudar suas flechas de fogo para gelo, somente com o poder da mente –Virando--se para o irmão, gritou com toda a sua força: – Aquiel, no pescoço, rápido!

Ele, obedecendo aos comandos de sua irmã, fez grandes manobras no ar, saltos incríveis e, em alguns momentos, conseguia até mesmo pular sobre o dragão. Flechas eram lançadas a todo momento, em todas as direções, até que uma delas acertou o alvo: o coração do dragão. O animal se dissipou como poeira.

Do outro lado do mundo, todos comemoraram com gritos de alegria. Haivorés manteve a calma e permaneceu olhando, por meio da árvore mãe, o que acontecia com Aquiel e Cael. Apreensivo, gritou com os demais, pedindo silêncio.

– Acredito que ainda não acabou.

– Como assim? – perguntou Inalã. – Aquiel já matou o dragão, o que você quer mais?

–Você acha que só tem um? Acha que Krisna mandaria somente um dos seus para matar o que pode acabar com ela? – falou isso com um nervosismo incomum.

Com essas palavras, todos pararam e começaram a fixar os olhos realmente nos dois, que agora já se aproximavam novamente. A princípio, não notavam mais dragões por perto, nem mesmo diacris. Ficaram ansiosos para ver a reação de Cael ao ver de perto Aquiel, que agora já estava bem próximo dele. Cael, como todo adolescente, ficou estupefato com a visão que tinha à sua frente. Via um elfo com cabelos dourados e longos, quase chegando à cintura, orelha bem pontudas, olhos verde-claros e um rosto afinado, com traços faciais característicos aos elfos. Sua pele, que antes tinha a cor branca dos humanos, agora parecia-se com a pele cor de pêssego de sua espécie. Suas roupas normais haviam se transformado em roupas de guerreiro: uma forma de colete dourado e uma espécie de saia, com sandálias que eram amaradas até o meio das canelas. Ao se aproximar, Leonardo quis tocá-lo.

– Francisco, é você? – perguntou, ressabiado.

– Sim, sou eu. Mas meu nome é Aquiel.

– Você é o quê?

– Sou um elfo, assim como você.

– Não! Eu não sou isso aí, não! – e depois, constrangido: – Sem ofensas, tá? Eu não quis dizer isso, desculpa.

– Ha ha ha. Um pequeno momento de descontração, não é mesmo, Cael?

– Não me chame assim! – falou Leonardo, nervoso e bravo. – Meu nome é Leonardo, moro aqui no Rio desde que nasci.

– Como sabe disso? – questionou Aquiel.

Leonardo parou. Em seguida, empurrou Aquiel e resmungou:

– O que você está querendo dizer? Que não sou filho de meus pais? Pare com isso, a não ser que não queira mais ser meu amigo!

– Tudo bem. Perdoe-me. Mas peço a você que me dê uma chance, e aos outros, que estão tão distantes, mas contando com você. Ouça o que eles têm a dizer.

Leonardo virou-se para a árvore e viu, ainda lá, as criaturas que antes conversavam com ele. Observou que Inalã realmente se parecia com seu amigo Francisco. Quando menos esperava Aquiel estava ao seu lado, já na forma humana, como antes.

– Cael, meu filho – disse Inalã –, eu nunca quis abandoná-lo, mas meu pai obrigou-me a fazer isso. Nunca concordei com ele, mas minhas relações com ele nunca foram mesmo muito amistosas. Agora, no entanto, compreendo suas razões e acredito em tudo o que ele me ensinou. Você precisa voltar para nosso mundo, mesmo que eu morra para que isso aconteça.

– Como assim, morrer?

– Quando nós o mandamos para este mundo em que você está, tínhamos um preço a pagar para o tempo. Para que você volte, alguém tem que ficar em seu lugar. É o que chamamos de troca de existência. Eu me propus a ficar em seu lugar para que você possa cumprir sua missão de unir as peças do Diacroney e derrotar o mal para sempre em nosso mundo. Todos aqui o esperam e confiam em você.

– Não! Eu nem sou de sua raça! Nem conheço seu mundo. É aqui que vou ficar. Também não quero que você, seja quem for, morra por mim.

Mal terminaram de falar, Aquiel interrompeu a conversa com um grito muito alto.

– Os outros alunos estão voltando! Precisam ir embora antes que vejam vocês.

– Ele tem razão – disse Haivorés –, mas peço a vocês que deem uma desculpa e que fiquem mais um pouco, para podermos finalizar nossa conversa.

A imagem foi lentamente sumindo, e Inalã olhava seu filho sumir de suas vistas mais uma vez.

Os outros alunos chegaram com os professores. Haviam feito buscas de rochas e plantas para pesquisa em outra área, enquanto Francisco e Leonardo foram encarregados da busca no local em que estavam.

– E aí, encontraram algo de novo? Alguma rocha nova ou só basalto, mesmo? Porque é o que mais tem por aqui... – disse um dos alunos, querendo se vangloriar por ter encontrado uma ágata, o que havia deixado os professores muito satisfeitos.

– Não. Nada de novo, somente os mesmos basaltos de sempre – respondeu Leonardo, tentando disfarçar toda a aventura que acabara de viver.

– Leonardo, Francisco! De onde estávamos tivemos a impressão de termos visto algumas luzes e escutado sons estranhos deste lado do vale. Vocês notaram alguma coisa? – perguntou um dos professores.

Rapidamente, Francisco olhou para Leonardo e respondeu, com bastante convicção:

– Não, Sr. Roberto, não notamos nada de estranho. Na verdade, estávamos tão entusiasmados em nossas buscas que nem vimos o tempo passar. Será que não é a poluição, que num entardecer como esse pode causar efeitos de luz, devido às minúsculas partículas poluentes?

– Pode ser. Estão gostando de geografia, pelo que posso perceber, e isso é bom. Agora, recolham suas coisas, temos que partir.

– Professor, liguei para meu pai e ele virá nos buscar aqui. Podemos esperar enquanto vocês vão na frente? Deixaremos Tchesco na casa dele – disse Leonardo.

– Não acredito ser prudente. Devemos ir todos juntos. O que acha professora Margareth?

– São meninos responsáveis. Inclusive, até que seu pai chegue, podem coletar mais algumas amostras. O que acham?

– Com certeza professora, vamos coletar amostras, com certeza mesmo! – enfatizou Francisco.

Todos se despediram dos dois e partiram rumo à cidade com o ônibus, que estava a um quilômetro de onde estavam. Assim que partiram, Aquiel concentrou-se e chamou pela sua irmã.

– Inalã! Inalã! Apareça.

– Estamos aqui – apareceram por de trás das árvores Inalã, Haivorés, Sairik e Seroc.

No primeiro momento, espanto. No segundo, alegria. Aquiel correu ao encontro de sua irmã, abraçando-a como nunca a havia abraçado antes, e cumprimentou seu pai com todo o respeito.

Inalã apresentou seus companheiros:

– Este é Haivorés, guardião da floresta das sequoias gigantes onde nós moramos, meu marido e eu. Este é Seroc, o guardião da árvore mãe. Sem ela, não estaríamos aqui. Meu irmão, como você está diferente!

Inalã aproximou-se de seu filho Cael, olhando-o com apreço e com amor de mãe. Cael esquiva-se e esconde-se atrás de Francisco, aparentemente demonstrando medo e, ao mesmo tempo, certa confiança.

– Meu filho... Há quanto tempo gostaria de dizer estas palavras para você... Infelizmente, o destino nos separou, mas agora volta a nos unir novamente. Vamos fazer uma família e lutar juntos pelo nosso lar. Seu avô sempre esteve certo: você é a chave. Não sei como, mas você pode salvar o mundo de Eleanthus.

Um silêncio pairou sobre todos. Os olhos estavam voltados para Cael, e ao mesmo tempo para a cidade do Rio de Janeiro, que já começara a se tornar iluminada, pois o entardecer já se tornava noite. O encantamento tomou conta de Haivorés e Seroc, que nem se deram conta da conversa séria entre mãe e filho.

– Seroc, olhe que lindo! Parece que o céu está aqui em baixo! Há também estrelas que se movem com muita rapidez, está observando? – disse Haivorés.

– Sim. Já notei isso, sim. Que mundo mais estranho! Mas você já notou que também há estrelas no céu?

Os dois ficaram a olhar e a analisar todas as coisas estranhas que havia naquele mundo. Conversavam entre eles, coletando pequenos galhos de árvores e até mesmo estudando as plantas do local. Enquanto isso, Inalã esperava uma fala de seu filho, que permanecia calado. Até que o silêncio foi quebrado por Aquiel.

– Inalã! Como chegaram aqui? Só agora me dei conta disso. Não é para ser tão fácil assim, o portal do tempo não pode ser controlado por papai assim tão naturalmente. Como aconteceu isso? Pode me explicar? Eu já deveria estar em casa e você aqui, em nosso lugar. Estou muito confuso...

– Vou explicar tudo – disse Inalã. – Você também vai participar da conversa conosco, Cael?

Ele não disse nada, somente abanou a cabeça fazendo sinal de positivo. Sentou-se em uma pedra, e todos também se acomodaram para ouvir a explicação de Inalã sobre a viagem pelo portal do tempo.

– Tudo começou quando vimos você lutar contra o dragão de colaborós. Eles nos atacaram, e também os derrotamos. Haivorés ficou preocupado, imaginando que Krisna tivesse mandado mais dragões ou até mesmo os diacris. Quando ele mencionou esse fato, todos ficamos muito preocupados, e nosso pai não teve dúvidas: sem nenhum receio, ordenou que todos nós viéssemos ajudar a levá-los de volta para casa. Ficamos intrigados com a troca que deveríamos fazer, mas Seroc disse que a árvore mãe e a árvore matriz decidiram que poderiam nos ajudar. Quando as questionamos sobre como fazer isso, elas nos lembraram que seus poderes haviam sido restaurados com os de Eleanthus. Junto com papai, poderiam criar uma brecha no tempo e no espaço para podermos vir todos para cá, e outra depois, para voltarmos todos para casa. Disseram-nos também, através de Seroc, que eu não podia ficar aqui, já que sou necessária na luta que já começou. O que nos alertaram é que não temos muito tempo, e que nosso pai não pode segurar o portal aberto por muito tempo.

– Então quer dizer que vamos ficar todos juntos? – perguntou Aquiel.

– Sim – respondeu Inalã.

– Está vendo Cael? Vamos formar uma família de verdade. Não que Dona Dolores e o Sr. Fernando não tenham sidos seus pais, sempre deram a você tudo o que precisou, e ainda vão continuar dando. Contudo, agora você precisa se juntar à sua família de verdade.

– Não. Francisco, temos que ir, meus pais já devem estar preocupados, vamos embora.

Inalã ficou muito nervosa e gritou com seu filho: – Será que você ainda não compreendeu que não pertence a este lugar?! Precisa vir conosco e nos ajudar! – depois de gritar, arrependeu-se do tom exagerado e pediu perdão.

Leonardo, também muito zangado e irritado, gritou com todos: – Vocês acham que é fácil? Até alguns minutos atrás eu era normal, nunca tinha visto nada fora do comum. Agora vejo tudo isso, até mesmo um dragão! Querem agora que eu me convença que sou um de vocês! – disse, gargalhando como se tivesse contado uma piada.

Haivorés tomou a palavra: – Pode me dar licença para falar com você? Olhe, quando chegarmos a Eleanthus e você tocar o livro de Damaiurás, vai se lembrar de sua vida adormecida, vai conseguir se transfigurar e conhecer o seu mundo. Não estou pedindo para ficar, pode voltar caso não queira, terá a liberdade de escolha. O que acha?

Inalã tentou interromper, mas foi impedida por Seroc, que a controlou para não falar nada. Ele já sabia do plano de Haivorés: uma vez em Eleanthus, Cael não voltaria. Eles acreditavam que se lembraria de tudo e que se juntaria a batalha.

– Vou poder voltar mesmo? – perguntou Cael. Haivorés, com muita segurança, confirmou tudo o que disse e deu sua palavra.

– Aquiel, transfigure-se e volte como elfo para sua casa – disse seu pai, Sairik.

– E quanto a Cael? – perguntou Aquiel. – Ele não pode se transfigurar aqui e voltar como elfo para casa?

Rapidamente Sairik disse: – Não. Só após tocar o livro e ler suas inscrições ele poderá ser elfo novamente.

– Mas meus pais ficarão preocupados comigo... Como fazer para que não se preocupem?

– Isso já foi resolvido – disse Inalã. – Quando partirmos você deixará de existir, seus pais não se lembrarão de nada. Quando voltar, será como se tivesse saído por alguns instantes.

Haivorés confirmou a versão de Inalã para dar segurança ao rapaz, que demonstrava amor e preocupação à sua família. Segundo Haivorés, isso não deveria ser desprezado.

– Sairik! Está na hora de voltarmos. Pode abrir o portal novamente.

– Certo, Haivorés.

Sairik, assim como Haivorés, tinha poderes especiais, que não haviam sido totalmente aprisionados na Pedra da Luz. Ele guardava os segredos do livro de Damaiurás e os do tempo, deixados pelo próprio Caius a seus cuidados. Haivorés e Seroc usavam a magia dos antigos para convocar a árvore mãe, e Sairik podia convocar a magia do tempo. Já havia feito isso quando mandou Cael e Aquiel para este novo mundo, e agora novamente o havia feito para levar todos ao encontro deles. Desta vez, devido à liberação dos poderes de Eleanthus, Sairik estava com mais força e podia convocar o portal do tempo com mais facilidade do que no passado.

Ao pedido de Haivorés, Sairik realizou a magia. Pronunciou as palavras que somente Seroc e Haivorés podiam compreender, e o portal do tempo se formou à sua frente. Parecia uma coluna de água que se elevava da terra e ficava tremulando, como a superfície de um lago durante um dia de vento forte. A forte luz de cor esverdeada clareou o lugar, pois já estava anoitecendo. De repente, podiam ver através da coluna o interior do castelo da cidade do céu e o livro de Damaiurás que estava aberto. Isso causou espanto em Sairik.

– Isso não pode acontecer! O livro jamais pode ser aberto sozinho! Haivorés, você o abriu antes de sairmos e virmos para cá?

– Não, e nem Seroc, estávamos todos juntos quando saímos!

Cael aproximou-se e ficou a olhar para a imagem que a coluna do tempo apresentava. Olhava e movimentava a cabeça dando a impressão de que já tinha visto aquilo em algum lugar.

– Eu já vi isso! – exclamou. – Já vi isso em algum lugar. Não me lembro de onde, mas já vi isto em algum lugar...

– Como assim? – questionou Inalã.

– Não sei, já disse. Mas já vi isso em algum lugar...

– Talvez o inconsciente de elfo esteja trazendo alguma lembrança interior – disse Haivorés.

- É possível, sabendo da magia de nosso mundo – complementou Seroc.

– Vamos logo, deixemos de rodeios e voltemos ao nosso mundo. Não gosto de ver o livro aberto e sozinho – disse Sairik.

– Não se preocupe tanto, papai. Ficou claro que só três pessoas podem ler o livro: Cael, Haivorés e Seroc. O que alguém vai querer com o livro se ele não serve para nada?

– Inalã, mas a árvore mãe não mencionou nada sobre dele não poder ser roubado. E não se esqueça de que ele, na verdade, é a prisão de Caius.

Desta forma, todos caminharam para o interior da coluna do tempo, ficando para trás Cael, Aquiel e Inalã.

– Vamos, Cael, não tenha medo, é seguro, confie em mim – disse Inalã. Aquiel confirmou a veracidade das informações de Inalã, dizendo que tudo é seguro, pedindo que Cael confiasse nele também.

Assim, caminharam para a coluna do tempo e adentraram no infinito. Por alguns segundos, Cael pôde ver o seu passado. As imagens passavam com muita rapidez, mas mesmo assim podia se lembrar de que já tinha vivido aquela cena em sua vida. Angustiado com a sensação de já ter presenciado aquilo, mas sem saber quando, Cael via pessoas diferentes, casas diferentes, mas era sempre ele quem estava lá. Resolveu perguntar para Aquiel o que era aquilo que estava vendo. Tudo parecia muito confuso para ele, queria explicações, e Aquiel talvez pudesse esclarecer todas as suas dúvidas.

– Tchesco, o que está acontecendo comigo? Todas essas visões parecem minhas... O que está acontecendo?

– Leo, de agora em diante vamos usar nossos nomes verdadeiros. Você é Cael e eu Aquiel, certo? Tenha calma, todas as suas dúvidas serão sanada a contento.

Cael ficou chateado com a maneira como Aquiel o tratou. Afinal, sua vida estava mudando radicalmente, e ele nem sabia mais quem era na verdade. Aquiel, percebendo sua angústia, aproximou-se e tentou consertar o seu erro com um pedido de desculpas. Cael, sem saída, aproveitou para poder conversar com alguém durante aquela viagem no infinito, sem saber para onde. Inalã, que observava tudo, ficou contente em ver que os dois ainda eram amigos. Isso poderia ser muito bom para Cael quando este chegasse a seu mundo verdadeiro.

A viagem não durou muito. Poucos minutos e já estavam dentro da sala do livro de Damaiurás. Cael, quando pisou na sala e olhou para fora, ficou estagnado. Nada saiu de sua boca a não ser um grande: – NOSSA! Que lugar é esse?

– Esta, meu filho, é sua casa. Essa é a cidade do céu, na cidade de Damaiurás, onde você nasceu. Logo depois foi mandado para onde estava, no futuro, mas muito no futuro mesmo, no lugar que você chama de *Terra*. Aqui é Eleanthus, nosso mundo. Ele corre perigo, e precisamos de você para ajudar a salvá-lo – disse Inalã, com orgulho, para seu filho Cael.

Ele olhou para baixo, viu que estava no céu e em uma grande árvore que mais parecia um castelo da Idade Média. Andou, observou, e quando ia se pronunciar assustou-se com a visão que tinha.

Alifás e Daidegan, que estavam já preocupados com os outros, resolveram subir à cidade do céu e entraram intempestivamente na sala, dando de cara com Cael.

– O que está acontecendo? – perguntou Daidegan.

– Calma, tenham paciência, está tudo bem – disse Inalã. – Venha, Cael, deixe-me apresentar nossos amigos. Este é Alifás, líder dos leões brancos, e este é Daidegan, líder dos elfos do oeste e meu marido.

Será meu pai?, pensou Cael. Contudo, não se pronunciou.

– Este é Cael? O filho de dois mundos? – perguntou Alifás, aproximando-se dele. – Se parece muito com Caius e Krisna, seus traços faciais são semelhantes. Não acha, Daidegan?

– Sim é verdade, não tem nenhum traço de elfo, por quê? Inalã, explique-se.

– Na verdade, é um disfarce que tanto ele quanto Aquiel usavam no mundo onde estavam. Aproveitando, esse é meu irmão, Aquiel.

Inalã aproxima-se de Aquiel e o conduz até onde estão Daidegan e Alifás, fazendo a apresentação ao marido.

– Este é Aquiel, meu irmão e guardião de Cael no mundo onde estavam. Aquiel, este é Daidegan, meu marido, como você já ouviu, e este é Alifás, líder dos leões brancos.

– Para mim é uma grande honra conhecê-los, os maiores guardiões de Eleanthus. Vai ser uma honra lutar a seu lado.

– A honra e toda nossa também, já sabemos de suas habilidades e que treinou a vida toda para chegar a esse dia. O dia da batalha contra o mal.

Com a conversa que estavam tendo, nem perceberam que Haivorés, Seroc e Sairik estavam a postos, próximos ao livro de Damaiurás. Tentavam fechá-lo, sem nenhum sucesso. Quando mais forças faziam, mais pesado ele ficava, segundo as palavras de Haivorés. Seroc olhava para o livro como se tivesse algo escrito que não conseguisse decifrar.

– Haivorés, o que está escrito aqui? Não consigo ler. Essa escrita ou é muito antiga ou tão recente que não tenho conhecimento – disse Seroc, passando as mãos sobre as páginas.

– Nem eu tampouco, para mim nada faz sentido.

– Mas segundo as mensagens recebidas, vocês não seriam os únicos que poderiam ler as inscrições do livro? – perguntou Alifás.

Seroc aproximou-se da árvore mãe e disse para Alifás, apontando para Cael:

– Ele também pode!

– Eu?! Eu não! Eu não sei de nada sobre esse livro! Na verdade, nem sei o que estou fazendo aqui!

Sairik e Inalã intervieram e disseram a Cael:

– Ao menos se aproxime do livro e tente ler as inscrições. Que mal pode haver? A única coisa que pode acontecer é você não ler nada, somente isso.

Desconfiado e com muito medo, Cael caminhou para o ambão onde está o livro. Todos ficam muito apreensivos com o que podia acontecer. Seria uma grande revelação ou uma grande decepção para todos?

Quando Cael aproximou-se do livro, uma luz inundava a sala. Era a mesma luz que percorrera o mundo de Eleanthus, de cor verde e azulada. Havia alguns degraus para que se alcançasse o local onde o livro estava. Cael tinha altura média, em torno de 1,75m de altura, e conseguia facilmente alcançar o livro. Quando se virou de frente, viu que todos olhavam para ele com grande esperança, com confiança de que ele poderia ser de grande valia. No momento em que olhou para o livro, Cael pronunciou as seguintes palavras:

– Toque-me! Toque-me.

Olhou para todos e repetiu.

- Aqui só está escrito "Toque-me", em todas as linhas e em todas as folhas. Dizendo isto, tocou as folhas para virá-las.

Neste momento, um grande clarão cegou a todos por alguns instantes. Quando puderam ver novamente o que estava acontecendo, tiveram uma visão maravilhosa.

Avistaram Caius novamente ao lado do livro e de Cael. Caius pronunciou-se novamente para todos:

– Hoje começa uma nova era em Eleanthus. O filho retorna para realizar e cumprir seu destino: proteger, defender e apagar o mal de nosso mundo – Caius olhou para Cael, tocando-o na cabeça. – Este é Cael, o filho de dois mundos, no qual eu ponho minha força e minha vida.

Ao falar isso, Cael começou a receber uma grande carga de energia. O livro transferia luz para ele, assim como o fizeram a árvore mãe e todo o castelo da árvore matriz, fazendo surgir raios de luz que invadiam o corpo de Cael.

Inalã ficou preocupada por parecer que ele sentia muita dor. Tentou correr a seu encontro, mas foi barrada por Haivorés e Seroc. Quando as luzes se fundiram, eles olharam para Cael e viram uma nova pessoa. Ele não era mais o mesmo, o que causou espanto em todos do recinto. Agora, ele aparentava ter um tamanho maior, de cerca de 1,80m. Suas orelhas pareciam com as dos elfos, e seus cabelos também, com os mesmo tons de verde e dourado, apenas mais compridos do que os de Aquiel e Daidegan. Sua cor também era diferente. Não tinha a cor dos elfos, mas a que tinha antes, a cor humana. Suas roupas tornaram-se prateadas e seu arco também parecia maior e mais forte que o dos outros. Seus olhos tornaram-se verdes como as matas, e seus traços faciais transmitiam uma beleza singular.

– Cael, é você meu filho? – perguntou Inalã. Um minuto de silêncio e nada. – Vamos, responda.

– Sim, mãe, sou eu. A mim tudo foi revelado. Caius só poderá voltar se possuirmos o anelar que está nas mãos de Krisna. Tenho todo o conhecimento de nosso mundo agora, inclusive sobre meu pai.

Ao dizer estas palavras, Cael deixou Inalã e todos muito perplexos. Como saber sobre seu pai? Ninguém havia mencionado nada sobre ele, nem mesmo Inalã.

– Vou revelar tudo a vocês, é a vontade de Caius.

CAPÍTULO VI

Cael, o Filho de Dois Mundos

Cael desceu do ambão e fechou o livro de Damaiurás, que rapidamente ficou coberto pelas mesmas trepadeiras que o cobriam quando Haivorés o abriu pela primeira vez. Desta vez, havia ainda mais plantas, que cresciam com ainda mais força. Flores começaram a aparecer entre os ramos, o que deixou Sairik contente, proporcionando a ele até um sorriso. Cael aproximou-se de todos os que estavam ali no salão do livro e disse.

– Enquanto eu presenciava meu passado pelas páginas do livro, observei a angústia de todos vocês. É uma situação que não tem explicação: ao mesmo tempo em que eu os olhava, também me via neste mundo, e não onde eu estava antes. Vi também o mundo onde eu e Aquiel vivíamos, constatando todo o seu zelo por mim, sua dedicação e seu amor. Senti também meu nascimento, amada mãe Inalã, perdoe-me se não a tratei como devia e se desconfiei de você neste curto espaço de tempo em que estivemos juntos. Agora sei de todo o seu amor por mim. Meu avô Sairik, na Terra é assim que o chamaria: vovô! Sei do quanto lutou para proteger o livro e para me proteger. Mesmo quando ninguém mais acreditava, você permaneceu firme, confiante.

Enquanto falava caminhava por entre eles e olhava para fora, apreciando a linda paisagem que podia ter do alto onde estava. Avistava as planícies com todos os animais, os pássaros e as grandes águias de Damaiurás fazendo a ronda na cidade, com medo de ataques-surpresa dos dragões de colaborós. Enfim, avistava o mundo que agora começara a conhecer, mas que já o vivenciava em seu coração. E continuou sua fala:

– Mãe, eu sei o quanto sofreu por mim. Daidegan, sua esposa é especial e deve amá-la e respeitá-la, pois ela nunca o desonrou, nem mesmo com as mentiras ou com a ocultação da verdade sobre sua vida. Ela nunca imaginou que fosse um dia acontecer o previsto por meu avô. E sei também que nem ela sabe quem é meu pai.

Ao ouvir isso, Inalã surpreendeu-se, e o mesmo acontece com Daidegan.

– Inalã, você não sabe quem é o pai do garoto? – perguntou Daidegan.

– Não. Nunca soube, minha mente foi apagada por meu pai com o controle do tempo que ele domina, e sempre acreditei que não era necessário saber. Ele dizia que não importava saber, que era *melhor* não saber. Obediente, nunca contestei.

– Cael, pare! – disse Sairik. – Você não pode revelar o segredo à sua mãe. Eu o guardei por centenas de anos, você não pode agora...

Sairik foi interrompido por Cael, que gritou com ele, dizendo.

– PARE!!! Você não tem o direito de esconder a verdade de sua filha!

– Que verdade, pai? O que você me escondeu toda a minha vida? – Inalã questionou o pai, com tom de agressividade e muito emocionada.

Sairik tentou contornar a situação. – Cael está impressionado com as revelações que o livro deu a ele. Logo isso passará e ele voltará ao seu estado normal. Tenha calma, minha filha.

– Pai, tem algo de errado. Por que eu não sei nada sobre o pai de Cael? Pelo menos sobre isso eu devo receber esclarecimentos, eu tenho o direito de saber!

– Inalã – chamou-lhe a atenção Cael –, você tem o direito, você deve saber de tudo, pois da verdade depende a nossa vitória sobre o mal. Sem a verdade, você não poderá ajudar com toda a sua força. A verdade vai lhe dar coragem e mais poder. Por que você acha que a árvore mãe e a árvore matriz não permitiram que você ficasse no meu lugar na Terra onde eu estava? Sua presença aqui é fundamental para nossa vitória.

Cael aproximou-se de Sairik para conversar em particular. – Vovô, ela precisa conhecer a verdadeira história, nosso mundo não pode recomeçar com mentiras. Meus poderes também não estarão plenos sem a verdade. O bem não prevalece com mentiras.

– Não! Ela jamais vai me perdoar, não posso viver sem minha filha, ou sabendo que ela não me ama.

– Você acredita que o amor dela por você não será suficiente para perdoá-lo? Você não confia no amor de sua filha, não confia na missão que lhe foi destinada? Acredite, tenha esperança. Você deve contar, não eu.

– Não. Ela não precisa saber.

Cael grita com seu avô. – Ela precisa saber, sim!

Daidegan e os outros estavam ficando impacientes com tamanha confusão, sem ação e sem saber o que fazer, nem como ajudar. Daidegan tomou a iniciativa, já que Inalã ainda era sua esposa e, assim, deveria fazer algo para ajudá-la. Entretanto, pensou duas vezes antes de se pronunciar naquela discussão familiar. Acabou tomando a decisão de se intrometer, mesmo sabendo do risco de ser advertido por Sairik, ou mesmo pela própria Inalã.

– Perdoe-me Sr. Sairik – diz Daidegan –, mas se tem algo a revelar, acredito que seja a hora certa. Inalã, em minha cidade, já nos fez grandes revelações sobre sua vida. Ainda me lembro de suas palavras: "Mesmo que não me ame mais e que nunca mais queira me amar, eu preciso revelar algo sobre minha vida a você". Acredito que o senhor possa fazer uso das palavras de sua filha caso tenha algo a dizer. Por mais duro que seja falar a verdade, o tempo cura todas as feridas, assim como já curou as minhas a respeito da mágoa que senti quando Inalã revelou que tinha um filho.

Inalã neste momento apresentava um sorriso discreto, o qual Alifás e Haivorés presenciaram. Disseram, como resposta a ela: – Nós já havíamos falado para você que o tempo cura as dores.

– Sairik, ouça o conselho de um velho amigo. Conte toda a verdade – disse Haivorés. – Melhor saber por você do que pelo próprio filho.

Cael aproximou-se de sua mãe, abraçou-a e todos ficaram a esperar uma resposta de Sairik.

Sairik caminhou pelo salão e olhou pelas janelas, fazendo algumas reflexões sobre o tempo que viveu ali, cuidando daquela cidade, daquele lugar em que nasceu e cresceu. Agora, sentia um grande peso sobre suas costas. O guardião do livro de Damaiurás, aquele que não temia nada, que sabia o que fazer em todas as horas, agora temia dizer a verdade a sua própria filha. Vendo a angústia de todos, virou-se para eles e disse:

– Está bem! Vou contar a verdade e, com isso, tentar me redimir por tudo o que fiz contra minha filha. Ouçam com muita atenção, o que vão ouvir agora nunca foi dito, e somente duas pessoas sabem disso: eu e o próprio Caius.

– O quê? O que Caius tem a ver com isso? – rapidamente perguntou Inalã.

– Minha filha, não vai ser fácil dizer isso a você, mas acredite, eu fiz por amor a você e ao nosso mundo. Então ouça, e não me interrompa mais. Tudo começou com o início da criação de nosso mundo, quando Caius e Krisna surgiram. Na verdade, eles são do futuro, a centenas de milhões de anos à frente. Caius voltou para tentar consertar o que fizeram no futuro. Segundo ele, em sua época nada mais vivia, tudo estava morto, não havia mais possibilidade de salvar o que chamavam de Planeta Terra. Neste lugar, havia outros como ele, pessoas que queriam mudanças, e outras que não queriam mudanças. Muitos lutavam para o extermínio da humanidade, segundo dele. Na época, dizia que o contato com outros mundos havia sido realizado, e alguns poderes foram dados aos humanos como gratidão pelo empréstimo de água e comida. Porém, a ganância de alguns de sua espécie os levou a querer mais e mais poder, e isto causou a destruição de seu mundo. Um grupo de cientistas criou uma máquina, e através dela poderiam ir e vir onde quisessem. Na verdade, vocês já a utilizaram: é a cortina do tempo. Quando aqui ele chegou, me contou toda a história e pediu a minha ajuda para salvar o futuro. Tudo o que ele me contou está aqui neste livro, por isso é difícil a sua leitura. Ele realmente tinha e tem poderes incríveis.

Sairik continuou seu relato: – A intenção de Caius era realmente de salvar, de criar vida, pois no oeste de Eleanthus não havia nada. Estudos realizados pelos cientistas de sua época levaram à teoria de que, se fossem construídas novas florestas aqui, no futuro o seu mundo poderia ser diferente. Então, esta era a sua missão, criar vida onde não havia. Entretanto, chegando aqui, logo atrás dele veio sua irmã Krisna. Quando soube que sua irmã havia chegado, rapidamente foi para o oeste, e com seu poder o encobriu da parte leste de Eleanthus, dando a impressão de que aqui nada existia. E lá houve a grande batalha entre os dois. Contudo, o egoísmo de sua irmã e sua predestinação à destruição deixaram-na cega para algumas coisas. Ela não percebeu que, enquanto destruía as grandes árvores que Caius criava, as pequenas que ele criava permaneciam, incluindo a árvore mãe, escondida sob a terra para que emergisse quando tudo fosse terminado, e para que pudesse preencher o mundo com novas florestas.

Sairik tomou fôlego e continuou: – Porém, nem tudo saiu como ele planejou. A raiva também tomou conta dele, que passou a querer destruir sua irmã, garantindo, assim, que sua criação pudesse continuar. Então, resolveu prendê-la na coluna do tempo para que pudesse restaurar tudo o que ela destruiu e mudar o futuro. Quando resolveu tomar esta decisão, algo saiu errado. Quando prendeu a sua irmã no Diacroney, que é o nome dado à máquina da coluna do tempo, ele também sentiu que seria prejudicado. No momento em que sua irmã lançou a profecia, ele também teve que fazer algo a respeito, pois sabia que, como eles, outros poderiam vir do futuro, e tudo se repetiria.

E então, fez a revelação: – Quando aqui chegou, já estava sem forças para me contar tudo o que havia acontecido. Disse somente que o filho que Inalã esperava era dele, e que este seria a salvação dos mundos, tanto do nosso quanto do dele. Disse que havia fechado as colunas do tempo, e que, se alguém tivesse que ir para o passado, presente ou futuro, deveria usar a única que sobrou, e esta estava comigo. Se alguém fosse para o presente, outra pessoa deveria tomar seu lugar quando retornasse, para não alterar o futuro. Foi nesta época que criamos a troca de existência.

Voltando-se para sua filha, Sairik disse: – Outro ponto importante que Caius ressaltou antes de desaparecer é que você, Inalã, e ele se amavam. Ambos se encontravam às escondidas, pois você sabia que eu jamais permitiria uma nova espécie entre nós. Eu nunca soube de nada, mas quando você ficou grávida, imaginei que fosse de Teraquis, um de seus amigos, que tempos depois tirou a própria vida, com medo da grande peste. Quando a questionei sobre isso, você concordou. Por isso, resolvi criar a criança como meu filho. Até que, então, Caius revelou a verdade para mim. Nesse dia, fiquei muito zangado e queria até mesmo matá-la por ter me enganado. Caius, porém, a protegeu, mesmo sem forças e quase não conseguindo permanecer de pé. Recomendou a mim que usasse a coluna do tempo para apagar suas memórias e que levasse Cael para o futuro, para antes de sua época, e somente quando Krisna conseguisse retornar eu deveria chamá-lo de volta.

Em seguida, dirigiu-se a Cael: –Você, Cael, é o filho de dois mundos, meio humano e meio elfo, e terá mais poder do que qualquer elfo jamais imaginou. Só você terá poder suficiente para destruir a coluna do tempo quando ela se restabelecer e para fazer que Caius cumpra sua missão, forçando o mal a voltar para seu mundo sem destruir o nosso. Eu sei que tudo parece uma grande mentira, mas é a mais pura verdade.

Mais uma vez, Sairik olha pra Inalã e disse: – Desse dia em diante, cuidei de você e a treinei, assim como todo o nosso povo, para que quando chegasse a hora todos estivessem preparados.

– Mas senhor Sairik, o que aconteceu com Caius, afinal? – perguntou Alifás.

Daidegan e Haivorés faziam-se a mesma pergunta, enquanto Inalã não se conformava com a história, ficando debruçada sobre o colo de seu filho.

– Bom, o que sei é que Caius havia deixado um grande poder nas mãos dos mantifores, pois estes podiam controlar e vigiar as florestas. Este poder foi o liberado pela Pedra da Luz.

Caius também disse que tudo o que pudesse ajudar estava neste livro, inclusive sua alma. Naquele momento não compreendi o que queria dizer, só agora compreendo sua fala. Ele está preso no livro assim como Krisna está presa no vulcão.

– Então quer dizer que na verdade temos que salvar dois mundos que são o mesmo mundo? – indagou Haivorés.

– Eu não diria isso – disse Daidegan, que havia permanecido calado até então, durante toda a história de Sairik –, o que eu compreendi é que, se não salvarmos nosso mundo, não haverá outro.

– E eu compreendi que tenho minha vida toda presa em uma mentira! Papai, você é um monstro! Tratou-me como um objeto. Um objeto de salvar o mundo! – Inalã disse essas palavras com desprezo e muita raiva.

Daidegan tentou intervir, mas Sairik respondeu: – Deixe-a, Daidegan, ela tem razão. Só o tempo poderá dizer se algum dia ela me perdoará. Eu devo isso a ela: aguardar e respeitar.

– Alifás, abra suas asas e me leve daqui – pediu Inalã. Alifás olha para Daidegan como se esperasse uma sim como resposta. O sinal foi dado, e ambos partiram para o céu aberto.

Os dois voaram alto. Alifás voava com muita velocidade e, sem medo de ser advertido por Inalã, começou um diálogo com ela.

– Inalã, você não acha que foi muito dura com seu pai? Tente compreender e se colocar no lugar dele. O que você faria?

– Ora, coloque-se você no lugar de quem quiser! – disse agressivamente. Rapidamente se arrepende, pedindo desculpas.

– Tudo bem. Só estou preocupado com você, assim como Daidegan e todos os outros.

– Deem um tempo para mim. Preciso pensar em tudo isso, tenho que me acostumar com a ideia de que meu filho é um estranho e que tem sangue de um deus. Como me apaixonei por um deus? Não consigo me lembrar de nada, isso é o que me enlouquece.

– Tenha calma. Para que se lembrar do passado? Pense no futuro e na felicidade que poderá ter com sua família completa.

Durante o diálogo, os dois voaram muito, chegaram até próximo às montanhas dos picos azuis onde haviam realizado a batalha com os dragões e com os diacris. Ali, observaram algo estranho e resolveram investigar.

– Alifás, você notou algo estranho nas montanhas? Ou estou vendo coisas?

– Notei sim, parecem diacris rondando pelas encostas. Vamos dar a volta e nos aproximarmos para tentarmos descobrir algo.

– Cuidado, vamos devagar para não sermos notados. Estamos em desvantagem e podemos ser apanhados se realmente forem diacris enviados por Subpteus.

Alifás pousou em uma das encostas das montanhas, e os dois caminharam até o topo de uma das colinas para investigar os movimentos estranhos. Ao chegarem lá, ficaram espantados com o presenciaram. Uma legião de diacris e muitos dragões estava se concentrando no vale formado entre as montanhas. Observaram também que muitos dos dragões que haviam sido exterminados pelo sopro de Alifás estavam sendo restaurados pelos diacris com seu fogo e lava.

– Inalã, o que faremos? – perguntou Alifás. – A impressão que tenho é a de que vão nos atacar.

– Mas será que vão atacar a cidade de Damaiurás? É uma fortaleza!

– Não acredito que seja só a cidade de Damaiurás, mas também a cidade do céu. Já imaginou se Krisna consegue o livro de Damaiurás? Aí sim, estaremos perdidos para sempre.

Enquanto observavam a movimentação das criaturas do subterrâneo, eis que avistaram o próprio Subpteus, que surgiu das profundezas do solo como se estivesse explodindo um vulcão. Muita lava e fogo surgiram junto com ele na superfície onde se encontravam as outras criaturas. O aparecimento de Subpteus causou espanto e apreensão em Alifás e Inalã.

– O que estão tramando? – perguntou Inalã, assustada, para Alifás.

– Acredito que pretendem atacar a cidade de surpresa.

– Temos que voltar e avisá-los o mais rápido possível. Vamos, Alifás, temos que sair daqui e voltar para Damaiurás.

– Espere, posso ouvi-los daqui... Estão comentando algo sobre a cidade de Damaiurás. Não, espere, estão falando sobre a cidade de Daidegan.

– Como assim? Eles sabem que saímos de lá! O que querem lá? Responda, Alifás?

– Espere. Subpteus está repassando as ordens de Krisna: subir, não, não, espere. Destruir, isso mesmo, destruir as árvores, as grandes sequoias, essa é a ordem!

– Mas destruir as árvores, por quê? Qual a finalidade? Nós imaginávamos que atacariam a cidade, mas vão destruir as florestas! Isso é muito estranho, não acha?

– Não sei, Inalã, mas, agora acho que devemos voltar o mais rápido possível e contar o que sabemos para Daidegan e os outros. Com certeza saberão qual a intenção deles.

Alifás rapidamente convocou suas asas e partiram para Damaiurás.

– Voe o mais rápido possível, Alifás, como você nunca voou antes. Temos urgência em chegar à cidade.

– Segure-se bem – dizendo isso, Alifás atingiu uma velocidade que nunca havia atingido antes. Parecia um relâmpago, de tão veloz. Inalã gostou da velocidade e parecia apreciar o passeio, mas na verdade estavam em missão. O mundo corria perigo, e deles dependia uma solução: avisar sobre o perigo eminente.

Enquanto Alifás e Inalã viajavam de volta, Daidegan, Seroc, Haivorés, Cael, Sairik e Aquiel desceram para cidade de Damaiurás. Aquiel há tempos não via a cidade, nem o mundo de Eleanthus. Cael, por sua vez, nunca antes ali estivera.

Quando chegaram ao palácio principal de Damaiurás, Sairik apresentou ao povo seu neto Cael. Apareceram na sacada do castelo bem em frente à rua do comércio, onde estava uma grande multidão de criaturas. Sairik, como chefe da cidade, chamou a atenção de todos tocando uma grande trombeta. O som fez que todos rapidamente parassem o que estavam fazendo, voltando-se para o castelo, pois sabiam que, ao sinal da trombeta, algo deveria ser anunciado.

Mais uma vez, Daidegan se surpreendeu com as novidades de Damaiurás – Haivorés, o que isso significa? Que instrumento é esse? Eu já o havia visto, mas não sabia que significado tinha.

Haivorés, achando graça respondeu: – Agora você já sabe. – Dizendo isso, sorriu para Daidegan.

–Vamos ouvir o que Sairik vai dizer – disse Seroc, chamando a atenção de Daidegan e Haivorés. Os dois demonstraram respeito a ele fazendo cara de *Nossa, que coisa, não?*.

Sairik aproximou-se e falou para todos:

– Povo de Damaiurás, o dia chegou. Há milênios esperamos a vinda do nosso mais querido filho. Infelizmente, sua chegada também anuncia um fato ruim e preocupante para todos nós: o mal retornou para nosso mundo. A esse fato deve-se o retorno de nossos guerreiros, que, junto a todos vocês, vão lutar e trazer a paz e a harmonia para nosso mundo. Todos sabem que eu os preparei bem, sempre deixei claro que um dia precisaríamos de toda a nossa força para derrotar o mal para sempre. Essa hora chegou, e precisarei de todos os meus guerreiros e guerreiras para esta batalha. Nossos líderes estão aqui, e Daidegan, o chefe dos elfos do oeste, sua força e sua magia são as nossas esperanças. – Pediu a Daidegan que se aproximasse para que todos o pudessem ver. Quando Daidegan foi visto por todos, uma grande salva de palmas e gritos se fez ouvir por toda a cidade.

Sairik, ao lado de Daidegan, continuou seu pronunciamento:

– Além deste, teremos outros líderes, que vieram de todo o mundo – aproximou-se de Haivorés e Seroc e os convidou para vir à frente. Quando os trouxe à vista de todos, os apresentou.

– Estes são Haivorés e Seroc, os guardiões das florestas e protetores da árvore mãe. Seus poderes também são fundamentais para nossa sobrevivência, e muito poderão nos ajudar em nossa luta contra o mal. Eles também são os detentores do poder de ler o livro de Damaiurás, que nos fornecerá as dicas sobre como agir contra o mal. Por fim, temos aqui conosco nossos entes queridos, que há muitos anos estavam afastados de nosso mundo: Aquiel e Cael. Serão nossos líderes na batalha, nossos olhos, nossa alma e nossa esperança. Neles poremos toda a nossa vida e nossa confiança.

Após essas palavras Cael se sentiu muito mais importante do que realmente achava que fosse, conforme comentou com Aquiel em meio ao maior alvoroço e gritaria que toda a cidade fazia ao vê-los no alto do castelo.

– Aquiel, não! Não posso liderar um exército, até poucos dias atrás eu era apenas um estudante do Ensino Médio, e agora sou um guerreiro que nem sabe o que pode fazer!

– Mas o livro não revelou a você toda a verdade sobre Eleanthus?

– Sim, mas me disse também que o destino é uma mudança, e que do presente e do futuro nada há de afirmação, apenas suposições. Caius me disse que temos que lutar para fazermos nosso destino e para criarmos um destino para os outros.

Em meio à euforia da cidade, após todos serem apresentados, Sairik disse suas últimas palavras antes de saírem da presença da multidão.

– Fiquem todos preparados, nosso exército será convocado. Os treinamentos serão retomados e nossa vitória é certa.

– Sairik, por que tem tanta certeza de nossa vitória? – perguntou Daidegan. – Não sei se somos tão fortes quanto os aliados de Krisna.

– Nosso povo é pacífico e precisa de incentivo para poder lutar. Devemos demonstrar a nossa vitória antes mesmo que ela aconteça. Temos que liderar, e ser líder é ser confiante, não é verdade?

– Sim. Tem toda a razão.

Enquanto ocorria a apresentação do grupo para a cidade, Inã ouvia tudo às escondidas, por entre as colunas do grande salão. Quando avançaram para o interior do castelo ela se manifestou, aparecendo na frente de todos, causando certo constrangimento para Sairik.

– Inã! – exclamou Aquiel, que correu ao encontro da velha amiga e companheira de treinos. – Venha, quero que conheça Cael. Nossa, você continua linda!

– Pare com isso Aquiel, mas você também parece mais forte do que antes.

– Cael, esta é Inã, uma grande companheira de treino de quando eu estava aqui. Ela também é grande amiga de sua mãe. Ambas treinavam juntas, e são imbatíveis nas flechas, todos os guerreiros as temem.

Um olhar penetrante foi trocado entre os dois. Pareciam paralisados um a olhar para o outro. Cael não se pronunciava, e Inã tampouco. Cael via à sua frente a mais bela de todas as elfas que já conhecera, apesar de ter visto apenas sua mãe até agora. Porém, o encantamento foi tamanho que ele não tinha palavras para falar, ficando somente a olhá-la. Parecia que o mesmo acontecia com ela, que olhava para Cael como se olhasse para o elfo mais lindo de todo o universo. Infelizmente, foram interrompidos naquele momento inesquecível e maravilhoso por Aquiel.

– Cael, não vai falar nada?

– O quê? Ah! Oi, tudo bem? Um grande prazer em conhecê-la. Que bom que é amiga de minha mãe.

– Você é Cael? Espero que nossa cidade seja agradável para você. Estou ao seu inteiro dispor – disse Inã, envergonhada.

Dizendo isso, retirou-se para onde estavam outras elfas, que saíram rindo e entre muitos cochichos.

Continuaram a caminhar para uma sala, onde discutiriam como atuar contra Krisna. Durante o percurso, Cael conversou com Aquiel sobre Inã.

– Aquiel, como ela é bonita! Parece tão segura em suas palavras.

– Ah! Meu caro amigo, parece que já caiu nas graças de Inã. Cuidado, ela é difícil. Até hoje ninguém conseguiu conquistá-la, todos desistem antes mesmo de tentar.

– Não é nada disso! Estou fazendo apenas um comentário! Puxa vida, desculpe.

– O que é isso, vai em frente, ela é a mais desejada, mesmo. Quem sabe você consegue?

No mesmo momento em que conversavam Inã, também conversava com as suas colegas, saindo para a cidade.

– Inã, que lindo, ele! – disse uma de suas amigas.

– Ele quem? – perguntou Inã.

– Deixe de ser sonsa, estou falando de Cael, o filho de Inalã. Ele é muito lindo e diferente de nós, parece de outro mundo.

– Pare com isso, quem disse que me encantei com ele?

– Ninguém. Você está dizendo.

Todas riram e saíram correndo pelas ruas da cidade enquanto Inã, como uma adolescente, corria também.

De volta à sala de reuniões, Cael continuava a perguntar sobre Inã para Aquiel.

– Como ela pode ser amiga de minha mãe e se parecer tão jovem?

– Cael, quando treinávamos não tinha idade para isso. Na época, sua mãe já era adulta e Inã era apenas uma criança, e mal conseguia segurar o arco. Ela é muito jovem mesmo. No seu mundo, ou melhor, onde estávamos, ela teria a sua idade, mais ou menos.

– Cael – chamou-lhe a atenção Sairik.

– Sim, senhor – respondeu ele.

– Acredito que precisa conhecer um pouco de nosso vale. Vou pedir a um dos guardiões que o conduza em um breve reconhecimento de nossos domínios: um passeio pelo vale de Damaiurás.

– Senhor! – disse Aquiel. – Peça a Inã, ela é uma excelente voadora com as águias de Damaiurás e conhece todos os recantos do reino. Deixe que ela o guie no passeio.

– Certo. Na verdade, todos os guardiões estão de prontidão para qualquer surpresa.

Telepaticamente, Sairik convocou Inã para que viesse ao castelo, pois tinha uma missão para ela, com urgência. Ela recebeu o recado e despediu-se de suas amigas, voltando rapidamente para o castelo e se apresentando ao senhor Sairik.

– Solicita a minha presença, senhor?

– Sim. Quero que você leve Cael para reconhecimento do vale. Leve-o em uma de nossas melhores águias e mostre como nosso mundo é.

Inã a princípio tentou recusar, mas o mesmo olhar de antes, vindo de Cael, fitou seus olhos e ela não teve como recusar.

– Venha, vamos depressa. Devemos estar de volta antes do anoitecer.

Inã o agarrou pelo braço e o levou para a ala das águias, do lado de fora do castelo.

– Você já voou antes?

– Nunca. Por que pergunta?

– Vai ter uma surpresa. Quer ir junto, ou sozinho em outra águia?

– Posso ir sozinho?

– Claro que sim.

– Acredito que é como comandar um cavalo. Não vou ter problemas.

– Certo, então.

Montaram nas águias e saíram céu afora. Pareciam crianças brincando de voar. Em alguns momentos, Inã se afastava e voava mais rápido para demonstrar seus domínios de voo, mas Cael não ficava para trás e fazia que sua águia voasse mais rápido para alcançá-la. Quando isso acontecia, havia muito riso entre os dois. Tudo entre eles parecia somente alegria, ao menos naquele momento.

– Cael, olhe para baixo: um bando de litírios.

– Litírios? O que é isso?

– São criaturas adoráveis, não fazem mal algum e vivem migrando de região a região em busca de florestas e água onde possam procriar e viver em paz. Não são lindas?

Cael observou bem e a única descrição que conseguiu fazer mentalmente foi a de que se pareciam com grandes borboletas coloridas, do tamanho de avestruzes, animais do mundo onde vivia. Possuíam grandes asas de tons vibrantes, e faziam um som parecido a um zumbido de abelha. Tinham patas como as de aranhas, mas, como disse Inã, não aparentavam agressividade, apesar de seu grande tamanho.

– Inã, elas, ou isso, não são perigosas?

– Desde que você não chegue perto da boca, tudo bem – dizendo isso, misturou-se com os litírios, voando com eles, fazendo muita graça e dando muita risada. Cael, para não ficar atrás mais uma vez, fez o mesmo. Mas, de repente, perdeu o controle de sua águia e trombou com uma das criaturas, acabando ambos caindo no chão. A águia rapidamente se levantou, mas o litírio aparentava ter sofrido algum ferimento e Cael não se mexeu. Ao ver a cena, Inã voltou com uma velocidade incrível, correndo ao encontro de Cael. Aproximou-se...

– Cael! Cael! Você está bem? Vamos, levante-se! – pediu Inã desesperada, pois o visitante estava sob seus cuidados e sabia que a qualquer problema teria que se entender com o senhor Sairik.

– Calma, estou bem! Só estou meio tonto com a queda. Já me recupero. Se fosse onde eu estava, teria morrido com certeza. Ainda bem que aqui as coisas são diferentes. E os animais, como estão?

– A águia está bem. O litírio não parece bem. Vamos vê-lo.

Aproximaram-se do animal, que aparentava estar sentindo muita dor. Inã usou seus poderes de cura para amenizar o sofrimento do bichinho. Antes que Inã terminasse seu trabalho, Cael chamou sua atenção.

– Inã! Inã!

- O que foi? – respondeu a elfa, ainda nervosa e preocupada com o litírio.

– Inã! – chamou novamente.

– O que foi?!

– Dê uma olhada para cima. Tem alguma coisa errada, alguns dos litírios estão voltando. Vamos correr!

– Não tenha medo, Cael, deve ser a família dele. Eu converso com eles e resolvo tudo. Não faça nada, nenhum movimento brusco, e mantenha-se calmo.

Três litírios adultos pousaram bem próximo deles e começaram a emitir sons estranhos. Cael não os compreendia, mas para Inã tudo parecia normal e bem compreensível. Cael ficou a observar e percebeu que Inã parecia conversar com os bichos.

– O que você está dizendo para eles?

– Que vamos levá-lo para Damaiurás e que vamos cuidar dele até poder voar novamente. Depois, o levaremos até o vale a que estão indo agora.

– O quê? Você está louca! Não podemos levá-lo conosco! Senhor Sairik vai nos matar.

– Engano seu. Vai nos matar se o deixarmos aqui para morrer. Vamos levá-lo, sim.

Assim o fizeram. Colocaram-no em uma das águias, montaram os dois na outra e partiram para Damaiurás.

– Vamos, temos que ir o mais rápido possível – disse Inã. E partiram de volta a cidade.

Inalã e Alifás também voltaram para a cidade com notícias de Subpteus, trazidas das montanhas de picos azuis.

Na cidade, um grande tumulto do lado de fora do castelo chamou a atenção do grupo que, liderado por Daidegan, saiu correndo pelas escadarias para averiguar o fato. Ao verem que se tratava de Alifás e Inalã, não deram tanta atenção, até que viram que ambos tinham muita pressa. Alifás pousou no meio da rua, bem próximo do castelo, e tanto ele quanto Inalã correram ao encontro dos outros, que os aguardavam no portão do castelo já em grande ansiedade.

– Inalã. Alifás. O que houve? Qual o problema? – perguntou Daidegan apressadamente.

– Temos muito a dizer, vimos coisas de que devem ficar sabendo o mais rápido possível, o exército do mal está se organizando. Ouvimos seus planos e não entendemos – disse Inalã.

– Vamos entrar – convidou Sairik. – Rápido, vamos conversar.

A multidão ficou agitada, mas logo voltam a seus afazeres normais, enquanto entravam castelo adentro. Mal as portas se fecharam, Daidegan já começou o interrogatório.

– Andem, falem logo o que viram. O que pode ser tão assustador assim?

– Ao sairmos, após as revelações de Cael, eu estava muito chocada. Pedi a Alifás que me levasse a qualquer lugar, e somente voamos e voamos, cada vez mais rápido e para mais longe, até que chegamos às montanhas dos picos azuis. Ao nos aproximarmos, notamos movimentos nas encostas e pousamos sorrateiramente, sem que ninguém nos visse. Lá, Daidegan, há reunido um exército inteiro de dragões, e até mesmo Subpteus estava presente!

Inalã estava impaciente, andando de um lado para outro, como se alguma coisa a afligisse. Haivorés, percebendo sua inquietação, a questionou:

– O que ainda está te preocupando?

Antes que Inalã pudesse responder, Alifás tomou a frente e respondeu a pergunta.

– O que nos intrigou foi que, quando ouvi a conversa e as ordens de Subpteus, não consegui compreender seus planos. Ele disse: "Krisna nos ordena: atacar e destruir a floresta de Daidegan e de Haivorés".

Ao ouvir isso, Daidegan assustou-se: – O quê? Atacar meu povo? Mas por quê? Não há nenhum perigo eminente para eles lá. Precisamos ir para lá imediatamente! Meu povo não tem como se defender, serão exterminados! Precisamos ajudá-los, e rápido.

– Daidegan, calma! – disse Alifás. – Não parecia que já estavam a caminho. Pareciam esperar por algo ou alguém, mas não há como ter certeza: não ficamos para esperar, tínhamos que trazer a notícia o mais rápido possível para vocês.

– Mas o que me intriga é o motivo. O que podem querer lá? Estamos aqui! O livro de Damaiurás está aqui também. Muito estranho. O que acha, Sairik? – perguntou Haivorés.

– Realmente é intrigante. O que será que eles querem lá? Tem algo faltando nessa história.

– Sairik, o que vamos fazer? Temos que ir para lá, não podemos deixar todo aquele povo sofrer com um ataque maciço. E temos que ir rápido! – disse Inalã.

– Inalã, não! Tenha calma. Não podemos agir precipitadamente. Temos que saber primeiro o que querem, e qual a intenção de Krisna.

– Mas como descobrir seu objetivo? – perguntou Daidegan.

Um silêncio pairou sobre todos. Um ar de impotência fez com que ficassem imóveis, sem ação. De repente, Seroc quebrou o silêncio e manifestou-se.

– Acaso o livro de Damaiurás não poderia ajudar? Haivorés poderia abrir o livro e ver qual informação Caius tem a nos dar. Não precisamos da volta de Cael para isso. Haivorés pode fazer isso por nós.

– Como assim, esperar a volta de Cael? – perguntou Inalã. – Onde ele está?

– Ele foi dar uma volta com Inã pelo vale. Sairik achou oportuno que ele conhecesse o mundo dele – disse Daidegan.

Inalã ficou apreensiva, mas contente. Sua amiga Inã era como uma filha para ela. Acredita em seu inconsciente: Inã seria uma ótima companhia para seu filho.

Inalã concordou com Seroc, não podem esperar. Haivorés deveria tentar ler o livro para saber o que deveriam fazer.

Capítulo VII

O Medo da Morte

Após a decisão de que Haivorés deveria tentar ler o livro, todos saíram de Damaiurás e voltaram para a cidade do céu, novamente em busca de respostas para suas perguntas. O que Krisna estava planejando? Este era o grande enigma que queriam resolver. Também queriam descobrir maneiras de agir diante do perigo eminente.

Durante a caminhada para a cidade do céu, Seroc trocou algumas palavras com Daidegan, sempre calado, mas pensativo. Agora, diante de tanto perigo, sentia que não poderia ficar calado e queria ajudar de alguma maneira.

– Daidegan?

– Ah! O que foi, Seroc? Algum problema?

– Não, só acho que você pode ficar um pouco mais calmo. Quando tivemos nossa primeira experiência com o livro de Damaiurás, ele não nos revelou que três pessoas poderiam ler o livro, e que éramos Haivorés, Cael e eu?

– Sim. Você tem razão. Não precisamos esperar Cael. Se Haivorés não conseguir ler o livro, você pode tentar também.

O caminho para a cidade do céu onde se encontrava o livro de Damaiurás já parecia comum, de tantas vezes que estiveram lá nos últimos dias. Mas sempre que chegavam à sala do livro, algo inesperado ou surpreendente acontecia. O livro sempre se manifestava de alguma maneira para chamar a atenção dos visitantes. Desta vez, as trepadeiras que sempre cobriam o livro já haviam recuado no momento em que entraram. Sairik aconselhou Haivorés a se apressar para ler o que o livro queria transmitir.

Haivorés mais uma vez subiu ao ambão e abriu o livro. Novamente uma luz emanou e iluminou todo o ambiente onde estavam. A expectativa pela leitura era grande, todos estavam impacientes, à espera de uma mensagem de Caius por meio do livro.

–Vamos, Haivorés, o que o livro diz? Ande, diga logo! – perguntou Daidegan, impaciente.

Haivorés permanecia quieto. A impressão que passava é a de que não conseguia ler nada, e isso o deixava impotente.

– Não consigo ler nada! – exclamou Haivorés. – Seroc, parece uma língua antiga, mais antiga do que eu! Venha ver se consegue ler.

Seroc olhou para Daidegan, para Alifás e para Inalã à espera de um sinal de que podia caminhar até o livro. Inalã pediu a ele que fosse e que dissesse a verdade.

– Se não conseguir ler, tudo bem! – exclamou ela.

Seroc aproximou-se do livro e a luz que dele emanava ficou mais intensa, ofuscando os olhos de todos. Quando a luz diminuiu, Seroc já estava ao lado de Haivorés e olhava para as páginas do livro. E então disse, em tom de alegria:

– Eu consigo ler! Eu consigo ler!

– Então nos diga o que está escrito – pediu Sairik. O mesmo pedido foi feito por todos os presentes.

– Aqui diz: "Cuidem das árvores, elas são a força de Eleanthus e a dos elfos. São a força da vida, que será muito importante nessa missão".

– Só isso? – perguntou Haivorés, que está do seu lado.

– Não, tem mais – respondeu Seroc. – "Não percam tempo. Eleanthus corre perigo, protejam as árvores de Daidegan".

Ao ouvirem o nome de Daidegan, todos ficaram assustados:

– O quê? As árvores de Daidegan? Mas o que isso quer dizer? – perguntou Inalã. – Tem algo mais escrito aí? Vamos, Seroc, leia!

– Não tem mais nada. É só isso.

Com essas palavras, o livro se fechou. Novamente as trepadeiras voltaram a cobri-lo, assustando Seroc e Haivorés, que estavam próximos a ele.

O enigma do livro deixou todos pensativos. Daidegan não se conformava com seu nome no livro, e indagou a todos sobre o que queria dizer "cuidar das árvores de Daidegan". Sairik e Inalã conversavam no canto do salão enquanto os outros discutiam entre si sobre a mensagem. Diante de tanta confusão, Alifás se tornou impaciente e, abrindo suas asas, elevou-se alguns centímetros do chão, rugindo alto o suficiente para que causasse o silêncio entre todos.

– Acalmem-se! – pediu, já de volta ao chão.

Todos olharam para ele como se perguntassem: "O que você sabe a respeito disso? Diga-nos logo!".

– Será que ainda não perceberam?

– O quê? – disse Daidegan.

– O plano de Krisna!

– Como assim? Esclareça logo! Você decifrou a mensagem do livro?

– Daidegan, você ainda não compreendeu. Primeiro, as árvores são à força de Eleanthus, depois cuidem das árvores de Daidegan. Está muito claro. Depois que Subpteus ouviu nossas conversas sobre o poder das árvores para os elfos e para o mundo de Eleanthus, Krisna resolveu usar outra estratégia.

Antes que Alifás pudesse terminar de falar, foi interrompido por Cael e Inã, que chegaram repentinamente ao salão. Cael parecia compreender o que Alifás dizia, e terminou sua fala:

– Ela vai destruir as árvores para nos enfraquecer! Vai começar pelas grandes sequoias de Daidegan. Após ter nos enfraquecido, talvez tente nos atacar.

– Isso mesmo – finalizou Alifás. –, seu povo corre perigo, Daidegan, precisamos ir o mais rápido possível.

– Inalã, chegou a hora. Alerte seu pai, Sairik. Convoque os guerreiros. Devemos agir imediatamente, temos que proteger as árvores antes que seja tarde demais!

Sem questionar, Inalã saiu apressadamente do salão para soar a trombeta de Damaiurás, que é o sinal de que algo vai ser anunciado para a cidade. Enquanto isso, Daidegan questionava Sairik:

– E meu povo? Como vamos avisá-los? Desse lado de Eleanthus não consigo comunicação telepática com eles.

– Isso, desde o início, já fora planejado por Caius: a inexistência de vida deste lado do mundo. Por isso conseguimos sobreviver e guardar os segredos da vida aqui – completou Sairik.

Na afobação de guerra, Seroc sentia-se incapaz, e pensava em seu povo: os últimos mançairiques, os guardiões da floresta, que foram salvos por Inalã e acolhidos pelo povo de Daidegan. Com grande sentimento de angústia, fez um pedido a Alifás.

– Alifás, você pode me levar de volta? Preciso avisar meu povo e todos na vila para que possam fugir a tempo, antes que sejam aniquilados pelas forças do mal.

– Não – disse então, com autoridade, Daidegan. – Todos nós vamos, não só você. Somos uma família, lembra-se? Vamos derrotar o mal juntos.

Todos os presentes confirmaram, dando a Seroc um pouco mais de confiança e de segurança de que algo seria feito pelo seu povo.

Em meio às conversas, Inalã chegou apressada, dizendo ao seu pai que a cidade já estava reunida para o seu pronunciamento. Todos caminharam juntos com Sairik para que acompanhassem sua fala.

Chegando ao mesmo lugar onde antes havia apresentado os visitantes e o filho de Inalã, Sairik falou a seu povo.

– Povo de Damaiurás, há centenas de anos treinamos para uma batalha que talvez nunca ocorresse. Agora, sabemos que nosso treinamento não será em vão. Assim como vocês, seus filhos e filhas foram treinados para a batalha contra o mal. Eu sempre pensei que esse dia não chegaria, mas ele chegou. Estamos prestes a enfrentar um grande perigo. Nosso mundo não se resume à nossa cidade e aos nossos vales, temos outras regiões e outras cidades que, neste momento, estão sob ataque, ou pelo menos estarão a qualquer momento. O poder do mal retornou, assim como o poder do bem. Porém, o equilíbrio foi quebrado, e o mal quer dominar nosso mundo. Chegou a hora de lutar pela nossa liberdade, pela nossa existência e pela nossa cidade. Convoco todos os guerreiros e guerreiras para, com nossos amigos, lutarem e destruírem o mal, mostrando que somos vencedores e que eles não terão vez em nosso mundo. Juntem-se a Inalã, juntem-se a Aquiel, e não tenham medo de enfrentar a batalha. Por Damaiurás!

Dizendo essas palavras, Sairik levantou o braço, e um grande alvoroço de gritos aconteceu na praça da cidade. Iniciaram-se as despedidas entre pais e filhos, abraços e choros aconteciam por toda a cidade. Rapidamente o exército de Damaiurás esta a postos. Arqueiros e arqueiras, com suas águias, estavam prontos para seguir as ordens de Cael. Alifás, com um rugido, convocou seus leões, incluindo Aroá, que estava sempre por perto, mas nunca se aproximava. Era o costume dos leões brancos, as fêmeas só se aproximam quando convocadas. Inalã ficou muito feliz ao ver Aroá. Aproximou-se dela e a abraçou, como se sentisse saudades do voo que fizeram juntas, na vinda para Damaiurás.

– Eu estava com saudades de você – comentou Inalã. – Onde estava? Desde que chegamos, nunca mais a vi.

– Estávamos nas planícies com os outros animais, à espera da convocação de Alifás. Não podíamos atrapalhar e, para que isto não acontecesse, permanecíamos por lá.

–Vocês têm cada uma... – Ao mesmo tempo, compartilharam sorrisos e algumas gargalhadas.

Neste momento de descontração, Alifás aproximou-se e disse:

– Aroá, agora a guerra vai começar, precisamos ajudar no que for necessário.

Com essas palavras, Inalã montou em Aroá e as duas disseram juntas: – Estamos prontas!

Aroá libertou suas asas e elevou-se do chão como um cavalo que empina, ficando somente com as patas traseiras no chão.

No mesmo momento, Daidegan também se aproximou de Alifás e declarou, por ele e por seu amigo: – Nós também estamos prontos!

Alifás também abriu suas longas asas e convocou os outros a fazerem o mesmo.

– Vamos, a batalha deve começar agora!

Haivorés e Seroc subiram em seus leões e estavam prontos para seguir viagem.

– Estamos todos prontos – disse Daidegan.

Sairik aproximou-se e disse:

– Ainda não, tem algo que ainda precisa ser revelado.

Mais uma vez o suspense tomou conta de todos em pleno ar de batalha. Sairik pegou uma espécie de apito dourado. Quando Inã o viu, comentou com Inalã:

– Seu pai vai convocar a águia dourada. Ela é a maior, a matriarca de todas as águias de Damaiurás, e seu pai sempre disse que somente iria convocá-la quando o seu legítimo guerreiro chegasse. Parece-me que ele chegou: seu filho.

– Cael – disse Sairik –, este é o seu sinal! Quando você soá-lo, sua parceira inseparável sempre vai estar ao seu lado. Mesmo que esteja a distâncias imensas, ela sempre vai ajudá--lo. Pegue, é seu, soe! Mas preste atenção: nunca o perca, em hipótese nenhuma, entendeu?

Cael, desconfiado questionou: – Mas o que é isto?

Antes que Sairik respondesse, Inã, afobada, intrometeu-se:

–Vamos Cael, soe o apito! Vai ter uma grande surpresa.

Como já tinha por Inã um sentimento um tanto quanto carinhoso, Cael não pensou duas vezes e soou o apito.

Ninguém ouviu nada, nem mesmo ele que, indignado com tamanha brincadeira, respondeu para Sairik.

– Em meio a tantas preocupações, o senhor faz brincadeiras comigo? Isto está nos atrasando. Vamos, Daidegan temos que ir logo.

Sairik, depois de uma longa gargalhada, disse:

– Calma, seu tolo! Nunca tenha tanta pressa, agir no impulso pode custar muito caro. Espere e verá.

Daidegan e Alifás ficaram também meio desconfiados com as atitudes de Sairik, mas não podiam desconfiar dele. Era uma pessoa que sempre agira em favor da vida de Eleanthus e que sempre soube que um dia a hora da luta chegaria. Certamente, não estaria brincando.

Não tardou e uma sombra pairou sobre o pátio onde todos estavam, prontos para partir. No céu, uma imensa águia dourada sobrevoava. As demais águias gritaram e bateram suas asas, demonstrando seu respeito e admiração.

Quando ela pousou, todos se espantaram com seu tamanho, bem maior do que as outras. Era dourada, enquanto as outras eram de tons marrons. Ela aproximou-se de Cael e abaixou-se, como se dissesse que era sua subordinada.

– Cael, está é Maissa, a matriarca de todas as águias. Ela esperou para servi-lo durante séculos. Vai ajudá-lo sempre que precisar. Ela é forte, e vocês serão apenas um. Haja como se ela fosse parte de você, sinta-a e ela vai sentir você.

Dito isso, a águia se aproximou de Sairik, que a acariciou. – Minha cara amiga, chegou a hora. Vamos fazer o possível para salvar nosso mundo. – Ao escutar essas palavras, Maissa dá um grande grito.

– Ela entendeu o que você disse? – perguntou Cael.

– Sim – respondeu Sairik. – Entende você também. Tudo o que falar, ela vai compreender. Agora monte e vença.

Cael montou na grande águia dourada e disse: – Vamos Maissa, voe, e voe rápido!

Todos então levantaram voo e partiram para o oeste, em busca da batalha.

– Que Caius esteja com vocês, e que o nosso mundo seja salvo – disse Sairik.

O exército de Damaiurás voava rápido. À frente iam Daidegan e os leões brancos, bem ao lado de Cael e da grande Maissa, a águia dourada. Atrás, os guerreiros e suas águias, prontas para a batalha.

Enquanto voavam para o oeste, o exército de Krisna, liderado por Subpteus, avançava bem à frente. Tinham a intenção de destruir o maior número de árvores que pudessem, esse era o objetivo principal. A vantagem que tinham era que Subpteus já conhecia a região, pois já estivera por lá no Conselho dos Astros Reis, quando convocado por Daidegan, no episódio da queda do anelar.

Enquanto os dragões e diacris avançavam, a vida na vila de Daidegan continuava normal, bem como na vila de Haivorés.

Devido aos poderes revelados durante a liberação da Pedra da Luz, os mantifores ficaram mais poderosos do que já eram, e conseguiam prever o futuro com a ajuda do vento. Este havia mostrado a eles o que estava por vir, e o que podiam fazer era proteger a cidade com um campo de força invisível e tentar avisar os elfos da floresta.

Uma comitiva dos mantifores foi até a floresta para avisar o que haviam pressentido. Levaram para sua cidade as crianças e alguns mançairiques, os demais ficaram para lutar e tentar salvar a floresta do ataque previsto.

Ao se aproximarem da floresta, Subpteus deu à ordem:

– Ataquem, queimem tudo o que for vivo, destruam tudo sem piedade! É o que deseja nossa mestra Krisna.

A destruição começou. As primeiras sequoias foram queimadas e a floresta parecia chorar. Os elfos, tanto da vila como os que estavam na cidade dos mantifores, assim como até mesmo Daidegan, sentiram o sofrimento da floresta. Os animais fugiam, sem saber o que fazer, apenas fugiam do fogo e do medo.

Os diacris iam pelo chão, agora feito lava, para poderem queimar mais. Não se solidificavam mais, e lançavam fogo para todos os lados. Os dragões de colaborós voavam, também lançando fogo em todas as direções.

Na vila dos elfos, os habitantes avistavam as chamas e, a cada nova árvore que morria, eles sentiam a dor e a fraqueza, pois a vida dos elfos dependia da vida da floresta.

Na viagem do exército de Damaiurás, Daidegan fez um comentário a Inalã:

–Você está sentindo? Parece que a floresta pede socorro.

– Estou sentindo, sim. Ouço os gritos de nossas irmãs na floresta.

– Estou preocupado com meu povo. Chegaremos a tempo de protegê-los?

– Tenha calma, Daidegan. Eles também podem lutar. O que temos a fazer é ir o mais rápido possível. Aroá, vamos! Voe o mais rápido que puder.

– Alifás, vamos! Temos que chegar a tempo.

Seguindo em frente, tomaram ainda mais velocidade.

Enquanto isso, o ataque às florestas continuava e parecia que o plano de Krisna estava indo muito bem. Através do anelar, no braço de Subpteus, ela podia ver seu plano dando certo, e sentia que a força dos elfos estava sendo enfraquecida. Em sua prisão no vulcão, ela podia sentir o fogo queimar a floresta, e sentia também o medo das criaturas indefesas, tentando fugir das chamas.

– Continuem atacando, destruam tudo! Queimem tudo e não deixem nada atrapalhar – dizia Subpteus aos dragões e aos diacris, que faziam seu trabalho com muita velocidade.

Na vila dos elfos de Daidegan, todos estavam impacientes e, querendo fazer alguma coisa para proteger seu habitat, resolveram atacar. Os que estavam na vila dos mantifores estavam protegidos, mas os que ali ficaram tinham que fazer alguma coisa.

– Vamos atacar. Peguem seus arcos e vamos proteger nossa casa e nossos amigos – disse o responsável pela cidade no lugar de Daidegan.

Todos deram um grito de guerra e partiram pelas florestas para tentar uma ação. Era um ataque sem planejamento, mas com vontade. Quando chegaram onde estavam os dragões e os diacris, começaram a atacar com suas flechas que não acabavam. Era uma flecha atrás de outra, mas nada podiam contra os dragões: as flechas eram como brinquedos, e em nada os afetavam. O mesmo acontecia com os diacris, e as flechas queimavam antes mesmo de os atingirem.

– Estamos sendo atacados, destruam todos! – falou de Subpteus.

Os dragões e os diacris pararam o ataque que faziam às árvores e começaram a atacar os elfos, que tentavam lutar. Um após outro, porém, eram aniquilados, e sua força vital era destruída pelo fogo. Ao ver o primeiro elfo ser aniquilado, os outros decidiram fugir.

– Recuar! Recuar! Vamos voltar para a floresta. Não podemos vencê-los, estamos em desvantagem, nossos poderes são insignificantes em relação ao deles! – pediu o responsável pelos elfos.

No mesmo instante, todos recuaram o mais rápido possível. Infelizmente alguns dos elfos não conseguiram fugir e foram aniquilados pelo fogo dos diacris e pelas rajadas dos dragões. A vida deles se esvaía com a das árvores, que queimavam, e com a destruição que se formava.

Subpteus divertia-se com o desespero dos elfos, mançairiques e mantifores que ficaram para lutar. Os que antes seus amigos, hoje eram suas presas.

– Apressem-se! Temos que destruir a vila o mais rápido possível – dizia Subpteus, ordenando que a destruição continuasse. – Quanto mais árvores destruirmos, mais força Krisna terá, e mais fraco Daidegan e Inalã ficarão.

Bem próximo a Subpteus já estava o exército de Daidegan e Cael. Com a investida e sua ânsia por vitória e destruição, Subpteus não observou que estavam se aproximando.

Infelizmente, não havia tempo para salvar a vila de Daidegan, pois ao longe já podiam avistar a destruição da floresta, já bem próximo à vila. Quando Inalã avistou tanta destruição e morte, montada em Aroá, deu um grande grito de desespero.

– NÃO! Daidegan, precisamos agir rápido! – sua voz parecia confiante, mas aparentava grande tristeza. – Aroá, voe rápido! Nossos amigos precisam de nossa ajuda!

Ao passar sobre a floresta destruída, a visão que tinham era de algo jamais visto ou sequer imaginado no mundo de Eleanthus: morte, cinzas, cadáveres de árvores milenares, de sequoias que viviam ali há milênios e agora agonizavam em meio ao fogo ardente, animais e aves mortas. Não havia nada de vida sobre o que sobrevoavam. Inalã chorava e Daidegan se desesperava, enquanto Haivorés mantinha a calma externa, porque em seu interior sentia as dores de suas amadas, pois havia cuidado de cada uma delas durante toda a sua existência. Daidegan só tinha em sua mente destruir os invasores e salvar sua vila.

– Vamos, Alifás! Já estou avistando os dragões, vamos destruí-los, assim como já fizemos!

Inalã alertou a todos os arqueiros de Damaiurás que deviam acertar no pescoço logo abaixo da cabeça, pois era seu ponto fraco, enquanto os diacris precisavam ser petrificados pelo sopro gelado dos leões brancos para serem destruídos. Depois de petrificados, deviam ser atingidos o mais rápido possível. Caso demorassem, eles absorveriam o gelo e voltariam a ser lava, sendo então impossível matá-los.

– Daidegan – pediu sua atenção Inalã. – Você está se sentindo fraco? Eu estou muito fraca... Será que tem algo a ver com a morte das árvores?

– Também estou assim. Mas não podemos deixar que os outros notem. Se perceberem, poderão ficar amedrontados. Porém, notou que Cael não parece nada fraco, e sim cada vez mais forte?

– Sim. Também notei. Vou avisar Aquiel para que tome cuidado, não sabemos como nossas flechas agirão com nosso poder enfraquecido.

Antes que Inalã pudesse mudar seu curso de voo para onde estavam Cael e Aquiel, Haivorés explicou o motivo de sua fraqueza:

– Segundo a lei de nosso mundo, vocês estão ligados às árvores. Lembram-se do que o livro disse? Há uma grande ligação entre a vida em nosso mundo. Subpteus soube disso, e Krisna está usando a informação para ficar mais forte.

– Mas nós vamos vencer, assim como já vencemos na montanha dos picos azuis – disse Daidegan em voz alta e forte.

Daidegan deu a ordem ao seu exército. – Ataquem! E destruam esses malditos dragões e diacris. Nosso mundo depende de nós!

Quando Subpteus percebeu que estava sendo atacado pela retaguarda anunciou aos seus que os elfos estavam atacando novamente.

– Pelas nossas costas! Seus cretinos! Dragões e diacris, voltem-se e destruam todos, sem piedade!

Ele imaginava que fossem os mesmos elfos de antes, não tinha a mínima ideia de que fosse Daidegan. Um dos seus vem ao seu encontro e o alerta.

– Senhor, não são só elfos, tem outras criaturas junto com eles.

– O quê? Outras criaturas? Que criaturas? Ande, responda logo, seu inútil.

– As mesmas que já enfrentamos antes, nas montanhas!

– Daidegan! – expressou, com voz de raiva e fúria. – Ataquem mesmo assim! Eles estão fracos, destruam todos!

A guerra já se iniciara novamente, uma batalha alada com dragões, águias e leões brancos. Subpteus se assustou ao ver as águias, que voavam muito rápido e com grande astúcia, bem mais do que os dragões. Ele também não sabia seu ponto fraco para poder atacá-las. Só o que observava eram flechas para todos os lados, fogo e fumaça, que impedia sua visão.

A única coisa que lhe vinha à cabeça era destruir a vila de Daidegan e ele já estava ali. Começou, então, a queimar tudo o que podia. Subteus ria enquanto fazia seu trabalho.

Daidegan avistou o que fazia do alto, e pediu a Alifás que o levasse até lá.

– Alifás, vamos! Temos que proteger meu povo! Eles não podem lutar, temos que ajudar!

– Certo, segure-se.

Inalã notou que Daidegan e Alifás haviam saído da batalha no céu e ido para a terra.

Um grande grito emanou da floresta. Todos o ouviram, mas chamou a atenção principalmente de Inalã, pois esta havia visto Daidegan ir para o solo. Rapidamente, a elfa pediu a Aroá que também voasse para baixo. Antes que tentasse fazê-lo, foi impedida por um soldado, que tinha uma mensagem para ela.

– Senhora Inalã, os dragões estão protegidos, possuem uma espécie de aço em torno de seus pescoços. Não podemos atingi-los onde nos mandou.

– O quê? Uma proteção? – Ao notar que realmente havia uma proteção, Inalã disse, em tom de comando e com convicção: – Mais força! – E com seu arco, que já estava empunhado, acertou um Dragão, furando a couraça que envolvia seu pescoço, mostrando que era possível derrotá-los.

– Sigam meu exemplo, tenham força e coragem. Ataquem juntos.

Inalã, porém, sentiu muita fraqueza ao realizar aquele ataque. Sentiu também que não poderia deixar que ficassem sozinhos ali, precisavam de alguém para liderá-los. Ao mesmo tempo, sua preocupação com Daidegan era grande. Avistou Cael em sua grande águia dourada derrubando os dragões com apenas um golpe de suas garras. Pediu que descesse e procurasse por Daidegan, enquanto ela ficava ajudando a derrubar os dragões. Também pediu que alguns leões descessem para petrificar os diacris, para que assim pudessem ser destruídos.

Cael questionou a ordem de sua mãe: – Mas mãe, temos que ficar juntos! Não podemos derrotar todos se não estivermos juntos.

– Não questione! Desça logo, ajude Daidegan! Ele precisa de sua ajuda! No solo, os diacris são muito poderosos, e somente Alifás e Daidegan não vão conseguir destrui-los.

Mesmo contra sua vontade, Cael pediu à sua grande águia Maissa que descesse.

– Vamos, Maissa, precisamos ajudar Daidegan e Alifás!

A águia deu um grito que estremeceu e assustou a todos. Até mesmo Daidegan e Alifás no solo o ouviram.

– Alifás? Você ouviu isso?

– Sim, ouvi. Acredito ser a águia de Cael. Muita força ela tem.

Nem mesmo terminaram de falar, já avistaram o grande pássaro, que pousou perto deles.

– Senhor Daidegan, estamos prontos para ajudar. Inalã mandou-me para que não enfrentem os diacris.

– Garoto! – respondeu Daidegan. – Não precisamos de sua ajuda. Eu e Alifás já derrotamos todos estes monstros antes, e podemos derrotá-los agora.

– Daidegan, não subestime Subpteus. Eles podem estar preparados – disse Alifás. – Precisamos de ajuda, sim. Quanto mais ajuda, melhor.

– Certo. Maissa, volte ao céu e ajude a combater os dragões – ao ouvir o comando de Cael, a águia voltou rapidamente para o céu.

No terreno onde estavam, avistava-se apenas morte. Tudo estava queimado, havia pó, cinzas e sofrimento. Cael olhou para os pés de Daidegan e notou que estavam queimados. Deduziu então que o grito que ouvira antes havia sido de Daidegan sentindo a dor da queimadura. Alifás aparentemente nada tinha sofrido ao pisar no braseiro, e ele, que nada sentira, quando viu estava sobre fogo em brasa.

– Daidegan, olhe! Cael não é afetado pelo fogo, não está sofrendo queimaduras – observou Alifás.

– Também já percebi. Será esse um grande dom que ele tem?

– Pode ser. Mas deixemos isso para mais tarde.

Alifás olhou para Cael e disse: – Vou apagar o fogo, resfriar a terra. Vocês devem combater os diacris. Descobrimos que, quando estão petrificados, podem ser destruídos pelas suas flechas.

– Só pelas minhas? – questiona Cael.

– Não, quis dizer pelas dos elfos.

Alifás abriu suas grandes asas e começou a dar seu sopro congelante. Por onde passava, apagava as chamas e, devido ao calor, o gelo derretia rapidamente, apagando a poeira e as cinzas que ficavam. Atrás dele, iam Daidegan e Cael, prontos para atacar o que aparecesse.

Cael não notou, mas Daidegan está muito fraco, caminhava com cansaço e dificuldade. De repente, muitos diacris estavam à frente, incendiando a vila dos elfos de Daidegan. O faziam pelos troncos das grandes árvores, já que a vila ficava no topo. Escutaram um comando de voz.

– Rápido! Antes que eles apareçam!

Daidegan, instintivamente, reconheceu aquela voz.

– É Subpteus. Precisamos agir rápido.

Subpteus, não sendo bom estrategista em batalha, não percebera que o ataque de Alifás estava próximo. Não notou tampouco que grande parte do incêndio que havia causado na floresta já havia sido apagado pelo sopro dos leões brancos. Sua vontade de acabar com a vila de Daidegan era tanta que não se preocupava com nada. Queria apenas cumprir seu objetivo, exceto quando recebeu uma visão de Krisna, bem à sua frente.

– Seu tolo! Olhe para trás, não vê que estão acabando com você? Tome cuidado, lembre-se de que já foram vencidos em outra batalha, e serão vencidos de novo!

Quando olhou, Subteus viu Daidegan, Cael e Alifás bem à sua frente. Alifás posicionou-se para criar outro sopro congelante e Cael e Daidegan estavam prontos para atacar. Alifás começou sua magia, e alguns diacris foram atingidos.

– Rápido, Cael, destrua-os! – disse Daidegan, já abatendo ele mesmo alguns, com suas flechas que procuravam o alvo.

Cael nunca tinha usado suas flechas, nunca tinha nem mesmo usado os poderes que recebera assim que havia chegado a Eleanthus. Na verdade, nem sabia o que podia fazer com certeza, apesar de o livro de Damaiurás ter revelado muitos dos poderes que ele poderia desenvolver. Ele acreditava que podia ajudar. E então, pegou uma flecha e atirou na direção de um diacris que está ainda petrificado. Sua flecha atingiu o peito do monstro, que de imediato desintegrou-se. Diferentemente das flechas de Daidegan, que somente aniquilavam os diacris momentaneamente, permitindo depois que voltassem para o subsolo em forma de lava, as de Cael a princípio parece que os matavam de verdade.

– Nossa! – admirou-se o próprio Cael, espantado com tamanho poder que possuía.

Ao ver que estavam sendo vencidos, Subpteus deu a nova ordem aos seus aliados: – Todos os diacris, formação una!

– O quê? Formação una? O que será isso, Daidegan? – perguntou Alifás.

– Não sei. Mas, vindo de Subpteus, não pode ser nada bom. Prepare-se. Cael, fique perto de nós e prepare-se também, pode vir algo novo pela frente. Alifás, apague o fogo das árvores de minha vila.

– Certo.

Alifás mudou seu foco de ataque para os troncos em chamas, que então passaram a se apagar conforme o sopro ia congelando até mesmo o ar ao redor do fogo.

– Daidegan! – chamou Cael, um tanto assustado.

– O que foi? Não vê que estou ocupado? – Daidegan continuava a atacar os diacris que ainda estavam petrificados pelo gelo de Alifás.

– Daidegan! – Agora quem chamava era Alifás.

– Mas o que está acontecendo?

– É bom você olhar para acreditar – falou Alifás.

– Por Caius! O que está acontecendo? O que é isto?

– Acredito que isto é a formação una da qual ouvimos falar a pouco – disse Cael.

– Não posso acreditar que isto está acontecendo! – disse Daidegan. – Como vamos vencer isto?

Os três ficaram perplexos com a visão. A formação una ordenada por Subpteus era a união de todos os diacris, formando uma única criatura. A cada novo diacris que se unia, a criatura ficava maior e com mais poder de fogo. Até mesmo os que haviam sidos destruídos por Daidegan agora rastejavam para a enorme criatura que se formava. O único que permanecia só era Subpteus, o que de certa forma intrigou um pouco Alifás, que, porém, não fez nenhum comentário naquele momento.

– Como vamos vencer isto? – Alifás repetiu a pergunta de Daidegan.

– Lance seu sopro congelante e o atingiremos com nossas flechas – respondeu Daidegan. – Prepare-se, Cael!

– Certo!

Alifás lançou seu sopro congelante, mas de nada adiantou. Nem mesmo os pés da criatura petrificaram, era pouco poder para uma massa incandescente tão grande.

– Ataque, Cael – ordenou Daidegan. Os dois atiraram flechas sem cessar, mas de nada adiantava. As flechas de Daidegan nem ao menos chegavam a atingir o monstro, queimavam antes mesmo de chegarem a ele. Já as de Cael o atingiam, mas tampouco causavam dano, pois eram absorvidas e, então, queimadas.

Certo temor passou por Daidegan. Observou à sua volta e notou que não estavam conseguindo vencer. Desta vez a batalha está mais dura do que antes. Olhou para o céu, e lá a batalha estava longe de acabar. Observou que Inalã já estava cansada, assim como os outros. Viu que a águia de Cael era uma grande aliada, e que ajudava muito Inalã a matar os dragões.

– Alifás, será o nosso fim! – exclamou Daidegan, seu grande parceiro, que também já aparentava cansaço.

– Não. Daidegan, lute! Temos que lutar, mesmo que seja contra nossas próprias fraquezas! Aguente firme. Cael, ajude Daidegan, eu tive uma ideia!

Nesse curto espaço de tempo, o gigante diacris, que aparentava ter uns vinte metros de altura, parecia um vulcão ambulante. As árvores que ainda restavam naquela região queimavam e eram reduzidas a pó. Nada sobrevivia ao seu calor infernal.

– Krisna! Apareça! Olhe nossa vitória! – exclamou Subpteus rindo muito.

À vista de Daidegan, Alifás e Cael, Krisna apareceu novamente, no braço de Subpteus, agora maior e mais definida que da primeira vez que a viram, no Conselho dos Astros Reis.

– Daidegan – disse Krisna –, leve um recado ao meu querido irmão. Ele não tem mais nada a fazer aqui. Este mundo agora é meu e de mais ninguém. Todas essas criaturas insignificantes morrerão, inclusive você. Olhe para você: fraco, sem vida, um imortal morto. – Krisna aproximou-se deles como uma cobra de fogo, e repetiu: – Um imortal morto.

Krisna deu uma grande gargalhada, aproximou-se de sua criação, o monstro diacris, e continuou:

– Diga a Caius também que logo eu estarei lá. Diga para ele me aguardar, eu vou juntar o Diacroney primeiro e terei esse mundo e o outro só para mim.

Aproximou-se, então, de Cael. Ele nunca havia visto tamanho poder e magia em sua vida. Ficou muito assustado, e com muito medo de morrer.

– Coitadinho – disse Krisna, com desdém. – Esse é o filho de dois mundos que pode me atrapalhar? Como? Nem ao menos sabe o que fazer! Mal sabe atirar uma flecha. Não me parece perigoso. Subpteus, volte para nosso refúgio. Nossa missão aqui já está cumprida. Daidegan não é mais um perigo.

– Mas mestra, nós estamos vencendo, vamos matá-los agora! – disse Subpteus.

– Não me desobedeça. Dê a ordem de volta agora!

– Sim, senhora – Subpteus pegou um tipo de chifre, parecido como os que existem em Damaiurás, mas pequeno. Assoprou e não emitiu som algum. Cael observou todos os dragões imediatamente recuando, somente ficando no local Subpteus e o gigante de lava.

Inalã, então, e todos os outros voltaram rapidamente para o solo, pois do alto viram a imensa criatura que se formara na terra.

– Aroá, está vendo aquilo? De onde terá surgido? – perguntou Inalã, já em descida com Aroá.

– Não sei, mas vamos descobrir.

A enorme criatura monstruosa olhava para os pequenos elfos e para as pequenas criaturas que estavam a olhar para ele.

A grande águia dourada também aproximou-se de seu mestre Cael. Tentou sobrevoar o monstro, mas foi impedida pelo grande calor que dele emanava.

– Daidegan, o que é isto? – perguntou Inalã.

– Todos os diacris se uniram e formaram esta criatura, não conseguimos sequer arranhar seus pés!

– Haivorés, o que acha? – perguntou Alifás.

Haivorés emudeceu. Observou a grande criatura e disse:

– Lembram-se de quando disse que, ao liberar os poderes de Eleanthus, os nossos inimigos também receberiam poderes? Eles já descobriram como usá-los, antes de nós.

Subpteus, então, olhou para todos, infiltrou-se no mostro e apareceu bem no meio de seu corpo.

– Nós voltaremos em breve, e não se esqueçam de levar o recado de nossa mestra Krisna.

Ao falar isso, o monstro rapidamente desceu pelas fendas do solo e desapareceu da vista de todos, deixando somente cinzas e morte. Todos ficaram contemplando a floresta morta, e Daidegan simplesmente caiu ao chão, levantando ainda um pouco de poeira.

– Daidegan! – gritou Inalã, ao vê-lo cair.

Todos correram ao encontro de Daidegan, que havia caído por terra. O desespero tomou conta de todos, principalmente de Inalã, que pensou tê-lo perdido. Pensou isso devido ao comentário que haviam feito durante a viagem de vinda de Damaiurás, sobre se sentirem fracos. Na verdade, ela também estava exausta.

Ao chegar onde ele estava, Inalã o colocou em seu colo.

– Daidegan! Daidegan! – E nada de resposta. – Parece que está inconsciente.

– Afaste-se, Inalã – disse Haivorés. – Deixe-me vê-lo. Ele está fraco. Já há algum tempo tenho notado algo de errado com ele, desde que saímos de Damaiurás. Seroc, tem alguma ideia do que aconteceu com ele?

Seroc aproximou-se, pois em todos os lugares sempre ficava atrás, esperando ser convocado para poder ajudar.

– Eu tenho uma opinião.

– Diga logo, Seroc – questiona Inalã.

– Lembram-se da mensagem do livro? "Cuidem das árvores de Daidegan". Nós não tivemos tempo o suficiente para proteger todas as árvores, e ele sentiu isso. Tem mais, também dizia no livro que a força dos elfos e de Eleanthus está nas árvores. Acredito que, sem a força vital das grandes sequóias, Daidegan também pode perecer.

– Mas o que podemos fazer, Seroc? Diga logo! – Mais uma vez, Inalã, desesperada, queria ajudar.

– Senhora Inalã, acredito que a solução esteja realmente com você.

– Como assim? O que devo fazer?

– O livro também mencionava que a força da vida seria fundamental nessa missão. Acredito que você, com o poder de fazer nascer e curar as vidas, tem que curar a floresta e fazer com que Daidegan receba a vida novamente.

– Como vou fazer isso? Não tenho forças.

– Vai ter que confiar em você.

– Inalã, você consegue – incentivou Inã, sua grande amiga. – Você consegue.

Inalã ficou pensativa, deixando Daidegan com Haivorés e Alifás. Caminhou de um lado para outro, levantando poeira de cinzas. Ela olhou para todos os lados e viu morte: árvores, animais e os elfos que foram queimados, com sua força vital parecendo ter sido sugada com o fogo. Começou a se desesperar, sem saber o que fazer. De repente, teve uma visão: a árvore mãe dizia a ela que deveria pedir a Seroc para invocá-la. Ela poderia ajudá-la.

Virou-se rapidamente e gritou:

– Seroc, tem que me ajudar! Invoque a árvore mãe, você e Haivorés, agora! Só ela poderá me ajudar.

– Mas agora, aqui neste momento de morte? – disse Haivorés.

– Espere, Haivorés, ela pode ter razão! – disse Seroc. – Vamos tentar.

Fizeram o mesmo ritual que sempre fazem para convocar a árvore mãe: o círculo no chão e as mesmas palavras em língua antiga, que somente eles sabiam pronunciar. Do meio das cinzas, eis que surge a árvore mãe, muito singela, fraca, não era aquela árvore frondosa que estava junto à árvore matriz. Mas estava ali.

Seroc aproximou-se. Colocou-se de joelhos e escutou o que ela tinha a dizer. Alguns minutos depois, Seroc veio à Inalã.

– Inalã, ela diz que você tem que convocar a vida novamente para este lugar, fazendo brotar o que está seco.

– Como? – perguntou Inalã.

– Isso ela não disse – respondeu Seroc.

Mais uma vez, ela ficou sem ação, não sabia o que fazer. Entrou em desespero e começou a chorar muito. Quando olhou para Daidegan e o viu aparentemente morto, colocou suas mãos no chão, e algo inesperado aconteceu. Suas mãos começaram a enraizar no solo cinza de morte, quando Inalã percebe que este era o sinal, percebe que podia fazer algo pela vida daquele lugar. Concentrou-se, e começou nela uma grande transformação. A mesma luz que surgiu quando a Pedra da Luz foi jogada na fonte por Haivorés voltou a aparecer, e Inalã começou a ficar toda azul. Grandes ondas de luz saíam dela, e a elfa parecia em transe.

Alguns segundos, depois Seroc e Haivorés também começaram a sentir algo estranho, e a luz do poder da pedra também os afetou. Assim se deu para todos, e as luzes dirigiam-se para Inalã e para a árvore mãe. Inalã parecia fazer muita força, e os outros começaram a senti-lo também.

Os únicos que ficaram imunes às luzes foram Cael e Daidegan. Os demais todos foram ligados à Inalã pelos raios de luz, cada um com sua cor. Haivorés notou algo brotando do solo e pediu para que todos olhassem:

–Vejam! A vida está voltando para o solo!

A admiração tomou conta de todos. Inalã continuava concentrada, e cada vez mais força parecia sair dela.

Pequenas mudas começaram a brotar e, a cada nova muda que nascia, a árvore mãe ficava mais forte, crescendo e florescendo muito rápido. À medida que a árvore mãe ficava forte, mais vida mandava para Inalã, que a mandava para o solo. Até mesmo as grandes árvores que estavam completamente queimadas começaram a se recuperar. De repente, Inalã soltou um grande grito e as luzes que saíam de seu corpo foram na direção de Daidegan, parecendo penetrar em seu corpo. A própria floresta, que começava a se recompor, também emanava vida para Daidegan, que demonstrou uma reação de vida. Isso deixou Inalã muito contente.

Daidegan conseguiu sentar-se. Quando olhou, viu a floresta com muito verde, não mais com cinzas e morte. Assustou-se, e levantou rápido. A partir desse momento, as luzes cessaram.

– O que está acontecendo? Haivorés, o que houve?

– Vê tudo isto que está acontecendo a sua volta? Inalã realizou.

– Como assim? Explique-se, não estou entendendo!

– Calma, vamos explicar tudo para você.

Inalã ficou feliz ao ver Daidegan bem de novo, e chegaram para abraçá-lo.

– Estou bem. Mas minha vila se foi, meu povo...

Antes que terminasse de falar, a maioria de seu povo começou a aparecer, junto com os mantifores, que os tinham mantido a salvo, antes da chegada dos dragões e do fogo. Isto deixou todos muito contentes.

A árvore mãe, forte, já emanava sementes para todos os lados da floresta, e a vida lançada por Inalã crescia muito rápido.

– Daidegan, Inalã. A árvore mãe diz que o que podia ser feito aqui já foi feito. Infelizmente, muita vida aqui foi perdida, muitas amigas morreram, muitos anos serão necessários para que tudo volte ao normal. Mas ela diz também que nada está perdido. Diz que devemos voltar para Damaiurás.

Com estas palavras, a árvore mãe começou a desaparecer no solo, que agora já tinha vida. Vida que crescia muito rápido.

Todo o povo de Daidegan chegou bem, acompanhado pelos mantifores. Daidegan ficou muito feliz ao ver suas crianças e mulheres bem, e não soube como agradecer tamanha compaixão dos mantifores.

– Haivorés, o que posso fazer para agradecer seu povo?

– Somente ajudar a proteger nosso mundo. O que você já está fazendo, e muito bem – disse Haivorés.

Haivorés pediu que os conduzissem de volta para a cidade e que fiquem lá até que estivesse tudo bem novamente. Daidegan concordou e pediu que seu povo tivesse muita coragem e cuidado.

– Bom, acho que devemos voltar o mais rápido possível para Damaiurás – disse Cael.

– Concordo com você – disse Aquiel que já montava em sua águia.

– Certo. Vamos voltar então – concordou Daidegan.

Antes de partir, Daidegan fez recomendações a todos os seus e aos mantifores. A qualquer problema, deveriam fugir o mais rápido possível.

Aroá e Inalã partiram para sobrevoar a floresta que antes estava morta e agora já tinha vida novamente. Não era a floresta de antes, exuberante e linda. Agora mostra falhas, e algumas árvores não conseguiram brotar, mas a vida já voltava, incluindo aves e animais. Ao ver que tinham feito um bom trabalho, juntaram-se ao grupo de retorno para Damaiurás. Os mantifores e os elfos ficaram olhando, até que sumiram no leste do mundo de Eleanthus.

CAPÍTULO VIII

Planos de Ambos os Lados

O retorno para Damaiurás estava um tanto tenso. Nada de risadas ou sorrisos, todos estavam angustiados, pois a vitória que antes era certa agora já não era mais. Apenas uma coisa deixava Daidegan melhor: a fraqueza que tanto sentira já havia passado, estava agora bem melhor e sentia como as árvores eram importantes para ele.

Inalã também, em seu canto, pensava as mesmas coisas. Ela lançou um olhar para Daidegan, que o retribuiu, somente isso e nada mais.

Aquiel e Cael iam à frente, às vezes brincavam um pouco, mas também estavam preocupados, principalmente Cael, que ainda estava intrigado porque não havia recebido as luzes como os outros na magia da vida de Inalã.

A viagem parecia mais tranqüila, apesar de tensa, pois, sabiam que nenhuma guerra os aguardava naquele momento.

Os diacris, com seu líder Subpteus, voltavam para o subterrâneo de Eleanthus. Os dragões também estavam voltando ao comando de Subpteus. Ao contrário de Daidegan, Subpteus estava animado, com ar de vitorioso e ansioso para receber os parabéns de sua mestra Krisna.

Ao chegarem ao subterrâneo, foram logo ao lugar onde Krisna estava prisioneira.

– Senhora Krisna – disse Subteus –, nossa missão foi um sucesso! Conseguimos destruir a floresta de Daidegan. Fomos vitoriosos! – exclamou Subpteus.

– Seu idiota!!! – gritou Krisna. – Não vê que isso só serviu para comprovar que os poderes deles estão mais fortes do nunca? Você não observou o quanto à floresta já voltou à vida? Seu tolo! Inalã é muito forte, e fica cada vez mais.

– Mestra! Nós destruímos a floresta e a vila, foi tudo queimado! Também destruímos alguns elfos e muitos animais. Como pode a floresta estar viva?

– Olhe bem.

Krisna fez com a lava uma espécie de coluna temporal, em que Subpteus pôde observar a floresta que havia destruído se reconstituindo: aves e insetos voando e as árvores crescendo rapidamente. Levou um grande susto.

– Nunca vi isso! Não é possível. Tudo era cinza, como pôde acontecer isso? – perguntou ele a Krisna.

– Você não vê que os poderes deles são maiores que os seus? Cael ainda não descobriu seus poderes. E quando isso acontecer? Como vamos vencer? Só há uma maneira. Temos que atacar Damaiurás e descobrir onde estão as outras partes do Diacroney para restaurar meus poderes para sempre, eliminando meu irmão deste mundo, deixando-o apodrecer onde quer que ele esteja.

– Mas mestra, como vamos atacar aquela cidade? São fortes demais. Temos que ter um plano.

– Sim, eu sei. E já tenho um plano para destruir tudo. Inclusive a tal cidade do céu e o tal do livro de Damaiurás que você mencionou quando voltou de lá. E temos que agir rápido, antes que eles se preparem.

– Mestra, posso fazer uma pergunta? – indagou Subpteus, com muito medo da resposta.

– Pode falar. O que quer saber?

– Qual o poder disto? Mostra seu braço com o anelar – Até agora não vi vantagem nenhuma em usar este objeto, só serve para que a senhora possa sair daí momentaneamente.

Krisna parou por um momento. Tomou forma humana, porque até então estava como uma imagem de fogo. Saiu da lava do vulcão, caminhou até próximo de Subpteus, fez um carinho em seu rosto, com suas unhas muito grandes e pontudas, de cor preta. Chegava a arranhar seu rosto, deixando-o com muito medo.

– Boa pergunta, a sua! Se o Diacroney pode restaurar meus poderes por completo, uma parte dele pode fazer algo melhor do que já faz. Mas como descobrir como usar esse poder? Você vai voltar para Damaiurás e tentar descobrir o máximo que puder. Tente ver esse tal livro, e descubra quais informações ele pode trazer. Parta agora! – ordenou Krisna.

– Não! Eu não posso! Quase me pegaram da última vez. Se eu for novamente, com certeza vão me matar. Eu não posso.

Krisna aproximou-se dele, segurando-o pelo pescoço. Levantou-o a certa distância do chão, olhando com uma cara muito brava. Chegava a sair fogo de seus olhos, e ela perguntou a Subpteus:

– Eu perguntei alguma coisa? – Krisna olhou para todos os diacris que assistiam à conversa e perguntou, mais uma vez, muito mais alto do que antes: – Eu *perguntei* alguma coisa?

Um coral de vozes respondeu:

– Não, senhora. Não perguntou nada.

Um grande alvoroço se formou entre os diacris, e Subpteus continuava nas mãos de Krisna, sofrendo com o poder de sua mestra.

– Então eu pergunto a você Subpteus: o que foi que eu disse?

– Disse que eu tenho que ir à Damaiurás, para descobrir alguma coisa sobre o poder do anelar.

– Isso mesmo. Vá logo, dessa vez seja mais discreto e não se deixe perceber. Descubra tudo o que puder.

Obedecendo as ordens de Krisna Subpteus partiu para Damaiurás novamente, voando em um dragão de colaborós. Partiu para sua nova missão: descobrir tudo o que pudesse, principalmente sobre como usar o poder do anelar. O objeto estava em seu poder, mas não sabia como usá-lo, nem sequer se tinha algum poder isolado dos outros objetos que, juntos, formavam o Diacroney. Viajava sozinho, sem nenhum amigo.

Enquanto isso, a comitiva do exército de Damaiurás já chegara a seu destino. Uma grande multidão os aguardava, e entre eles Sairik, o chefe e representante de Damaiurás. Parecia uma festa quando avistaram as águias voltando da batalha. Muita gritaria e várias flores foram ofertadas aos guerreiros.

A cada um que pousava com sua águia no pátio central de Damaiurás, era ofertada uma coroa de orquídeas. Daidegan estranhou tal oferta, assim como Haivorés e Cael. Já Inalã e Aquiel pareciam conhecer a oferenda, e a aceitaram sem nenhum problema. Certamente os outros também a aceitaram, mas o fizeram com um certo estranhamento. Daidegan perguntou a Sairik o porquê de tal atitude da população.

Sairik, com um grande sorriso, disse:

– Meu caro amigo Daidegan, para nós há muito significado em oferecer flores aos nossos defensores. Quando o próprio Caius veio para cá, o recebemos com flores, e ele nos disse que, na terra de onde ele vinha, essas flores, as orquídeas, eram usadas em ocasiões especiais. Para o nosso povo, o que vocês estão fazendo por nós é motivo especial, e de grande comemoração.

– A isto se deve então a grande quantidade de orquídeas na cidade do céu? – falou Daidegan, um tanto admirado.

– Sim. Quer lugar mais especial que aquele?

Antes mesmo que Daidegan pudesse responder, Cael interferiu na conversa e disse para Daidegan:

– Lá no Rio de Janeiro, onde eu estava, havia muitas dessas flores para vender. Não como estas, mas quase iguais.

Neste momento, Cael fez um pedido:

– Senhor Sairik, gostaria de subir até o livro para ver se este me revela algo sobre o que aconteceu na floresta de Daidegan. Quando Inalã usou seu poder para fazer a floresta crescer, todos foram tocados por um poder estranho, menos eu. O que será que aconteceu? O senhor pode me explicar?

– Antes, meu filho, o que aconteceu? Que poder é esse de que está falando?

– Cael, é bom falarmos em particular – disse Daidegan.

– Inalã! Haivorés! Seroc! Aquiel! Inã! Vamos entrar para interpretarmos o que aconteceu na floresta – disse Sairik, já na porta com Daidegan e Cael. Todos entraram, enquanto os outros continuavam as comemorações nas ruas da cidade.

Já no interior do salão, todos se acomodaram nas poltronas que lá havia. Tão logo chegaram, Cael novamente refez a pergunta que já fizera anteriormente para Sairik.

– Agora pode me responder o que aconteceu, Senhor Sairik?

Inalã interrompeu: – Espere.

Todos olharam para ela, como se perguntassem o porquê da interrupção. O que deveria ser dito antes da resposta de Sairik? Este foi o pensamento que invadiu a mente de todos no recinto. Cael, com muita vontade de saber mais, indagou à sua mãe.

– Mãe! O que foi?

– Cael, antes de fazer essa pergunta, temos que explicar tudo o que aconteceu na batalha da floresta, e só assim meu pai poderá nos dar uma resposta.

Sairik concordou com Inalã e os demais também. Sairik finalizou a discussão com uma fala bastante intrigante:

– Inalã! Eu já fui jovem e conheço as curiosidades, e essa vontade de querer saber mais – olha para Cael e diz: – Calma. Tenha muita calma. Tudo a seu tempo – virando-se para Daidegan, Sairik pediu: – Daidegan, conte-nos tudo o que aconteceu, desde a saída de Damaiurás até a chegada, há pouco.

– Certo, mas peço a todos que me ajudem, caso esqueça alguns detalhes.

Todos concordaram, e Daidegan iniciou a narrativa.

– Bom, já no início da viagem eu e Inalã percebemos que algo estava errado. Nós nos sentíamos fracos, e isso nos deixava preocupados, mas não contamos nada a eles para que não ficassem com medo. Tínhamos que demonstrar confiança. Sabíamos que isso estava acontecendo devido à nossa ligação com a floresta: quando ela sofre, nós também sofremos...

Daidegan continuou a história, e em certos momentos Inalã e os outros completavam com alguns detalhes.

Entretanto, quando chegou a hora em que Daidegan havia desmaiado, ele não tinha mais nada a dizer, pois não se lembrava de mais nada. Nesse momento, Inalã tomou a palavra e continuou a narrar os fatos vividos na floresta, que parecia, como enfatizado por ela, uma "floresta de cinzas". Contou o sofrimento que teve e o medo de sua morte, medo este que acabou revelando sua força. Inalã contou que precisou da magia de todos para poder obter forças para reviver a floresta que estava morta. Disse também que o único de quem não conseguiu reunir poderes fora mesmo de Cael, e isto também a deixara intrigada.

Sairik ouviu tudo muito atentamente, prestando atenção aos detalhes que um ou outro ressaltava. Até mesmo o próprio Cael interrompia muito, para contar detalhes que ele imaginava ter vivido, e só ele, quando na realidade todos viveram os mesmos medos e aventuras perigosas.

Sairik levantou-se, andou de um lado para outro, como se procurasse uma solução. Antes mesmo que dissesse alguma coisa, chamou-lhe a atenção um dos presentes, um que nunca interrompia as discussões e que sempre estava à espreita, a ouvir, sem nada falar: Seroc.

– Perdoe-me senhor, mas Caius nos chama!

– O quê? – disse Daidegan.

E ele repetiu: – Caius nos chama!

A admiração tomou conta de todos no salão. Daidegan questionou Seroc:

– O que está dizendo, Seroc? Você está bem?

A mesma resposta é dada por ele: – Caius nos chama!

Um zunzum tomou conta de todos, um querendo falar, outro dizendo que Seroc estava louco depois da batalha, Inã dizendo que Seroc merecia consideração, pois ajudara muito na batalha... Enfim, todos queriam entender o que ele queria dizer. Até que Haivorés, com um forte grito alertou a todos:

– Parem com isso, seus tolos!

Haivorés, muito respeitado e admirado por todos, conseguiu chamar a atenção para ele. Quando o silêncio voltou, ele continuou a falar, agora em tom normal de voz, o que sempre usa, calmo e sereno.

– Será que vocês não compreendem? Seroc está em contato com Caius por meio do livro. É para lá que temos que ir. Com certeza encontraremos as resposta para o questionamento de Cael e, quem sabe, novas informações sobre como acabar com essa guerra infeliz.

– Então vamos rápido! – disse Daidegan. – Nosso tempo é precioso. Tome a frente, Senhor Sairik. Mostre-nos o caminho.

Daidegan disse isto por saber ser difícil a entrada na cidade do céu. A presença de Sairik sempre era fundamental para irem até lá.

Sairik rapidamente conduziu todos pelas passagens que levavam à cidade do céu. Antes mesmo de chegarem aos portões do grande castelo da árvore matriz, já observavam que algo estava diferente. A luz que o livro emitia quando estava sendo lido já está se manifestando. Esse fato deixou todos um tanto apreensivos.

– O que será que está acontecendo? Nunca vi isso antes! – disse Sairik. – Dá a impressão de que alguém está lendo o livro! Tomem cuidado ao entrar no salão.

A fala de Sairik preocupou Daidegan e Inalã. Um olhou para o outro, como sinal de prontidão. A qualquer sinal de perigo, estariam atentos.

Ao chegarem próximo ao portão, este abriu sozinho, e uma grande surpresa todos tiveram: diante do livro, que já se encontrava aberto, estava Caius, à espera de todos.

– Sejam todos bem-vindos à cidade do céu – é a saudação que Caius dá a todos os que adentram ao salão. – Minha angústia é grande, e por isso os estou convocando, para dar algumas instruções de como proceder contra o mal que toma força e nos ameaça.

Seroc aproximou-se de Caius, ajoelhou-se e ficou à espera de alguma coisa. Cael ficou impaciente e repreendeu Seroc.

– O que faz aí? Levante-se e vamos ouvir o que ele tem a nos dizer!

– Meu filho! Tenha calma. Seroc tem uma missão muito importante, assim como cada um de vocês. No momento, a dele é a principal, e envolve você – disse Caius.

– O quê? Ele tem uma missão e me envolve? Como assim? – mais uma pergunta que precisaria de resposta.

– Todas as suas perguntas serão respondidas – disse Caius. – Mas no momento certo. Levante-se, Seroc, e fique ao meu lado.

Seroc obedeceu. Caius continuou a sua fala:

– Inalã, parabéns pelo seu desempenho na floresta. Fiquei feliz que tenha desenvolvido sua habilidade sozinha, sem minha ajuda. Já no caso de Cael, este vai precisar, e muito, da ajuda de todos vocês para desenvolver suas habilidades para combater nas próximas batalhas, que cada vez serão piores.

– Como assim desenvolver minhas habilidades? – perguntou Cael.

– Meu filho, você é diferente dos habitantes de Eleanthus, você é especial. Claro que tem os poderes de um elfo, mas também tem os poderes da minha raça. A profecia diz: "um filho de dois mundos". Na verdade, isso significa que você pertence a duas raças, que é elfo e humano.

– Humano? – questionou Daidegan.

Haivorés e os demais também demonstraram estranheza, por desconhecerem o nome. Olharam uns para os outros, e começam a cochichar. Entretanto, Cael tomou a iniciativa em meio a tantos comentários e disse:

– Eu sou humano! Isso eu soube a minha vida toda! A parte de elfo é que para mim é surpresa! Na verdade, todo esse mundo para mim é uma surpresa. Tive muitas revelações, parece que vivi aqui há muito tempo atrás, mas de muitas coisas eu não me lembro.

– Justamente isso que precisa lembrar: como usar seus poderes combinados – disse Caius.

Daidegan, indignado com a ignorância que tinha sobre o que seria um humano, interrompeu a fala dos dois e, aos gritos, chamou a atenção de todos:

– Alguém poderia me explicar o que é um "humano"?! Mais uma vez parece que sou o último a saber das notícias por aqui!

– Não é bem assim – disse Haivorés. – Tanto eu quanto Alifás também nunca ouvimos falar em humanos e gostaríamos de saber do que se trata.

– Caius, você poderia explicar? – pediu Inalã, um tanto apreensiva.

– Acredito não ser a hora e nem o momento propício para isso, temos muitas coisas mais importantes para fazer. Uma delas é treinar Cael e, com ele, todos vocês. Inclusive você, Daidegan, que também não sabe ainda os poderes que tem.

– Como fazer isso? – perguntou Sairik.

Antes de responder, Caius pareceu ficar fraco, e meio pensativo. Parecia que nem mesmo havia escutado o que Sairik falara sobre treinar Cael e os outros. Todos ficaram a olhar para ele, sem saber o que estava acontecendo. Cael tentou se aproximar, mas foi detido por Seroc.

– Não! – disse Seroc. – Espere, o mestre está tendo uma visão.

Nem sequer houve tempo de alguém questionar Seroc, Caius já se pronunciava novamente.

– Temos visitas. Krisna mandou alguém bisbilhotar vocês. Têm que achá-lo e destruí-lo.

– Com certeza deve ser Subpteus novamente! – disse Daidegan, com muita raiva. – Vamos logo, temos que pegá-lo antes que mate mais alguém na cidade!

– Esperem. Antes de irem tenho uma mensagem para vocês – disse Caius. – Não posso falar, nem mesmo dizer o que vocês devem fazer, apenas transmitir as mensagens pelo livro, e alguém deve lê-lo e interpretá-lo. Só assim minha irmã não saberá o que estão fazendo. Caso contrário, terá noção de tudo o que eu falar para vocês.

Nem mesmo terminou de falar, começou a sumir na luz que emitia dele e do livro de Damaiurás. Antes que desaparecesse, ainda disse: – Cael, leia o livro.

Dizendo isso, desapareceu e o livro, como em todas as vezes, fechou-se rapidamente.

Haivorés percebeu que a cada vez que o livro se pronunciava e fechava, mais trepadeiras o cobriam. Ficou intrigado com tal situação, e fez o seguinte questionamento aos que ali estavam:

– Notaram que a cada vez que subimos aqui o caminho se torna mais difícil, com mais trepadeiras nos corredores? O mesmo acontece com o livro. A cada vez que ele se fecha, as trepadeiras crescem mais rápido e o cobrem como se quisessem escondê-lo de alguma coisa. O que me diz disso, Sairik?

Sairik ficou pensativo e, depois de alguns segundos, disse:

– Como o próprio Caius mencionou, sua irmã pode ter acesso ao que ele fala. E então, acredito que, caso ela consiga também ter acesso ao livro, as plantas podem ser uma proteção. É somente uma ideia, pode não ser isso.

– Alifás, tente se aproximar do livro – disse Haivorés.

– Por quê? Caius disse que Cael deve ler o livro, não eu. E se estou lembrado, não posso lê-lo. Esqueceu-se disso, Haivorés?

– Não. Mas vejamos o que acontece quando alguém não autorizado tenta se aproximar do livro.

Alifás então começou a se aproximar do livro. A princípio, nada aconteceu, mas quando essa proximidade ficou maior, as trepadeiras, ao invés de desviarem do caminho para que ele pudesse chegar mais perto, começaram a se movimentar e crescer lançando-se sobre Alifás. Rapidamente, suas patas foram entrelaçadas pelos cipós, em uma velocidade espantosa. Quando Alifás estava completamente dominado, sem ação nenhuma sobre as plantas, elas o jogaram para longe, atingindo a parede do castelo, que na verdade eram os troncos da árvore matriz. Após o terem lançado, voltaram rapidamente para sobre o livro.

– Realmente você tem razão, Sairik. As plantas são mesmo guardiãs do livro. Ele é a nossa única comunicação com Caius, a não ser que consigamos recuperar o anelar que está sob a posse de Subpteus. Desta forma, não nos resta outra opção.

– Rápido, Cael, vá ler o livro! – disse Haivorés.

Cael, arredio, demonstrava um pouco de medo depois de presenciar o que aconteceu com Alifás, que ainda se recuperava do susto e da dor da queda.

– Não. Eu não. Vá você ou Seroc, por que tem de ser eu?

– Por que o próprio Caius mencionou que deve ser você a ler dessa vez. Não ouviu? E eu, que havia lido a primeira vez, não consegui ler na segunda, que Seroc compreendeu e interpretou muito bem. Agora é sua vez. – disse Haivorés. – Ande logo.

– Vá, meu filho – disse Inalã. – Não tenha medo. Precisamos de você.

Aquiel deu uma olhada para ele, como se o incentivasse a cumprir sua missão.

Todos apreensivos olhavam para Cael, que caminhava em direção ao livro. Como sempre, estava coberto por trepadeiras, todas floridas. À medida que Cael se aproximava, as trepadeiras iam recuando, e isso o assustou um pouco, fazendo-o recuar. Ele parou um pouco, tomou mais coragem e prosseguiu seu caminho até o livro. Ao chegar ao ambão, praticamente não havia mais trepadeiras sobre a capa. Cael abriu o livro, que novamente emitiu grande quantidade de luz. Quando a luz finalmente diminuiu de intensidade, a apreensão de todos aumentou, devido à curiosidade em saber qual era a mensagem que Caius tinha deixado para ele.

– Vamos Cael, leia para nós. Consegue compreender o que está escrito? – perguntou Daidegan, impaciente.

– Espere. Algo está acontecendo – disse Cael. – Nossa! Incrível! Consigo ler tudo o que está escrito aqui. Está na minha língua! Como pode?

– Então leia logo, garoto, esqueceu que temos um espião na cidade e precisamos encontrá-lo? – repreendeu Alifás.

– Aqui diz: "Os poderes da luz só vão se manifestar no vale da sombra, mas antes muita angústia será necessária.

O que parece final ainda não é, e quando parecer que tudo está revelado, ainda não estará. Basta invocar a luz que vem de dentro".

– Mas que droga isso quer dizer? Por que não pode ser mais simples? Tem sempre que ser difícil? – questionou Daidegan, indignado por não ter entendido nada do que a mensagem trazia.

– Espere, eu acho que sei o que quer dizer – disse Cael.

Assustados, todos perguntaram ao mesmo tempo:

– Como? Você sabe interpretar?

– Bom, não tenho certeza, mas pelo menos tenho uma noção, uma ideia do que possa ser.

– Então diga-nos logo, meu filho – diz Inalã.

– Inã! – Cael chamou-lhe a atenção. Olhou para ela e continuou. – Você se lembra de quando fizemos nosso passeio pelos vales de Damaiurás, conhecemos os animais e você disse que alguns eram parceiros de seu pai?

– Sim, claro que me lembro. Mas o que isso tem a ver com a mensagem do livro? Não estou entendendo – respondeu Inã.

– Lembra-se do animal com que acabamos trombando e que trouxemos para cá? Você disse que eles vivem migrando, talvez saibam onde fica esse vale da sombra!

– Que história é essa? Que animal é esse? O que estão me escondendo, Inã? – disse Sairik.

– Calma, quando levei Cael para conhecer os vales de Damaiurás, encontramos um bando enorme de litírios. Na brincadeira, acabamos trombando com um deles e o trouxemos para cá, onde poderia receber cuidados até que pudesse voar novamente e voltar para sua família.

– Então eu penso que eles podem nos levar a esse vale da sombra, porque acredito que ninguém sabe onde fica. Ou estou errado?

– Não. Você está certo, Cael. Pelo menos para mim, é realmente um enigma, eu não conheço nenhum vale da sombra – disse Sairik. – Não sei quanto a você, Haivorés, sabe algo sobre isso?

– Nem eu e nem tampouco Alifás, pois já falávamos sobre isso enquanto vocês conversavam. Acho que a ideia de Cael pode ser boa. Não conheço esses animais, mas você acredita que eles conheçam todo o mundo de Eleanthus, até mesmo esse tal lugar mencionado por Caius no livro?

– Pelo que conheço desses animais, são realmente muito antigos e andam por todos os lados, migrando de lá para cá – disse Sairik. – Inã, onde está o litírio machucado?

– Com as águias em tratamento depois da batalha.

– Então vamos até lá para vermos se ele realmente sabe de alguma coisa sobre isso.

Chegando a essa decisão, todos saíram da árvore matriz e, antes mesmo de Cael se afastar do livro, ele rapidamente foi coberto de trepadeiras novamente, agora mais fortes e com mais rapidez de crescimento, o que os assustou muito. Partiram rapidamente para a área de tratamento das aves feridas.

Passando pelo salão principal do castelo da cidade de Damaiurás, todos iam conversando sobre a mensagem lida por Cael do livro.

Por último, iam Daidegan e Inalã. Agora pareciam bem próximos e andavam de mãos dadas, demonstrando que todo o rancor e ódio que havia entre eles já havia passado. Começavam agora uma nova fase da vida, com um novo recomeço. Ficando para trás, também conversavam sobre a mensagem. Pararam um pouco, e até mesmo se atrasaram em relação aos outros, precisando correr para alcançá-los. Antes, porém, trocaram algumas palavras.

– Daidegan, algo me preocupa, e não é encontrar o vale da sombra.

– Mas o que é, Inalã?

– A segunda frase da mensagem, que diz que vai haver angústia e sofrimento para que os poderes sejam revelados. O que isso significa?

– Bom, primeiro temos que encontrar o tal vale da sombra. Se o animal puder, como disse Cael, nos mostrar onde fica, vamos até lá, e veremos o que nos aguarda.

– Talvez eu esteja me preocupando à toa, mesmo.

– Preocupação de mãe.

Dizendo isso, Daidegan deu um sorriso, que foi compreendido por Inalã.

Os dois riram e saíram correndo para encontrarem os outros que já se adiantavam bastante. Vivenciaram um momento bastante encantador. Ambos de mãos dadas, correndo e rindo muito. O fato chamou a atenção de Haivorés que deu um sorriso ao vê-los juntos de novo, como sempre estiveram. Comentou com Alifás que o mal também tem vantagens, e uma delas, no momento, era o reencontro dos dois principais soldados de Eleanthus. Alifás concordou com ele e também sorriu ao vê-los juntos, como nunca deveriam deixar de estar.

Prosseguiram todos para a área de cura das águias feridas, e algo estranho aconteceu no castelo de Damaiurás. Das paredes de tijolos começou a aparecer uma figura estranha. Foi tomando forma e acabou sendo o que ninguém imaginava: Subpteus.

Ele se agregou à parede, pois, sendo lava, podia mudar de forma. Ficou ali a esperar que algo acontecesse, para que, enfim, pudesse levar notícias para sua mestra, Krisna. Quando tomou sua forma original, pensou: *Vale da sombra, o que será que tem lá? O que pode acontecer lá? Minha mestra tem que saber disso. Mas antes, tenho que saber onde fica. Que animal é esse que dizem que pode fornecer o caminho para tal lugar?* Pensou um pouco e tomou uma decisão. *Tenho que saber também, mesmo correndo risco de ser encontrado. Preciso saber.*

Tendo tomado essa decisão, misturou-se à terra e percorreu o mesmo caminho dos que acabavam de passar por ali.

Rapidamente os encontrou. Eles já estavam na área de cura das águias. Ficou impressionado com tantas águias feridas na batalha que tiveram na floresta, e também com sua rápida recuperação. Os poderes dos elfos que curam eram muito bons.

Todos já estavam junto ao litírio, que estava de pé e ficou feliz ao ver Inã e Cael, que rapidamente veio ao encontro deles, assustando Daidegan e Inalã.

– Cael, cuidado! Esse animal parece perigoso!

– Que nada, mãe, ele está com saudades de mim.

Dito isso, Cael e Inã riram muito com o carinho do litírio, que os afagou com o enorme bico.

Haivorés e Seroc sentiam-se estranhos e preocupados. Daidegan notou a impaciência deles e os questionou:

– Haivorés, Seroc, tem algo errado? Parecem estranhos.

– Não sei, parece que estamos sendo vigiados. Sinto uma presença estranha – disse Haivorés –, uma presença do mal. – Seroc confirmou a mesma sensação.

Rapidamente, Sairik pediu aos guardas que observassem tudo ao redor, lembrando que havia um espião na cidade. Os soldados percorreram por todos os lugares, olharam e nada encontraram.

– Acredito que deve ser as enfermidades das águias o que nos deixou assim – disse Haivorés.

Mas seu pressentimento não era em vão, pois Subpteus estava bem ali, aos seus pés, misturado à terra que os cercava.

– Inã, pergunte a ele se conhece o vale da sombra e se pode nos levar até lá – pediu Sairik.

Mentalmente ela fez isso, balançando a cabeça, enquanto o animal também gesticulava com a sua. Ficaram mentalmente ligados por algum tempo, e os demais observaram atentamente, aguardando uma resposta de Inã sobre o tal lugar, que até então ninguém sabia se existia ao certo.

Inã olhou para todos e disse, com bastante alegria:

– Ele vai nos levar até lá!

Certa euforia tomou conta de todos, menos de Inalã, que mais uma vez pensava na mensagem de angústia e sofrimento. O que isso queria dizer, afinal? Que problema poderia haver lá? Pensando nisso, questionou Inã:

– Ele mencionou algo sobre algum perigo? Algo que possamos enfrentar?

– Não. Disse que é um lugar muito triste, onde muitos animais vão para morrer, mas disse também que é um lugar de muita magia. Fica muito longe, e ele já esteve algumas vezes com seu grupo lá, mas, como nada encontraram, nunca mais voltaram. Mesmo assim ainda se lembra do local, e vai nos levar até lá.

– Onde fica? Pergunte a ele – pediu Sairik.

– Diz ele que é só seguir rumo ao norte que chegaremos lá. Mas tem um segredo para encontrar o vale, e ele nos dirá quando chegarmos perto. Não quer dizer agora.

– Então vamos partir agora. O mais rápido possível – disse Daidegan.

– Mas e o espião que mencionou Caius? Temos que procurá-lo – disse Alifás.

– Alifás tem razão – disse Sairik. Nesta missão vão somente Inalã, Daidegan, Inã, Seroc, Aquiel, Cael e alguns dos meus soldados. Os demais ficarão para procurar e destruir o invasor que temos na cidade.

– Certo – concordou Haivorés. – É, precisamos ficar aqui: caso o livro nos tenha mais alguma mensagem, talvez eu possa ler. E ainda estou com pressentimento de que alguma coisa não está certa aqui.

Subpteus, pressentindo que corria grande perigo, arrastou-se pela terra, aprofundou-se até o magma do planeta e voltou o mais rápido possível para seu lugar de origem, onde se encontrava Krisna, à espera de notícias. Ao chegar, rapidamente foi até sua mestra relatar o acontecido e as descobertas que fizera na cidade de Damaiurás.

– Mestra! Tenho boas notícias para a senhora. Ouvi muitas coisas interessantes.

– Conte-me logo, seu tolo. Não me faça esperar. O que descobriu?

– "Vale da Sombra". Isso lembra alguma coisa para a senhora?

– Claro. Fui eu quem o criei. Mas o que isto tem a ver com Cael?

– Segundo o que ouvi, vão todos para lá. O garoto deve treinar, e seus poderes serão revelados ou descobertos neste lugar. Só sei que irão para esse tal vale.

– Quantos irão para lá? Todo o exército de Damaiurás?

– Não. Somente alguns, e nem mesmo Haivorés irá. Ficará em Damaiurás. Não sei como, mas sabiam que eu estava por ali, e quase me pegaram.

– Foi muito útil para nós. Reúna o exército de dragões e diacris e vão para o vale da sombra, que para eles será o vale da morte – Krisna riu muito, como se já contasse com a vitória.

– Como poderei encontrar o local? Eles já devem ter partido e não podermos acompanhá-los.

– Tolice! Por meio do anelar, posso guiar vocês sem problema nenhum. O caminho vai parecer conhecido para você. Preparem-se e partam. E, desta vez, não deixe que escapem. Destruam todos, para que possamos reunir o Diacroney e restaurar os meus poderes e, finalmente, me libertar daqui.

Cumprindo as ordens de Krisna, o exército de dragões e diacris partiu pelo interior do planeta para o tal vale da sombra.

Em Damaiurás os viajantes se preparavam para partir. Prepararam suprimento e arrumaram a bagagem. A grande águia de Cael já estava a postos e o litírio também já podia voar. A despedida de Haivorés e Seroc pareceu bastante triste, pois sempre estiveram juntos em todas as batalhas até agora. Seria a primeira viagem, desde que tudo começou, em que estariam sozinhos.

Todos na cidade ficaram a observar, até que sumiram no horizonte. Sem demora, começaram a procurar o espião, sem saber que ele já tinha se retirado da cidade havia um bom tempo.

CAPÍTULO IX

As Descobertas do Vale da Sombra

Quando estavam todos prontos, partiram em busca do tal Vale da Sombra. Cael ia à frente com o litírio, que já voava com grande habilidade, totalmente recuperado do inevitável acidente que tiveram em seu último encontro.

Bem ao lado iam Inã, Inalã, Seroc e Aquiel. As atenções de Daidegan eram para Inalã, e não paravam de se olhar. A impressão que Aquiel teve em determinado momento era a de que acabavam de se conhecer, e havia um clima de namoro no ar. Discretamente, alguns soldados de Damaiurás também acompanhavam a comitiva.

A viagem parecia muito tranquila, brincadeiras tomavam conta de todos. Voos rasantes com as águias e muitas risadas faziam a missão mais suave. Somente Inalã não parava de se preocupar com a mensagem, que não saía de sua cabeça, sobre a angústia e sofrimento. O que será que isso queria dizer? Apesar disso, estava ansiosa para encontrar o vale e para ver Cael realizado, com seus plenos poderes aflorados.

Ao notar que Inalã não participava muito das brincadeiras, Daidegan aproximou-se.

– Inalã, o que houve? Não tem nenhum perigo aqui, ao menos por enquanto, aproveite a viagem enquanto podemos.

– Perdoe-me, Daidegan, mas tenho uma angústia em meu coração que não cessa. Pressinto morte, não sei. Coisas ruins. Mas não se preocupe, eu estou bem.

Daidegan respeitou a sua companheira, deixando-a com seus pensamentos. É claro que, antes de afastar-se, fez sua águia empurrar a dela. Inalã deu um pequeno sorriso.

Enquanto isso, nos subterrâneos de Eleanthus, Subpteus e seu exército também já partiam para o vale das sombras, Krisna os guiava por meio do anelar. Subpteus ia à frente, e uma luz vermelha indicava o caminho em meio aos milhares de túneis que havia abaixo do solo do planeta. Este lugar, na verdade, era o habitat dos diacris desde que tudo começou. Cada vez que a luz era emitida pelo anelar no pulso de Subpteus, ele acompanhava, e todo o exército também.

–Vamos! Andem rápido! Assim poderemos chegar primeiro e esperá-los com uma emboscada – dizia Subpteus ao seu exército. Dragões e diacris faziam muito barulho, como forma de concordar com as ordens de seu mestre.

Todo o batalhão caminhava muito bem e rápido pelos túneis que eram bastante grandes, e prosseguiam para a emboscada.

– Desta vez venceremos e destruiremos todos, pois estão em menor número e continuam fracos com a morte da floresta. Mesmo que ela esteja se regenerando, ainda falta muito até que atinja seu ápice de força. É tudo ou nada. – Subpteus falou, incentivando seu exército.

Já no céu de Eleanthus voavam todos tranquilos, sem imaginar o que lhes aguardaria no vale das sombras.

–Vamos descer – disse Inã. – Nosso amigo precisa descansar um pouco, ainda está muito fraco.

Ao dizer isto, todos rapidamente desceram ao chão. Até mesmo as águias já estavam cansadas do voo longo que estavam fazendo. – Nossas amigas precisam de uma pausa – disse Cael.

– Inã, pergunte ao nosso amigo se ainda está longe o vale das sombras – pediu Daidegan.

Inã mentalmente conversou com o litírio. Fez movimentos com a cabeça, ele olhou ao longe e ela acompanhou o olhar, assim como todos. Curioso como sempre, Cael interferiu, questionando Inã sobre a distância: – Está longe ainda? Vamos Inã, diga logo!

– Segundo ele, fica próximo daquelas colinas. Disse que não é um lugar bom, não existe nada de verde, só esqueletos de árvores e animais mortos. Também disse que nos levará até os limites do vale, mas lá ele não vai entrar.

– Tudo bem – disse Daidegan. – Já nos ajudou muito. Não concorda, Inalã?

– Claro. Ele não tem nada a ver com isso, pode até mesmo voltar para Damaiurás e nos aguardar lá.

–Vocês repararam como está cada vez ficando sombrio, quanto mais nos afastamos de Damaiurás? – reparou Aquiel.

– Eu já havia pressentido que há algo de errado nesse lugar – disse Inalã. – Eu comentei com Daidegan que me angustio muito só em falar "Vale das Sombras". Não sei, pressinto perigo.

– Inã, pergunte ao litírio se é possível que haja perigo lá.

– Ele disse que não quer ir até lá devido à morte que ronda o lugar. Segundo o chefe de seu grupo, é um lugar do mal.

– Como assim, lugar do mal? – perguntou Cael.

Inã olhou para o litírio, que balançou a cabeça e novamente apontou para o lugar onde se encontrava o Vale das Sombras. Inã voltou-se para Cael e disse:

– Cael, segundo ele, lá não existe vida. Somente isso.

– Bom, chega de descanso, temos que continuar, não temos a menor noção da distância que ainda temos que percorrer até chegarmos a esse tal vale – disse Daidegan.

Obedecendo ao seu comando, todos voltaram às suas águias e a jornada recomeçou, sempre voando na direção que o litírio indicava.

Após mais ou menos uma hora de voo, chegaram às colinas que haviam avistado na parada para descanso. Rapidamente, o litírio se dirigiu para o chão. Preocupado com sua atitude, todos também se voltaram para o chão atrás dele. Inã rapidamente correu ao encontro do animal, pensando que estava acontecendo algo de errado.

– Meu amigo! O que houve? Aconteceu alguma coisa?

Inã prestou atenção ao que o Litírio falava mentalmente para ela, e, antes mesmo que terminasse a conversa, os outros todos já haviam chegado para saber do ocorrido. Inã transmitiu, então, o que seu mais novo amigo lhe tinha comunicado.

– Ele pressente perigo. E muito perigo.

– Como assim, perigo? Que tipo de perigo? Não vejo nada à nossa volta – questionou Daidegan.

– Mas ele diz que pressente perigo, e grande. Fica repetindo a mesma coisa várias vezes.

– Não podemos dar confiança para um animal.

Antes que Daidegan terminasse de falar, Inalã interrompeu e conversa:

– Pare. Não diga bobagem, Daidegan. Desde nossa saída de Damaiurás eu já pressinto perigo. Como pode desconfiar de nosso amigo, que só nos tem ajudado? Não acredito que você, chefe dos elfos, tem essa visão a respeito do pressentimento de um habitante de nosso mundo!

Inalã parecia muito apreensiva e nervosa. Cael aproximou-se dela.

– Calma. Tenha calma, vai dar tudo certo, não se preocupe, mamãe.

Ao ouvir essas palavras, Inalã o abraçou e chorou muito. Choro, para os elfos, era muito raro. Não eram um povo sentimentalista nem tampouco emotivo, exceto em ocasiões extremas, como ocorrera com Inalã ao ver Daidegan desmaiado na floresta na batalha com os dragões.

– Cael, estou com pressentimento ruim. Não sei, mas acho que devemos voltar – disse Inalã.

– Não podemos! Lembra-se? Segundo Caius, devo entrar aqui neste vale para que meus poderes sejam revelados. Vamos precisar deles para derrotar Krisna e trazer Caius de volta – lembrou Cael.

– Vamos continuar ou não? – perguntou Aquiel. – Não podemos demorar, quanto mais tempo perdemos, mais forte ficam nossos inimigos.

Quando Aquiel terminou de falar, todos se assustaram com o forte grito que o litírio deu ao voar para cima e para baixo, desesperado.

– O que está acontecendo com esse bicho? – perguntou Daidegan.

– Calma! Tenha calma! Está tudo bem. Estamos aqui para te proteger, se não quiser entrar no vale, não é preciso. Pode ficar aqui – disse Inã ao litírio, para deixá-lo tranquilo.

– Inã! – chamou-lhe a atenção Inalã. – O que está acontecendo com ele? Parece assustado e amedrontado!

– Inalã, a única coisa que ele menciona é perigo, perigo, o mal está vindo! Só isso! Novamente perigo e mais perigo, muito perigo.

Daidegan, impaciente, ignorava os sentidos do animal, imaginando que era doidice.

– Não vejo nada, não sinto nada e não há perigo algum aqui. Vamos entrar logo, atravessar essas colinas e ver o que acontece.

Aquiel e Cael também concordavam com Daidegan, afirmando que não estavam pressentindo perigo naquele lugar, e que realmente deviam entrar logo. Se nada acontecesse, que voltassem logo para Damaiurás, pois se lembravam de que um espião rondava por lá, devendo ser desmascarado.

Não imaginavam que o litírio estava certo. No subsolo de Eleanthus, passava por ali o exército de Krisna, comandado por Subpteus. Não imaginavam que, por baixo de seus pés, estavam passando seus inimigos, prontos para fazerem uma emboscada aos expedicionários de Damaiurás.

Subpteus como já sabia o caminho orientado por Krisna, não tinha dúvidas sobre o que fazer nem para onde ir. Todos já estavam preparados e informados sobre o que poderiam usar, ou como usá-lo, para seu benefício na batalha que enfrentariam com os guerreiros de Daidegan. Subpteus sabia que algumas criaturas que viviam no vale das sombras poderiam ser aliadas, pois eram criaturas também dominadas por Krisna.

Daidegan e os outros tomavam, enquanto isso, a decisão de ignorar os pressentimentos do litírio e atravessar as colinas para chegar ao Vale da Sombra. Para eles, o local era novidade, desconhecido, mas para Subpteus era conhecido e próprio para vencê-los. Começaram a avançar sobre as colinas, sobrevoando baixo com as águias. Cael, com sua águia dourada, ia à frente, pois queria logo saber o que o esperava.

Ao chegarem ao topo das colinas, admiraram-se com o que avistaram. O sol parecia não tocar aquele lugar. Era um lugar sombrio a perder de vista. Não havia nada de verde e nenhuma vida, mas apenas muitas ossadas, enormes, o que despertou o comentário de Seroc.

– Incrível! Esses esqueletos são de mitrons, animais imensos que viviam, segundo a lenda, nos fins de Eleanthus. Acabo de descobrir que a lenda de meu povo é verdadeira: dizia que todos foram enganados e trazidos para um local desconhecido, onde todos morreram – finalizou Seroc.

– Mas quem os matou? – questionou Cael. – Eram animais perigosos?

– Não. Caius não havia criado nenhum animal perigoso. Todos eram pacíficos. Ninguém sabe o que aconteceu com eles.

– Até agora – disse Inã. – Sabemos agora que alguém os trouxe aqui, e aqui mesmo ficaram.

– Mortos, você quer dizer – completou Aquiel.

– Vamos logo. Mas antes tenho uma pergunta... – disse Cael. – O que devemos procurar?

– Boa pergunta, o que vamos procurar? – repetiu a mesma pergunta Daidegan.

– Acredito que Caius vai nos guiar. Vamos procurar por algum tipo de vida – disse Inalã. – Também digo que devemos prosseguir a pé, as águias podem ficar do outro lado esperando por nós.

– Isso mesmo, caso aconteça qualquer coisa, posso chamar Maissa, e ela chamará as demais águias para nos ajudar. – concordou Cael.

– Concordo – disse Seroc –, mas devemos estar atentos a tudo e a qualquer movimento. Ainda estou pensando no litírio, que tanto medo e apreensão demonstrou antes de iniciarmos nossa caminhada. Espero que ele tenha se enganado com tanto perigo que pressentiu por aqui.

Todos concordaram, então, em continuarem a pé, e que as águias ficassem junto com o litírio fora do vale. Prosseguiram caminhando, vendo somente morte, tanto de animais como de árvores secas. Um vento frio assolava o local, o que fez que Inalã se aproximasse de Daidegan para aquecer-se não só do frio que sentia, mas também do medo que levava em seu coração.

– Daidegan, não vejo em quê essa jornada pode nos ajudar. Acredito que Caius deva ter se enganado.

– Não diga isso. Tudo o que ele previu, sempre aconteceu. Lembra-se da floresta e da morte que nos enfraqueceria?

– Sim. Mas aqui? O que pode haver? Só pó e morte. Sinto-me muito mal.

A viagem prosseguia, e adentravam cada vez mais no Vale das Sombras. Apesar de ser dia, o vale era mesmo uma sombra, com uma brisa fria e morte.

– Olhem! – disse Cael, apressadamente.

– O quê? – disseram todos, em coro, rompendo o silêncio do vale.

Cael correu à frente de todos, pois teve a impressão de ter visto algo se movendo nas sombras. O vale tinha uma formação de relevo bastante parecida com um planalto, com suaves ondulações que se perdiam de vista. E, em uma destas sombras, Cael achou que havia visto algum movimento. Diante dessa situação, correu para averiguar.

– Cael! – gritou Inalã. – Espere por nós, pode ser perigoso! Não vá sozinho!

– Cael, espere! – Também disse Aquiel, que correu para poder encontrar-se com Cael, que já se adiantava bastante, quase sumindo da vista dos outros.

– Acho bom todos nós corrermos. Não é oportuno ficarmos separados – disse Seroc, com prudência. – Ainda não estou tranquilo quanto à segurança deste lugar.

Todos adiantaram o passo. Não demorou muito para encontrarem Cael e Aquiel parados em um dos morros do vale. Estavam estáticos, sem qualquer movimento.

Antes mesmo que todos chegassem até onde estavam, os dois voltam-se para eles e gritam, com toda a força do mundo.

–VOLTEM! CORRAM! É UMA EMBOSCADA!

Sem saber do que se tratava, não obedeceram e continuaram a caminhar ao encontro deles. Encontraram-se no meio do caminho, e Daidegan rapidamente os interrogou:

– O que está acontecendo? Qual o problema?

– Todo o exército de Subpteus está nos esperando no fundo do vale!

– O quê? – Assustou-se Inalã, e rapidamente relembrou do medo do litírio e da angústia que sentira desde que chegara ao vale.

– Eles os viram? – perguntou Seroc.

– Acredito que não! – disse Cael. – O que acha, Aquiel?

– Também acredito que não. Será?

Mas sua resposta foi logo respondida, pois sobre eles sobrevoou um dragão, à sua procura. Ao avistá-los, soltou uma rajada de luz para avisar o exército que os havia encontrado.

- Acredito que já sabem de nossa presença! – disse Seroc.

Um grande silêncio pairou sobre todos, como se pressentissem que tudo estava acabado. Não havia mais solução, e o fim havia chegado.

– Agrupem-se! – exclamou Daidegan. – Não desanimem, já os derrotamos uma vez, podemos derrotá-los novamente. – Tentava animá-los, mas demonstrava grande aflição.

Ao notar a mensagem do dragão espião, Subpteus comandou o ataque:

– Está na hora. Vamos, agora é a nossa chance. Ataquem sem dó, nem piedade. Todos os dragões e diacris emitiram, então, um grande grito. Os dragões levantaram voo e adiantam-se dos diacris, que já iluminavam o local, pois estavam incandescentes, na sua forma original: andavam e derretiam tudo, queimavam o que restava e lançavam chamas para todos os lados.

Os dragões já estavam bem próximos dos aventureiros de Damaiurás. Estavam em um pequeno círculo, como se esperassem pelo pior.

– Olhem! Aí vêm os dragões! Cuidado com as rajadas de luz! – alertou Daidegan.

– Fiquem firmes! Podemos e vamos derrotá-los, assim como já o fizemos antes. Cael, chame Maissa e as outras águias, vamos precisar delas para combater os dragões. Lembre-se que desta vez não temos Alifás para congelar os diacris, então temos que nos preocupar com eles também.

Sem questionar, Cael soprou o apito que ganhou de Sairik, e rapidamente sua grande Águia dourada apareceu, assim como as outras atrás dela. Nem tempo de cumprimentá-la Cael teve, pois um grande ataque dos dragões teve início.

– Protejam-se! E contra-ataquem! – gritou Daidegan.

Inalã, que tanto perigo pressentiu ao longo de sua jornada, aproximou-se de Daidegan e disse: – Não estou confiante! Estamos em desvantagem! Acredito que é o nosso fim.

Daidegan fica nervoso e repreende Inalã, com voz áspera e dura: – Como pode dizer isso?! Vamos vencer, podemos fazê-lo!

Antes que Inalã tivesse tempo para responder, começou o ataque dos dragões. Todos montaram em suas águias e começaram a contra-atacar. As flechas certeiras de Daidegan derrubavam um dragão atrás de outro. Rapidamente, os soldados de Damaiurás que estavam ao longe também chegaram, o que deu um novo ânimo à equipe.

Era uma batalha violenta, e Inalã não conseguia se concentrar. Parece que sua força se esvaía de seu corpo. Ela via Inã batalhando ao lado de Aquiel e Cael, mas mesmo assim não via alternativa de salvação.

Quando os diacris chegaram à batalha, tudo ficou mais difícil, era um fogo cruzado contra poucos. De repente, Cael aproximou-se de Inalã e perguntou a ela:

– O que está acontecendo com você? Onde está sua força? Precisamos dela!

– Cael, não acredito que possamos vencer! Nossos poderes não são suficientes para derrotá-los todos de uma só vez.

– Mãe, fique firme! Nós vamos vencer, sim! Tenha coragem.

Os dois começaram a chorar, mas o sentimentalismo não tinha espaço naquele momento. Cael afastou-se e sentiu-se culpado, pois o único que não tinha poderes para lutar era ele, tudo era culpa dele. Tentava desesperadamente ajudar, mas apenas podia atirar flechas, como um soldado qualquer. Enquanto isso, via Inã e Aquiel derrubando dragões e lutando com coragem.

Infelizmente Inalã tinha razão, e os soldados de Damaiurás foram os primeiros a serem abatidos. Cael observava ao longe. De repente, um grito se destacou na batalha: era Inã, que via Aquiel caindo por terra, junto com sua águia, que havia sido ferida por um dragão. Ela tentava rapidamente chegar até ele, mas era impedida pelos ataques dos diacris e dos dragões. Acabava tendo que se defender, mas sempre com o intuito de chegar até Aquiel, para poder ajudá-lo. Notava que ele não se movia, e esse fato a deixava preocupada, fazendo que atacasse com ainda mais veracidade.

Daidegan também observava a cena e tentava desesperadamente ajudar, mas também estava impedido, devido aos ataques incessantes sobre ele. Gritou a Inalã, pedindo que os ajudasse, mas infelizmente também estava muito ocupada lutando contra inimigos muito mais fortes do que antes, e isso a deixava muito desesperada.

Cael também viu a cena, chocado, pois nada podia fazer: nada de poderes. Acabou dando um grande grito.

– AH! Que droga! Como posso ajudar?! Sou um nada!

Partiu, então, com sua grande águia dourada, derrubando um dragão atrás de outro, furioso, gritando e lutando como aquela batalha se fosse a última de sua vida.

Daidegan observou e deu um sinal de ok a ele, como se dissesse que estava tudo bem. Nesse momento de descuido, Daidegan foi atingido e caiu. Inalã observou tudo em câmera lenta, e gritou por Daidegan, que continuava caindo, preso a águia que o sustentava bravamente, tentando suavizar sua queda.

– DAIDEGAN!

É o grito que Inalã desesperadamente pronunciou, angustiada e com medo. Inã também tentou chegar até ele, mas novamente foi impedida pelos ataques: lava e fogo cortavam o seu caminho e ela não conseguia chegar até ele. Daidegan, num leve movimento, tentou ficar de pé, mas rapidamente caiu e ficou no chão.

Os Diacris atacavam sem parar, e quando Cael percebeu, estava só, pois todos haviam sido abatidos ou feitos prisioneiros: Seroc já estava sob domínio de Subpteus, Aquiel e Daidegan abatidos, Inã e Inalã cercadas pelos diacris e pelos dragões. A única coisa que escutava era o grito de sua mãe, como se despedisse da vida. O desespero agarrou Cael, que perdeu a fé e a coragem. Sua grande águia dourada foi, então, atingida e caiu, assim como ele, que já se encontrava no chão.

Em prantos e lágrimas, Cael foi levantado pelos diacris e levado a Subpteus, que o esperava com ar de poder e glória.

– Seu tolo. Achou que aqui encontraria seu poder? Esse lugar é de Krisna, aqui ela abateu todas as criações de Caius numa grande emboscada, assim como nós fizemos com vocês.

Neste momento Cael se lembrou dos mitrons que Seroc havia mencionado. Quando Cael chegou bem próximo de Subpteus, Krisna apareceu do anelar, e um grande riso de vitória saía de sua boca, que mais parecia um vulcão em plena erupção.

– Acreditou mesmo que poderia me vencer? Onde estão os soldados de Sairik agora? Todos caídos, sua mãe, aniquilada! Daidegan, exterminado. Enfim, quem sobrou? O filho de dois mundos. Coitado de meu irmão Caius, acreditou realmente que um rapazinho de um futuro chamado Terra, poderia me vencer aqui em meus domínios. Idiota.

E virando-se para seu servo: – Subpteus, volte. Vamos atacar Damaiurás e queimar o livro, e nunca mais meu irmão vai me incomodar. Vamos juntar o Diacroney, e eu vou reinar para sempre – dizendo isso, desapareceu, com um longo sorriso, cheio de maldade.

Um dos diacris perguntou a Subpteus o que fazer com o garoto.

– Deixem-no aí. Vai morrer de qualquer jeito, mesmo. Nunca vai escapar daqui, nada pode acontecer. Ele está acabado, e quem sabe poderá ouvir os gritos e ver as chamas da cidade de Damaiurás? Vamos retornar.

Todos os dragões e diacris voltaram para o interior da terra de onde saíram e voltaram para onde se encontrava sua mestra, Krisna.

Ali no chão, quase sem força, ficou Cael, o imprestável, o que nada podia, lamentando-se pelo seu fracasso. Fazia o que pensava ser o seu último monólogo:

– Não sou nada mesmo, um peso de papel que pensou que podia ser alguém. Nem mesmo na minha casa eu era alguma coisa, seria aqui em uma terra distante? Tantos puseram sua confiança em mim, e eu nada retornei. Minha mãe, meus amigos todos mortos ou presos, e eu fico aqui, preso ao meu medo e à minha própria decepção.

Dizendo isso, se emocionou e chorou muito, pois acreditara que poderia de alguma forma ajudar. No íntimo de seu ser, imaginava que poderia encontrar o tal poder, como Caius tinha esperança que o fizesse. Mas no final a tragédia havia tomado conta de todos, e os poderes não haviam sido despertados nele. Continuava sendo um nada, uma pessoa normal em um reino de magia e poderes.

Desesperadamente, pensou em todos os que estavam em Damaiurás e no perigo que estavam correndo, o que o deixou ainda mais apreensivo. Começou a gritar cada vez mais alto, pensando que alguém pudesse ouvir.

– AH! Que merda de vida! Vou morrer aqui, sem nada poder fazer!

Aproximou-se, então, de sua mãe, que estava inconsciente. Percebeu isso e começou a chamá-la, desesperadamente:

– Mãe! Acorde! Mãe, acorde! Vamos, precisa levantar, precisamos voltar.

Infelizmente, não observava nenhuma reação em sua mãe, apesar de perceber que ainda estava viva.

– MÃE!

Um grande grito de desespero toma conta dele. De repente, ele observou que alguma coisa esta se aproximando, e procurou se esconder, pensando ser outro dragão. Tentou puxar sua mãe para uma pequena vala para protegê-la. Fixou seu olhar para tentar averiguar o que sobrevoava a área onde estavam.

Quando viu o que estava sobre eles, teve uma grande surpresa: quem estava à procura dele era o litírio de Inã. Quando percebeu que não era nenhum dragão, gritou para que o litírio o visse e para que viesse até onde ele estava.

– Ei, estou aqui! Estamos todos aqui. Venha rápido, estou com grandes problemas.

Quando o animal o viu, veio rapidamente e pousou, suave, perto dele. Observou ao seu redor e notou que todos estavam caídos, até mesmo Inã, sua grande companheira. Correu até ela e a acariciou na cabeça com seu grande, sem observar nenhuma reação dela. Voltou-se para Cael, e ele, que nunca o ouvira falar, agora escutava claramente o recado do litírio.

– O quê? Eu estou ouvindo o que você está dizendo? Só Inã o escutava! Nós nunca o ouvimos. Por quê?

– Por que eu não queria! – respondeu o litírio.

– Como assim? Não queria? Não entendo...

– Minha missão era trazê-los até aqui ao Vale das Sombras, para que aqui você liberasse seus poderes. Mas precisa de minha ajuda para isto. Jamais conseguirá sozinho. Ainda é fraco e não tem confiança em si mesmo.

– Mas como devo agir? Estou perdido, e todos estão dependendo de mim agora!

Neste momento Cael se desesperou, e o litírio chamou sua atenção.

– Acalme-se! Faça o que eu disser e tudo será revelado a você!

Cael, sem ação e sem mais nada a perder, não apresentou nenhuma reação à bronca que levara de um animal. Antes ele talvez reagisse, mas agora, em tamanho desespero, não tinha ânimo para nada. Apenas ajoelhou-se no solo frio e seco e aguardou as ordens de seu mais novo amigo, o litírio.

– Feche seus olhos e ouça somente a minha voz. Elimine todo o seu rancor e toda a preocupação com seus amigos, somente assim poderá ajudá-los. Fixe seu pensamento no mundo de Eleanthus e relembre sua chegada aqui. Lembre-se de como foi recebido, e de como se encantou com as magias e criaturas que aqui encontrou.

Por um instante, um filme passou pela cabeça de Cael. Parecia que estava acabando de chegar pela cortina do tempo, e também que estava vendo pela primeira vez Inã pelos corredores do castelo da cidade de Damaiurás. Isso tudo passava em sua cabeça conforme ia sendo anunciado pelo litírio. E o animal continuava a relatar fatos que faziam com que Cael fosse ficando cada vez mais aliviado e mais forte.

– Agora, Cael, pense forte nas lembranças esquecidas em sua memória e apagadas pelos séculos em que esteve em outro mundo, guiado apenas por Aquiel e por aquilo que ele quisesse que você lembrasse. Feche seus olhos e pense novamente em Eleanthus.

O litírio observava que algo estava acontecendo. Uma luz fraca começou a se formar em torno de Cael, e ele começou a se esforçar ainda mais. Preocupado com o que Cael estivesse sentindo, perguntou:

– Cael! Tudo bem? Você está começando a se preparar para receber os poderes de Eleanthus e destruir Krisna para sempre.

– Eu estou vendo! – respondeu Cael com voz alta, e em meio à grande quantidade de luz que já emanava dele, assim como a um forte vento ao seu redor.

– Está vendo o quê? – indagou o litírio.

– Estou vendo os mitrons!

– O quê? Os mitrons? Eles estão mortos aqui há centenas de milhares de anos! Como pode vê-los?

– Estou vendo quando eles aqui chegaram, enganados por Krisna, para a emboscada. São animais maravilhosos. Lindos, e parecem tão pacíficos! Eu os estou escutando falar.

– O que estão falando?

– Bom, não sei muito bem, mas é algo sobre Caius estar esperando que eles resolvam o problema o mais rápido possível.

– Mas que problema? Na época dos mitrons não havia problemas. Ou é o que imaginávamos?

– Espere.

Cael se concentrou ainda mais, a luz ficava ainda maior e o vento começava a alcançar outros lugares.

– Eu os estou escutando – repetiu Cael para o litírio. – Existe um maior que os outros, parece ser o líder. Nossa, são enormes!

Cael os via mentalmente, e dentro de sua imaginação ele observava bem a região. Começou a relatar tudo para o litírio, que acompanhava tudo com muita atenção.

– Meu amigo – disse Cael. –, gostaria que visse isso. Os mitrons são animais maravilhosos. Se assemelham aos mamutes, animais pré-históricos da Terra, mas são diferentes. São de cor marrom-clara, com muito pelo, e possuem, além da tromba, chifres na cabeça como um unicórnio. Possuem também orelhas enormes e dentes de marfins bifurcados, tornando-se quatro ou até seis. Na ponta de sua cauda, abre-se um leque como um grande vela de um veleiro, e todos têm grandes espinhos pelas costas, mas mesmo assim parecem muito dóceis. Estão com muita pressa.

– Mas qual o motivo da pressa? – perguntou o litírio a Cael.

Cael não manifestou nenhuma resposta, e o litírio repetiu a pergunta:

– Qual o motivo da pressa?

Na segunda tentativa, Cael respondeu:

– Segundo o chefe, Caius os mandou aqui para trazer a vida a este lugar. Aqui não havia vida alguma, somente morte e tristeza.

Na visão de Cael, ele observava nitidamente o bando de mitrons chegando ao vale das sombras, escutando inclusive o diálogo entre eles: "Amiotron! Não é estranho que o mestre Caius nos mande até aqui, um lugar fora de seus domínios, para trazer vida? Ele não podia nos acompanhar?", perguntou um dos mitrons ao chefe que guiava o bando. "Meu caro amigo, jamais podemos ignorar um pedido de nosso mestre. Lembra-se de que ele nos deu a vida"?. "Sim mestre, não é isso que estou questionando. Mas questiono como a ordem nos foi dada. Ele nunca nos fala mentalmente, sempre nos convoca e explica com detalhes o que fazer. Desta vez, foi diferente", disse. O chefe, então, respondeu:"Sim, mas vamos fazer o que Caius nos pediu e voltar o mais rápido possível, Krisna pode querer atacar novamente e temos que estar atentos para proteger a vida de nosso planeta".

Cael relatou todo o diálogo ao litírio e disse:

– Ainda tem mais. Vejo que, enquanto conversavam, chegaram exatamente aqui a este lugar onde estamos. De repente algo inesperado aconteceu... Não pode ser!

– O que não pode ser Cael? Vamos, me diga logo? O que está acontecendo?

– Era uma emboscada. Assim como nós sofremos, eles também sofreram. Do nada, apareceu Krisna. Litírio, os mitrons ficaram apavorados! Não sabiam o quer fazer. O grande chefe mitron apresentou-se à frente para ouvir o que Krisna queria e a escutava com atenção. "Meus queridos, o que fazem aqui?", perguntou Krisna. "Como são tolos! Deixam-se enganar tão facilmente! Acreditam que meu irmão os mandaria para cá? Esse é o único lugar em que consigo manter meus poderes plenos. Jamais Caius vai dominar este lugar. Nem mesmo vocês, as criaturas mais poderosas que ele criou, podem me derrotar aqui", insinuava Krisna, com um sorriso.

Cael continuou seu relato:

– Nossa! Como Krisna é linda! Parece uma princesa. Está vestindo um lindo vestido vermelho, e tem uma aparência jovial.

Antes que pudesse concluir a fala, foi interrompido pelo Litírio...

– Depois de toda essa conversa, o que mais aconteceu? Diga logo, Cael, disso depende a sobrevivência de nosso mundo!

– Um grande murmúrio aconteceu entre os mitrons. Eles pareciam criaturas muito pacíficas, apesar de serem fortes e muito grandes. Ouvi apenas o comando de Krisna: "Ataquem e destruam todos. Quero apenas que restem os ossos para contarem a história do fim dos mitrons". Surgiram, então, dragões e diacris de todos os cantos do vale, encurralando os mitrons. Rajadas de luz e lavas foram lançadas sobre eles e, acredite, eles se defendiam bem. "Formação de batalha!", ordenou o chefe mitron. Todos os animais fizeram um grande círculo, e começaram a se defender dos ataques inimigos. A couraça que tinham os protegia do fogo e das rajadas de luz dos Dragões, e eles lançavam os inimigos a grandes distâncias com a cauda e com os chifres, como se fossem insetos. Estavam indo realmente bem. A batalha estava equilibrada, quando Krisna interveio: "Chega! Não posso esperar muito para poder atacar e acabar com meu irmão! Preciso exterminar vocês para prosseguir com meu plano!". E então, voltando-se para seus servos: "Seus idiotas! Dragões e diacris, ataquem juntos, unam suas forças para penetrar na barreira dos mitrons! Só assim poderão vencê-los!". E assim fizeram: uniram as forças, e os mitrons começaram a sentir o poder do mal em sua pele. Alguns começaram a cair e, quando isso acontecia, o fogo tomava conta de seu imenso corpo, que queimava como palha. Krisna sorria muito ao ver tanto fogo e brasa aos seus pés. No final havia sobrado apenas Amiotron, o chefe mitron. Krisna se aproximou dele e disse: "Tem algo a dizer? Hahaha! Seu fim chegou, e é hora de Eleanthus conhecer seu mais novo reino: o meu!

Cael deu sequência à história que contava ao litírio:

– Amiotron disse a Krisna, então: "Um dia, senhora Krisna, alguém virá e colocará fim ao seu reino de maldade. Sepultado conosco, aqui neste vale, estará todo o nosso poder. Você pode ter nos vencido, mas nosso poder jamais será seu". "Que poder, seu animal desgraçado?". "Agora tens curiosidade sobre nossa herança?". "Ande! Fale logo, enquanto estás vivo! Que maldito poder é este? E quem virá? Você está blefando!". "Nunca blefamos. Caius deu um poder especial a cada um dos habitantes de Eleanthus, mas para nós deu o mais especial. Você nunca saberá qual é, somente quando 'o que vier' estiver aqui será revelado a ele o que herdou de nós, e o que poderá fazer para derrotar você para sempre.". "Não me importo, por enquanto eu venci!". Krisna, então, lançou sobre o imenso animal uma chama violenta, que o queimou, deixando apenas os ossos, como ela mesma havia dito antes.

Durante toda essa visão de Cael, a luz permaneceu a seu redor o tempo todo. Quando terminou a visão, a luz se foi e ele ficou ali, vendo seus amigos caídos e sem saber o que fazer do mesmo jeito que antes.

– Litírio, de que me adiantaram tantas visões do passado, tanta tristeza, se nada me foi revelado ainda e continuo sem ação, sem saber o que fazer?

– Calma, meu grande amigo.

– O quê? Agora você está *falando*? Pensei que só falasse mentalmente.

– Geralmente, sim. Mas posso falar também oralmente. Sabe, Cael, nosso mundo é cheio de surpresas e de muita magia que ainda desconhecemos. Quando aconteceu tudo o que foi revelado a você neste lugar, Krisna tentou conquistar o mundo, mas foi impedida por Caius e agora quer tentar novamente. Felizmente, temos você e os outros para ajudar Caius a vencê-la para sempre.

– Mas como?

– Já experimentou chamar pelos mitrons?

– Como assim? Estão todos mortos há milênios.

– Pelo que me contou em suas visões, Krisna cometeu o erro de dizer que os ossos ficariam para contar a história, e o chefe mitron disse que alguém viria para resgatar o que tinha sido perdido ou levado com eles. Não é isso?

– Sim, mas quer que eu saia gritando pelo nome do chefe mitron?

Neste momento Cael levantou-se e deu alguns passos, e gritando, em escárnio:

– Chefe mitron! Chefe mitron! Pode me ouvir? Apareça! Precisamos de sua ajuda! – E, virando-se para o litírio: – Satisfeito? Nada aconteceu... AH!

Nem mesmo Cael tinha terminado a fala com o litírio, uma grande força tomou conta do lugar. A luz, que antes havia desaparecido, voltou com mais intensidade, saindo das mãos de Cael. Saíam todas as cores que haviam saído da Pedra da Luz. As luzes subiam ao mais alto do céu e desciam em redemoinho sobre Cael, que ficou um tanto assustado. Em meio a tantas luzes que se juntavam, ele ouviu uma voz?

– Assustado, meu jovem?

– Quem disse isso? – perguntou Cael, pois sabia que não era o litírio que havia pronunciado tal pergunta.

Não só ele teve a sensação de algo estranho. Até mesmo na cidade de Damaiurás Haivorés teve o pressentimento de que algo estava acontecendo e fez o seguinte comentário a Sairik:

– Sairik, algo de muito grande está acontecendo. Não sei o que é, mas sei que é importante e poderoso.

Voltando para Cael, nem mesmo tempo de ouvir a resposta ele teve e as luzes já revelaram a surpresa: em sua frente, o enorme chefe mitron estava de volta à vida. Quando Cael viu aquele imenso animal, tentou esquivar-se pela terra seca, com grande medo.

– Não tenha medo! Eu sou Amiotron, o chefe guerreiro dos mitrons, e estou aqui para revelar a você os poderes de que precisa para salvar seus amigos e derrotar o mal para sempre.

– Chefe Amiotron, o que devo fazer? Não tenho ideia do que eu devo ou posso fazer para ajudar meus amigos, que lutam em batalhas como heróis, e eu só atrapalho ao invés de ajudar.

– Você demonstrou coragem e lealdade, esta é a maior dádiva que um guerreiro pode ter. Neste lugar você receberá os mesmos poderes de sua mãe. Você restaurará o que foi morto, você terá a força e a velocidade da águia, bem como lançará a luz da vida e da esperança, que é aquilo que o mal mais teme. Já presenciou o mal sendo derrotado pelas forças de Alifás?

– Já sim. Por que pergunta?

– Os leões brancos de Eleanthus são muito poderosos, depois de nós eram os que mais tinham poderes. Você se unirá a eles e juntos poderão criar a luz cintilante, que deve ser usada em situações extremas e de grande perigo. Você e todos os habitantes criados por Caius saberão quando você tiver liberado os poderes dos mitrons. Infelizmente Krisna também saberá. Use os poderes com sabedoria e para o bem de toda a raça de Eleanthus.

Ao dizer isso, o grande chefe mitron começou a soprar sobre os amigos de Cael que estavam caídos por terra, e por fim tornou-se luz, que invadiu o corpo de Cael, que sentiu um grande poder em seu interior. Seu corpo mudou e ele ficou mais forte, ganhando uma armadura dourada com um desenho de um mitron na frente.

– Lembre-se, jovem Cael: seus poderes estão dentro de você. Precisa procurá-los e vencer o mal – foram as últimas palavras do chefe mitron, que desapareceu em meio às luzes que se dissipavam.

Rapidamente Cael correu ao encontro de Inã, que já reagia.

– Inã! Tudo bem?

– O que aconteceu? Onde estão os Dragões? Não me lembro... O que houve?

– Calma, está tudo bem.

– Onde estão os outros?

– Levante-se, vamos procurá-los.

Um a um foram encontrando todos, e estavam vivos. Abalados, mas fortes e prontos para combater o mal: Inã, Inalã, Seroc, Aquiel e Daidegan, unidos novamente.

– Cael, meu filho – disse Inalã –, parece mais forte!

– Onde achou esta armadura tão bonita? – perguntou Inã.

– Foram os mitrons! – disse Seroc.

– Sim – respondeu Cael. – Vou contar tudo a vocês, mas precisamos voltar o mais rápido possível para Damaiurás, porque acredito em um ataque em massa das forças de Krisna sobre a cidade, para destruir o livro onde está Caius. Precisamos impedir isso.

Antes que alguém falasse alguma coisa, Cael pegou o apito e chamou sua grande águia Maissa, e com ela as outras também vieram.

– Vamos, no caminho de volta conto tudo a vocês.

Montaram e partiram. Um olhar para trás de Cael o fez refletir:

Mais uma vez os mitrons deram suas vidas pelas criaturas de Eleanthus. Não se preocupe, chefe mitron, não vou decepcioná-lo.

– Tudo bem? – perguntou Inã. – Parece distraído.

– Está tudo bem. Só estava lembrando um fato que aconteceu aqui. Tudo bem, vamos! Precisamos ser rápidos.

Partiram todos para a cidade de Damaiurás, com a certeza de que iam mais uma vez lutar pelo bem e pela vida. Aos poucos o Vale da Sombra ficava para trás, e a vida parecia voltar ao normal, fora daquele lugar sombrio.

CAPÍTULO X

PLANOS DE KRISNA

A viagem de volta para Damaiurás estava sendo tranquila e calma, e encontraram o bando de litírios que procurava por seu integrante desaparecido. Ao encontrá-lo, o chefe do bando apresentou-se diante do grupo de guerreiros e mentalmente conversou com o litírio que os acompanhava. Daidegan, impaciente com o silêncio, quebrou-o rapidamente.

– O que estão esperando? Inã, estão dizendo alguma coisa para você?

– Não, senhor Daidegan, não estou ouvindo nada!

– Mas eu estou! – disse Cael.

Um olhar penetrante de todos os integrantes voltou-se para ele, e o mesmo pensamento passou pela cabeça de todos: *Como pode ouvi-los, se até bem pouco tempo somente Inã conseguia entender o que o litírio falava?*

– Cael – chamou-lhe a atenção Daidegan –, como pode ouvi-los? O que estão dizendo?

– No Vale das Sombras muita coisa aconteceu enquanto estavam desmaiados pela batalha com Subpteus. O litírio apareceu e me ajudou a descobrir os poderes que eu ainda não tinha, entre eles o poder de convocar os mitrons, e o grande chefe apareceu.

– Amiotron? – interrompeu Seroc.

– Sim, ele mesmo. Como sabe?

– A lenda dos mitrons em nossa vila é bastante discutida e ensinada para os pequenos. Dentre as criaturas do bem, eles tinham o maior poder. Seguiam as ordens de Caius sem questionar, e realizavam grandes façanhas.

– Ele me contou tudo isso! Disse-me também que os segundos em poder são os leões brancos de Alifás.

– Como ele era? Diga-me, Cael, somente pelas ossadas imagino que eram imensos.

– Nossa, e bota grande nisso, monstruosos! – retrucou ele.

– Agora parem de conversa – interrompeu mais uma vez Daidegan. – Cael, o que os litírios querem? Não podemos perder tempo.

– Daidegan, ele está relatando tudo o que aconteceu, toda a história e como ele também me ajudou a conquistar meus novos poderes. Agora, o chefe solicita que o seu integrante seja dispensado para voltar ao bando.

– Não! – gritou Inã. – Meu amigo não!

Nisso, o litírio aproximou-se de Inã e mentalmente conversa com ela:

– Continuarei sendo seu amigo para sempre, em momentos de perigo estarei lá. É só pensar em mim, e eu irei. Agora temos um novo amigo – dizendo isso, olhou para Cael. – Ele também nos ouve agora.

Inã deu uma olhada para Cael, que confirmou, balançando a cabeça e dando um sorriso.

– Fiquem em paz. Tenham força e lembre-se, Cael, da fala de Amiotron: "O poder está dentro de você". Nunca se esqueça disso. Inã, nós nos veremos mais rápido que imagina, não se desespere.

Dizendo essas palavras, o bando partiu na direção oposta dos viajantes, que voltavam para Damaiurás. Um olhar triste, e uma lágrima foi derramada por Inã, que foi confortada por Inalã.

– Tenha calma, você sabia que mais cedo ou mais tarde ele teria que partir.

– Como ele mesmo disse: "Nos veremos em breve". Aguarde, que pode ser muito em breve mesmo – diz Seroc.

Daidegan, como líder, tomou a frente dos diálogos: – Vamos partir, não temos tempo para lamentações.

Levantando voo, voltaram ao caminho para a cidade de Damaiurás. Inalã aproximou-se de Daidegan e o repreendeu pela rigidez com que tratou as emoções de Inã. Ele se desculpou e prosseguiram a viagem.

Enquanto isso, na cidade de Damaiurás, Alifás, Sairik e Haivorés continuavam à procura do visitante de Krisna. Infelizmente, desta vez não tiveram a mesma sorte que da última: vasculharam todos os cantos da cidade e nada. Em certo momento Haivorés interrompeu as buscas.

– Não sinto mais a presença de ninguém. Acredito que já se foi, e não saberemos o que ouviu e quais informações podem ser repassadas para Krisna.

– Então voltemos para o castelo e aguardemos nossos guerreiros do Vale das Sombras – disse Haivorés.

– Já sinto a presença deles – comentou Alifás. Haivorés complementou:

– Também sinto que algo muito importante aconteceu por lá, aquela energia que sentimos não foi mero acaso.

– Concordo com você – disse Sairik.

Na volta ao castelo, conversaram com muitos cidadãos que comentaram com o seu chefe Sairik sobre um visitante que nunca tinham visto na cidade, mas que já havia saído. O grupo liderado por Sairik fez alguns questionamentos aos cidadãos, contudo procurou não criar alvoroço entre os moradores da cidade perante a ameaça de ataque do exército de Krisna.

– Meu povo é pacífico, sempre buscaram a paz, e sempre acreditaram que o livro de Damaiurás é o foco de nossa paz. Se eu disser a eles que podemos sofrer um ataque do mal, com certeza terei uma cidade em pânico, e isso é o que menos precisamos por enquanto – disse Sairik.

– Concordo com você – disse Alifás –, mas tenho uma pergunta: como faz que os filhos de Damaiurás treinem para formar o seu exército se não acreditam que enfrentarão uma batalha na vida deles e, de acordo com nossos cálculos, tão em breve?

– Para os soldados nunca disse que estaríamos livres de uma batalha, sempre argumentei que a paz se faz pelo esforço e que nossas famílias dependem de nosso papel de guardiões para que tenham um futuro de paz. Eu sempre soube que, um dia, Krisna iria retornar e que nossa paz estaria em risco. Por isso treinei Inalã, Inã e Aquiel, assim como todos os outros, e temos hoje o maior exército de Eleanthus – comentou Sairik, já na entrada do castelo da cidade.

– Sairik – disse Haivorés –, você é um grande elfo de Eleanthus, e saiba que meu povo, os mantifores, sempre serão gratos a você e ajudarão no que for necessário para mantermos a paz em nosso mundo.

Alifás concordou, dizendo que seus leões também estariam dispostos a lutar pela vida e pela paz.

Já dentro da casa de Sairik, eles observaram que a cidade do céu apresentava uma luz diferente da habitual. Conseguiam ver até mesmo que as flores e as plantas estavam mais verdes e floridas.

– Será que devemos subir à cidade do céu e ver se Caius tem algo a nos transmitir? – perguntou Haivorés.

– É. O que acha, Sairik? – perguntou Alifás.

– Não sei. Melhor esperarmos os outros chegarem, aí juntos poderemos saber o que Caius, por meio do livro, quer nos dizer.

Apesar de não concordar, Haivorés balançou a cabeça em sinal de aceitação, o mesmo acontecendo com Alifás.

Nesse espaço de tempo os viajantes já eram avistados ao longe pelos moradores da cidade e também pelos que estavam no interior do castelo, que se encontravam em uma espécie de sacada, no alto de uma grande torre, que dava vista também para a cidade do céu.

–Vejam! – disse Haivorés. – Eles estão chegando! Vamos recebê-los no topo da torre?

– Sim. E então devemos rapidamente ir à cidade do céu. Caius nos chama, olhem a luz indicando a direção deles. Com certeza já devem ter visto também – disse Sairik.

Rapidamente chegaram ao topo da torre, e já de longe avistaram a recepção de Haivorés, Sairik e Alifás. Sairik dirigiu-se à Inalã, sua filha, para saber da situação.

– Tudo bem, Inalã? Como você está?

– Tudo bem, papai! Não se preocupe, você me treinou muito bem.

Ele a abraçou com alívio, pois não sabia o que iriam encontrar no Vale das Sombras. Ver sua filha bem era sua preocupação. Também cumprimentou os outros, chegando até Cael.

– Meu filho, conseguiu o que queria?

– Consegui sim, claro que com muita ajuda e desespero. Sofremos um grande ataque, os dragões e os diacris já estavam nos esperando, parece até que já sabiam que estaríamos lá.

– Aí está à explicação de não termos encontrado o espião. Assim que soube da ida para o Vale das Sombras, ele rapidamente voltou a Krisna para contar sobre a viagem e eles com certeza conheciam o lugar e chegaram primeiro – disse Alifás.

– Sim. Ao chegarmos lá, Seroc logo viu as ossadas dos mitrons...

Cael foi interrompido por Haivorés, que se admirou com a palavra mitron.

– Mitron, você disse? Como pode? Seroc, explique.

– Melhor Cael explicar, você vai se surpreender com as revelações sobre os mitrons que ele tem a fazer – respondeu Seroc.

– Pois então continue, Cael.

– Bom, depois de vencidos na batalha, todos estavam caídos. Restei apenas eu. Subpteus chegou até mim e disse que iria me deixar morrer ali e ver a fumaça da destruição de Damaiurás. Quando tudo parecia acabado, eis que aparece o litírio, que havia ficado do lado de fora do Vale das Sombras, pois ele já pressentia o perigo do ataque. Eu estava desesperado, meus amigos pareciam mortos e eu estava sozinho. Ele me incentivou a ter confiança e a pedir ajuda ao chefe mitron. A princípio fiquei apreensivo e sem confiança, mas não tinha outra opção e comecei há confiar um pouco mais em mim. Por incrível que pareça, a mesma luz que emanou de Inalã na batalha da floresta começou a sair pelas minhas mãos e de todo o solo ao meu redor. Quanto mais eu pensava em chamar o chefe mitron, mais luz eu conseguia emanar. De repente, o grande chefe apareceu diante de meus olhos...

E continuou a contar toda a história que havia vivido e sobre como o seu poder poderia ser encontrado.

– Como estava o chefe mitron? – perguntou Haivorés.

– Parecia real.

– Ele era real – disse Caius, que apareceu em forma de luz, causando espanto geral e admiração de todos.

– Caius! Como pode? Como consegue sair da sala do livro? – perguntou Inalã antes de todos os outros. Contudo, a solicitação da resposta foi confirmada por todos.

– Agora que o Vale das Sombras também está se regenerando, ou seja, começando a ter vida novamente, eu estou ganhando forças e posso me locomover por alguns minutos além da sala do livro na cidade do céu. Mas preciso que vão até lá o mais rápido possível. Precisamos nos preparar, Krisna deve nos atacar e rápido.

Dizendo isso rapidamente desapareceu.

– Devemos então seguir o mais rápido possível para a cidade do céu – acrescentou Sairik antes mesmo que alguém pudesse dizer alguma coisa. Todos concordaram e fizeram o mesmo caminho que antes já haviam feito várias vezes.

No caminho, um pequeno diálogo é sussurrado entre Inã e Inalã:

– Inalã, quem você acha que vai ler o livro desta vez? Cada vez que subimos até o livro temos uma surpresa na leitura de suas indicações, não é mesmo?

– Com certeza, dessa vez será novamente Cael, pois ele está com mais prestígio do que Seroc, Haivorés e Sairik no momento, não acha? – devolveu a pergunta Inalã.

– É. Pode ser verdade. Mas tenho minhas dúvidas sobre Seroc, ele é quem descobriu que as ossadas eram dos mitrons, e Caius me pareceu bem entusiasmado sobre eles.

Continuaram a conversar o caminho todo, enquanto os outros permaneciam apreensivos e com dúvidas sobre as palavras de Caius sobre o ataque de Krisna à cidade de Damaiurás. Como de hábito, quando chegaram à cidade do céu se impressionaram com a quantidade de novas plantas que encobriam os galhos da árvore matriz. Esse fato rendeu comentários dos visitantes, que mais uma vez viam se manifestar os poderes de Caius em Eleanthus.

– Nossa! – espantou-se Inalã. – Tudo parece mais verde e mais florido. O que acha, Daidegan?

Olhando para todos os lados, Daidegan respondeu o questionamento de sua esposa: – Concordo, parece que a árvore matriz está produzindo sementes.

– E realmente são – concordou Haivorés. – Lembram-se do que Caius disse sobre a regeneração do Vale das Sombras? Acredito que as sementes são para aquele lugar.

E continuaram a percorrer o caminho até a sala do livro, desviando-se dos cipós que pareciam acompanhar os visitantes e cresciam como nunca.

Ao entrarem na sala, de mais espanto e curiosidade foram tomados. Não se podia ver o livro, que estava coberto de flores de orquídeas, e a sala toda estava mais iluminada e com uma brisa leve e úmida.

– Sabe, parece uma estufa – disse Cael.

– Estufa? O que é isso? – questionou Daidegan.

– Onde eu vivia é como se fosse um lugar especial para o desenvolvimento de plantas e flores para o comércio, ou seja, para a venda a outras pessoas – respondeu Cael.

Aquiel completou a fala de Cael:

– Realmente parece mesmo uma estufa para produção de sementes e mudas de plantas.

Interrompendo a conversa, a sala foi tomada por uma grande quantidade de luz, que ofuscou a visão de todos, e Caius mais uma vez apareceu, para a surpresa de todos.

– Sejam bem-vindos mais uma vez à cidade do céu. Parabéns, meu querido filho Cael, agora você é um verdadeiro filho de Eleanthus e já realizou grandes maravilhas para nosso mundo. Tudo o que o chefe mitron disse a você é verdade, você deve encontrar o poder dentro de você. Claro que você já o tem, mas a cada ação sua ele fica mais forte. Não só você, mas, todos os habitantes ficaram mais fortes. Contudo, devemos ficar atentos, acredito que minha irmã ainda não saiba que vocês retornaram vivos para cá, não imagina ainda que Cael despertou a minha maior criação, os mitrons.

Antes que ele continuasse, Cael interrompeu a fala de Caius:

– Senhor, me perdoe, mas eles estão mortos! O chefe mitron apareceu e desapareceu como por encanto. Ele não está mais vivo?

Caius riu e respondeu para seu filho, com um tom de humor que raramente se via em sua expressão:

– Sim, morreram. Contudo, ressurgiram, e seu legado vai renascer. Observem bem a imagem que verão do Vale da Sombra que vocês deixaram para trás.

Caius abriu as suas mãos e um grande círculo de luz se formou entre seus braços. Uma imagem começou a se formar e Cael ficou muito surpreso quando observou o chefe mitron vivo e comendo, pastando em uma grande relva que havia se formado onde antes só havia cinzas e tristeza. Logo viram outro e outro e mais outro mitron, uma imagem que deixou todos impressionados e maravilhados ao mesmo tempo, causando uma discussão geral.

Antes mesmo que a imagem sumisse de suas vistas, Cael foi o primeiro a se manifestar com questionamentos:

– Como pode? Ele desapareceu quando fez o sopro da vida para reanimar os que estavam caídos!

– Disse muito bem. O sopro da vida para reanimar os que estavam caídos. Tudo o que estava caído no vale renasceu – disse Caius. – Inclusive os mitrons.

– O quê? – surpreendeu-se Seroc. – Então quer dizer que até mesmo os mitrons ressurgiram?

– Sim, meu caro amigo Seroc. E lá agora já não é mais um lugar sombrio e seco, tem vida e é morada de muitos animais.

– Caius? – chamou-lhe a atenção Inã.

– O que foi, Inã?

– Desculpe a interrupção, mas gostaria de saber se este lugar agora não poderia ser a casa dos litírios. Eles ficam vagando de um lado para o outro para encontrar um lugar, este não seria o ideal para eles?

– Inã – repreendeu Sairik – não vê que temos coisas mais importantes para pensar do que arrumar uma casa para seus amigos?

– Não, Sairik. Ela tem razão. Eles são importantes para nós, e com certeza, Inã, lá será um ótimo lugar para eles viverem, sim. Quando for realmente seguro.

– Como assim seguro? – perguntou Daidegan,

– Porque Krisna pode querer novamente matar a vida que lá existe, e por isso precisamos agir rápido para impedirmos que ela tente novamente conquistar o lugar que antes era dela e agora é nosso, graças a vocês.

Cael destacou-se à frente e disse:

– Não acredito que ela se preocupará com isso agora, acredito que tem planos mais importantes e vai querer atacar a cidade de Damaiurás o mais rápido possível, ainda mais sabendo que estamos com problemas de segurança aqui.

– Como problema de segurança na cidade? – disse Aquiel. – Como assim?

– Ora, Aquiel, Subpteus não me deixou lá no Vale das Sombras para morrer junto com todos vocês, que já estavam, para ele, acabados? Eles acreditam que a cidade está à mercê deles, e vão atacar o mais rápido possível – disse Cael.

– Esse é o motivo de meu chamado – disse Caius – e temos que nos preparar para o ataque que virá logo e com muita força. Acredito que Krisna esteja se preparando para atacar o mais rápido possível, provavelmente devido ao fato já citado por Cael e por ainda saber da recuperação de vocês.

– Mas Caius, como ela não vai descobrir que todos foram resgatados do Vale das Sombras se o lugar que foi dela o tempo todo agora, como você mesmo disse, está sob domínio dos mitrons, que ganharam vida? – perguntou Alifás.

– Os mitrons estão criando uma barreira ilusória para manter o vale como sempre foi até que eles estejam fortes o bastante para não serem mais subjugados por ela, como já foram no passado.

– Quais são suas orientações para que possamos então nos precaver do ataque? – perguntou Alifás, que teve sua pergunta completada por Haivorés: – E como poderemos vencer se ela atacar com todo o seu exército?

– Isso o livro vai poder orientar. Lembrem-se que ela sente a minha presença, assim como sinto a dela, então é melhor interpretar o livro. Eu sinto que ela me observa e que planeja mesmo um ataque a cidade – disse Caius.

Dizendo isso, Caius, em sua forma de luz, some para dentro do livro. Todos ficam paralisados sem saber o que fazer, e sem ter noção de quem deveria se aproximar do livro.

Como era de se esperar, o livro foi completamente coberto por trepadeiras e todos ficaram angustiados para saber quem deveria se dirigir até ele para efetuar a leitura e para interpretar a mensagem que transmitisse. Haivorés, como articulador, encorajou a todos:

– Não tenhamos medo! Aquele a quem as trepadeiras recuarem é o que deve abrir o livro e ler. O importante é se aproximar, e eu vou começar. Haivorés começou a se aproximar do livro, e quanto mais se aproximava mais as trepadeiras encobriam o livro, rapidamente começando a impedir que Haivorés se aproximasse dele. Ele, já entendendo o recado, recuou e todos se decepcionaram, pois desta vez não seria ele quem leria o livro.

– Sairik, aproxime-se você! Como guardião do livro, quem sabe desta vez é você? – disse Haivorés.

– Eu? – espantou-se Sairik, com a fala de Haivorés.

– Qual o problema? – perguntou Haivorés. –Você também pode ler o livro.

–Vai logo! – ordenou Daidegan, impaciente.

Receoso, Sairik começou a se aproximar do livro, passo a passo. Ele começou e chegar perto das grandes trepadeiras que guardavam o livro e, para surpresa de todos, elas começaram a recuar...

– É ele! – disse Inalã. – Pode continuar, meu pai, é sua vez de ler o livro para nós.

E assim se fez. Quando Sairik se aproximou do livro, as trepadeiras recuaram e o livro se abriu sozinho. A grande luz novamente apareceu e a ansiedade de todos para a leitura aumentou. Como ocorreu nas outras vezes, quando a luz cessou Sairik conseguiu ler a mensagem que Caius queria transmitir pelo livro.

– Não! – exclamou Sairik.

– O que houve? – perguntou Inalã. – Ande, papai, fale logo, o que está escrito aí?

– O que diz aqui é muito preocupante. A leitura dessas páginas vai decidir o destino de nosso mundo, pelo menos por enquanto.

– Então leia – disse Haivorés. Alifás completou: – Em alto e bom tom.

– Aqui diz: "A batalha anelar vai acontecer. O encontro entre o bem e o mal é inevitável. Para que o bem possa triunfar, as duas forças têm que se juntar. Só assim o Diacroney irá se formar".

– Só isso? – disse Aquiel, impaciente. – Não entendi nada.

– Você não vê? – disse Cael, olhando para Aquiel e depois para todos os que o rodeavam. – Para mim é muito claro: Krisna vai nos atacar, quando o livro diz "o encontro entre o bem e o mal é inevitável". Está nos avisando que ela vai nos atacar, e a união das duas forças é o que o chefe mitron me ordenou. Eu e Alifás temos que unir nossos poderes para enfrentar e derrotar o mal.

– Não seja tolo – disse Daidegan. – Não acredito que seja tão simples assim interpretar a mensagem de Caius no livro. Sobre o ataque acredito que sim, mas e o que significa "batalha anelar"?

Haivorés interrompeu a fala de Daidegan.

– Espere Daidegan, ele pode ter razão sim, qual é o principal foco de nossa batalha?

– Nos proteger dos ataques de Krisna – respondeu Daidegan.

– Errado! – disse Haivorés, para espanto de todos.

– Como assim? Explique-se, Haivorés – pediram Inalã e Sairik.

– Nossa missão na verdade é recuperar o anelar, encontrar as outras partes, montar o Diacroney e fazer Caius recuperar toda a sua força para derrotar Krisna para sempre.

– O ataque é bastante provável, ainda mais que o espião não foi capturado – respondeu Alifás.

– Acredito então que devemos nos preparar para a batalha, formar nosso exército e ficar atrás das muralhas de Damaiurás. Não acredito que Krisna ataque a cidade, mas devemos ficar à espreita – disse Sairik.

– Não, o ataque é certo – disse Seroc, lembram-se do que disse Caius?

– O quê? – questionou Inã.

– Ele disse que os mitrons estavam criando uma barreira ilusória para proteger o Vale das Sombras até que estivessem completamente recuperados. Desta forma, acredito que Krisna vai pensar também que estamos mortos lá, assim como Subpteus nos deixou, dando a ela a vantagem de atacar a cidade sem ninguém para protegê-la.

– Seroc, você tem razão – disse Daidegan. – Ela pensa que estamos mortos e que não poderemos proteger a cidade, por isso vai atacar para destruir o livro. Para ela, a vitória é certa.

– Então ela vai ter uma surpresa! – disse Inalã, pegando seu arco e flecha. – Estaremos esperando por ela com tudo o que podemos, e mais uma vez vamos vencer.

– Vamos então descer a Damaiurás para prepararmos o povo para a batalha. Inalã, convoque os guerreiros e verifique se as águias estão prontas – ordenou Sairik.

Rapidamente todos desceram para o palácio principal da cidade de Damaiurás e deixaram a árvore matriz cuidando do livro. Na saída, Inalã encostou a mão na porta formada pelo tronco da árvore e pediu em silêncio: "Proteja Caius. Vamos fazer a nossa parte também". Em seguida, saiu com todos para organizarem as defesas da cidade do ataque de Krisna, que poderia estar bem próximo.

Enquanto isso, o batalhão de diacris e dragões já estava no vulcão de Krisna, todos contentes com a vitória e prontos para ouvir as novas ordens de sua mestra. Aproximaram-se das lavas do vulcão e novamente Krisna apareceu para comandar seu exército de terror. Quando ela tomou forma, demonstrava força. Ocorreu o medo e o pavor em seus subordinados.

– Meus queridos! Nossa vitória está muito próxima. Eleanthus será nosso, e somente nosso, tenham certeza disso. Olhem o que aconteceu com os guerreiros de Damaiurás, que buscavam revelações no Vale das Sombras.

Dizendo isso, fez a coluna do tempo com as lavas do vulcão e todos visualizaram a destruição dos guerreiros de Damaiurás: viram Daidegan caído, Inalã imóvel com todos os outros, e também viram Cael se lamentando por não poder fazer nada. Quando Krisna viu a imagem, voltou-se rapidamente para Subpteus e o repreendeu:

– Você o deixou vivo? Você o deixou *vivo*? – fez a pergunta duas vezes, com muita fúria em seus olhos.

– Mestra! O que ele poderá fazer? Está sozinho e sem ninguém, todos estão mortos e ele logo morrerá também, não vejo perigo nesse rapaz.

– Lembra-se que ele é o filho da profecia? Ele pode, sim, nos destruir! Volte lá e o mate! Só então atacaremos Damaiurás. Vá sem demora.

– Mas senhora? – Subpteus iniciou um questionamento, contudo se retraiu e voltou a falar sobre o ataque à cidade. – Temos que planejar o ataque a Damaiurás. Vou mandar outro diacris para aniquilar o garoto.

– Que seja! – concordou Krisna.

– Mas quero vê-lo morto junto com os outros.

Subpteus convocou um dos seus e lhe deu a ordem:

– Vá ao Vale das Sombras e acabe com todos. Se algum deles ainda estiver com vida, elimine-o sem deixar dúvidas. Entendeu? – frisou Subpteus.

– Sim, senhor – e partiu para o Vale das Sombras com um dragão para ser mais rápido.

A ilusão dos mitrons estava dando certo, e Krisna não desconfiava da verdadeira visão que o Vale das Sombras estava apresentando. E a cada momento que se passava os mitrons ficavam mais fortes, e o vale mais cheio de vida. Os litírios já estavam lá, e ajudavam na reconstrução da vida do vale.

Krisna mais uma vez tomou a forma humana, saiu da lava e começou a planejar o ataque a Damaiurás com Subpteus e seus generais. Para demonstrar que a vitória era certa, fez um bom discurso para estimular os guerreiros.

– Não precisamos nos preocupar. Nossa vitória já é certa. Sem os guerreiros para proteger a cidade ela está indefesa, vai ser subjugada facilmente.

Antes que Krisna continuasse, um de seus generais tomou a palavra:

– Mas, senhora, ninguém dos seus nunca conseguiu atravessar as barreiras e os muros de Damaiurás, como sabe que agora vamos conseguir?

– Simples, meu caro general. Eu estarei com vocês para liberar os portões, também mostrarei meu poder com a minha maior criação, que vai derrubar os inimigos para conquistar não só a cidade de Damaiurás, mas também a cidade do céu e destruir o livro para sempre. Nunca esqueçam que nossa missão é destruir o livro a qualquer preço. Por isso, vamos atacar com força total. Subpteus! Prepare os dragões e dê ordens a todos que participarão da batalha. Convoque também os seus para destruir de uma vez por todas nossos inimigos.

Um grande alvoroço se formou, e Krisna caminhou para um lado do vulcão, entrou em meio à lava e declarou, em pensamento: *Desta vez eu vou ganhar, meu querido irmão, Eleanthus vai ser meu para sempre.*

A lava se enfureceu e uma grande explosão foi causada no vulcão, tão grande que até na cidade de Damaiurás pode-se ouvi-la e vê-la, o que fez que todos na cidade olhassem para cima. Sairik pronunciou a todos:

– É chegada a hora! A batalha vai começar.

No interior do vulcão, milhares de diacris se formaram com a explosão, e muitos mais se formavam com o material do próprio vulcão. Krisna se enfureceu ainda mais e gritou para todos os seus:

– Com mais poder que adquiri, tenho como fazer minha maior criação.

Levantando as mãos em meio à lava e fogo, disse em alto e bom som:

– Levantem-se os diacrons.

Subpteus se assustou com tamanho poder e ao mesmo tempo deu um sorriso, pois acreditava estar do lado certo e que teria poder além do que imaginava. Ficou impressionado com o tamanho dos diacrons: pareciam-se com ele e com os outros diacris, mas dez vezes maior e muito mais assustador.

– Vejam, meus queridos, nosso poder é maior do que imaginávamos. Os diacrons vão derrubar as muralhas de Damaiurás e ninguém poderá detê-los. Vão e destruam todos, não quero sobreviventes.

Ao dar a ordem, uma nova explosão aconteceu no vulcão. Dragões, diacris e diacrons se dispersaram pelo vale a caminho de Damaiurás, e eram tantos dragões de colaborós que o céu se escureceu. Pelo chão iam os demais, fazendo uma barreira de que não escapava nada, tudo era queimado e morto, animais e plantas. Alguns tentavam lutar, sem obter nenhum resultado.

Enquanto o exército de Krisna avançava para Damaiurás, na cidade todos estavam preparados, e por toda a muralha da cidade os guerreiros estavam a postos esperando que o pior acontecesse. Daidegan, à frente, esperava ansioso para derrotar Subpteus. Da muralha se avistava ao longe e Daidegan deu o sinal, alertando os guerreiros que guardavam o portão.

– Abram o portão, rápido!

– O quê? – questionou um dos guerreiros. Mas novamente ouviram a mesma ordem de abrir os portões. Resolveram não questionar mais e o abriram. Neste momento, já estavam bem próximos da cidade todos os habitantes da floresta de Daidegan, seus amigos elfos, os mantifores amigos de Haivorés, todos os leões brancos de Alifás e muitas outras criaturas que buscavam proteção. Do alto da muralha, Daidegan e Haivorés gritavam desesperadamente:

– Rápido! Entrem sem demora e fechem os portões! Os dragões estão chegando!

Todos entraram na cidade e já começaram a se posicionar para ajudar na batalha, o que foi para todos um grande prazer e para Sairik um alívio, pois estava muito preocupado com o que poderia acontecer.

O grupo composto por Daidegan, Haivorés, Seroc e Alifás estava de um lado da muralha, os outros estavam do outro lado, mas podiam se ver e comunicar, falando alto. Cael olhou para Daidegan e gritou:

– A cidade do Céu não precisa de proteção? Ela pode ser atacada por dragões.

– Daidegan, você ouviu? – disse Haivorés.

– Sim. Ouvi. O que acha Haivorés?

– Acredito que, se necessário, Caius nos pedirá, não podemos nos dispersar.

– Cael! Vamos esperar – respondeu Daidegan.

– Tudo bem então. Inã!

– O que foi Cael?

– Olha, se nosso fim estiver para acontecer, quero que você saiba que foi um grande prazer conhecê-la.

Ironicamente, Inã respondeu a mesma coisa e deu um sorriso. Após o sorriso, lhe deu um beijo que o deixou sem ação.

– Cael – chamou-lhe a atenção Aquiel –, está tudo bem? Parece bobo!

– Tá sim. Estou bem.

Ao longe já se avistava a nuvem de dragões, que avançava rapidamente, e Daidegan avisou a todos, retirando seu arco e flecha:

– Preparem-se, por Eleanthus e por Caius.

– Daidegan, não esqueça que temos ficar escondidos, pois Subpteus pensa que estamos mortos, lembra-se? – disse Seroc ao seu amigo, que transmitiu o recado aos outros sem demora.

Uma grande batalha estava para acontecer e o destino do mundo de Eleanthus estava para mudar.

CAPÍTULO XI

Batalha Anelar

Em um mundo onde a paz reinava, agora o caos estava tomando conta de toda a vida que existia. Alguns nem imaginavam o que estava acontecendo. As criaturas mais simples e mais modestas não se davam conta do grande perigo que estavam enfrentando, e a única coisa que podiam fazer no momento era ir para Damaiurás, a cidade da proteção e o único lugar onde poderiam encontrar explicações e ajuda.

Já dentro da cidade e em segurança, os que podiam lutar subiam para as grandes muralhas e os outros se protegiam onde podiam.

Um fato que estava acontecendo na planície intrigou Daidegan:

– Por que será que eles pararam de avançar? O que estão esperando? Haivorés! Eles pararam! Por quê? – questionou.

– Já percebi. O que estão esperando? Será que querem nos impor medo ficando aguardando a nossa rendição?

– Não. Deve haver outra explicação – disse Daidegan.

No mesmo momento em que Daidegan e Haivorés conversavam, Cael e Inã chegavam até eles com os mesmos pensamentos:

– Por que será que estão parados? O que estão esperando? – perguntou Cael, um tanto assustado.

– Eu também gostaria de saber – disse Daidegan. – Uma coisa é certa: vão atacar logo.

Daidegan, percebendo que todos estavam se dispersando, chamou a atenção de todos para que não perdessem a concentração e mantivessem o foco no inimigo.

Na planície os generais aguardavam as ordens de Krisna para atacar. Subpteus, mais uma vez com o anelar no pulso, sentia muita dor e Krisna voltou a aparecer fora do vulcão.

– Mestra! Estamos prontos e esperando o comando para atacar – disse um dos diacris generais.

– Esperem. Devemos ter notícias do espião que mandei para matar de vez o garoto no Vale das Sombras, apenas depois da certeza de sua morte atacaremos sem piedade. Enquanto isso, que fiquem com muito medo, isso pode ajudar a nossa vitória.

Enquanto isso, no Vale das Sombras o espião apareceu e não acreditava no que via, fazendo uma cara de assustado e impressionado. Também, tudo estava muito diferente do que ele conhecia do vale, estava tudo muito vivo e alegre, e gramados verdes e árvores cintilantes destacavam-se na relva que balançava ao vento. Mais admiração ainda ele teve quando viu pequenos animais vivos e correndo pela relva. Começou a andar pelo campo que agora já não devia mais se chamar Vale das Sombras, pois sombras e cinzas já não existiam mais ali, o melhor nome agora deveria ser Vale da Luz.

No primeiro momento ele se encantou e quis observar a situação, e por uns instantes esqueceu-se da missão para a qual Krisna o tinha designado: certificar-se da morte de Cael. Quando se deu conta de sua verdadeira missão, rapidamente pensou em uma coisa: deveria voltar para Krisna e contar tudo o que estava presenciando no Vale das Sombras. Contudo, ainda tinha que saber de Cael, se afinal ele estava morto ou não. Decidiu então caminhar mais um pouco, desceu a primeira colina e (sempre uma nova surpresa!) desta vez avistou o que nunca havia visto antes, fato que o fez soltar um grande grito:

– Mitrons! Não é possível, eles estão mortos! Minha mestra os aniquilou deste mundo!

O grito do diacris alertou os mitrons, o que fez que a sentinela desse o sinal de intruso na manada. O mitron ergueu sua grande tromba e elevou-se, ficando somente com as patas traseiras no chão, emitindo um grande grito. Não houve um Mitron que não olhasse para ele, e quando o fez a segunda vez, como em passe de mágica os lideres da manada já estavam ao redor do intruso, fazendo um circulo ao seu redor.

– O quê! O que aconteceu? Como chegaram tão rápido aqui?

– Quem é você? – perguntou mentalmente o chefe mitron. – O que faz aqui?

– Eu! Eu, nada. Não quero nada, estou perdido. Só quero voltar para minha casa, vocês podem me ajudar?

O diacris fazia isso tentando manipular os mitrons para que pudessem deixá-lo ir para dar o recado à sua mestra Krisna.

Os mitrons conversaram mentalmente entre eles, tentando tomar uma decisão. Antes mesmo que pudessem responder para o intruso a sua decisão, o amigo de Cael, o litírio, apareceu e disse:

– Esperem! Não o deixem ir. Ele é um intruso do mal, pertence ao exército de Krisna e deve estar aqui por algum motivo.

Ouvindo o litírio, o chefe mitron, perguntou ao impostor:

– É verdade o que ele diz?

– Sim, é verdade, vim aqui para averiguar a morte de Cael e levar a notícia para Krisna, que agora está perto de Damaiurás e vai atacar a cidade, está esperando apena meu sinal. Não existe mais salvação para Damaiurás. Ela está perdida, assim como todos vocês.

– Como pode dizer isto?! – questionou o litírio.

– Como pode pensar assim? – complementou o chefe mitron. – Você está muito enganado quando diz que não temos mais chance de vida, pois agora é que temos! Fomos ressuscitados por Cael e vamos ajudá-lo no que for preciso, eu e todos os meus amigos que aqui estão por causa dele.

– Como assim? Cael está vivo? Como? Minha mestra não percebeu nada, para ela tudo estava morto por aqui. Ela tem que saber que é uma ilusão.

– Sim. É uma ilusão. Os mitrons estão mantendo uma ilusão para Krisna não perceber que estamos de volta até que tenhamos nossos poderes plenamente restabelecidos e possamos atacá-la com todo o nosso poder.

– Nunca! – exclamou o diacris como um tom de superioridade.

– Infelizmente você não estará mais aqui para ver ou contar esta história.

Dizendo isso, o chefe mitron soprou sobre o diacris e ele rapidamente começou a se desintegrar, como se o sopro de um mitron agisse como um ácido que derretia tudo o que tocasse.

– Este é o grande poder dos mitrons, o poder da morte do mal e vida do bem – disse o litírio, olhando para o monte de cinzas que restou do diacris que há pouco estava em frente a ele.

Mais uma vez o chefe mitron soprou sobre a poeira de cinzas que restava no chão e rapidamente sobre ela começou a germinar flores e plantas para cobrir a área que ficou queimada pelo sopro da morte.

– E agora, chefe Mitron, o que fazer para ajudar nossos amigos que vão enfrentar a batalha final com o exército de Krisna na cidade de Damaiurás? – perguntou o litírio.

– No momento ainda não podemos sair do vale, precisamos antes estar completamente restaurados, mas se o tempo for oportuno estaremos prontos para a batalha, assim como sempre estivemos.

Dizendo isso o litírio partiu em voo para sua manada, enquanto o chefe mitron também foi convocar os seus para a possível batalha em nome de Eleanthus.

Voltando para a planície onde todos estavam esperando, de um lado o exército de Krisna aguardava suas ordens para atacar e, de outro, os cidadãos de Damaiurás aguardavam o ataque e início da guerra.

– Mestra Krisna, ainda vai esperar muito para atacar? – perguntou Subpteus.

– Espero notícias de nosso espião sobre a confirmação da morte de Cael.

Nesse momento, Subpteus tinha informações da cidade, pois já tinha infiltrado espiões há bastante tempo.

– Mestra, espiões nos dizem que Cael está na cidade. Ele não morreu. Não só ele, mas todos os que estavam no Vale das Sombras sobreviveram e estão aguardando nosso ataque de surpresa.

– O quê! Cael está vivo? Você me disse que ele estava morto! Como pode ter sobrevivido?

– Não sei dizer – Subpteus respondeu com muito medo, sua voz trêmula demonstrava muita angústia e medo de morrer.

– Então nossa surpresa deve ser mostrada o mais rápido possível.

Com alta voz e com muita raiva Krisna deu a ordem: – ATAQUEM! ATAQUEM SEM PIEDADE! DESTRUAM TODOS, E QUE NÃO SOBRE NADA!

No momento em que deu a ordem, os dragões saíram na frente, acompanhados de milhares de diacris, que lançavam fogo para todos os lados.

– Levantem-se, meus queridos diacrons, chegou a hora da vingança e da morte.

Com essas palavras, os diacrons começaram a caminhar em direção à cidade e a saírem das profundezas, um após outro. Um sorriso de maldade foi emitido por Krisna. Os diacrons caminhavam devagar, desta maneira os diacris e dragões foram na frente.

Após um período de angústia e de espera o ataque começou, e o desespero na cidade de Damaiurás tomou conta de todos os habitantes de Eleanthus que lá estavam, seres pacíficos e que nunca tinham tido contato com violência ou dor. Daidegan estava indignado que seu povo tivesse que sofrer tanto assim, e ao ver o desespero também se desesperou e tentou a qualquer preço acalmá-los, sendo porém em vão seus esforços. Inalã, vendo sua preocupação, tentou consolá-lo, também sem êxito. Entretanto, não tiveram muito tempo para pensar em desespero ou medo: o ataque era eminente, já se viam dragões atacando as torres e precisavam fazer alguma coisa.

– Daidegan! Precisamos agir, e rápido! – disse Inalã.

– Sim. Você tem razão, não podemos esperar, temos que lutar por nosso povo e por nosso mundo.

Dizendo isso, Daidegan se levantou, subiu a uma das torres e disse em alto e bom tom, gritando para que todos pudessem ouvi-lo:

– CIDADÃOS DE ELEANTHUS! Chegou a hora de lutar por nosso mundo! Todos aqueles que puderem lutar, LUTEM! Nosso mundo está precisando de nós, aquele mundo pacífico, lindo e... Enfim, temos que derrotar o mal e ter nosso mundo de novo como era antes! Peguem seus arcos, usem seus poderes e vamos lutar! POR ELEANTHUS, POR CAIUS E POR DAMAIURÁS!

Olhando para Daidegan dando seu testemunho, Inalã e Cael ficaram emocionados, e esse depoimento deu forças para que lutassem ainda com mais vigor e força. Um olhou para o outro e deu um sinal de que iriam conseguir, mesmo com grande dificuldade.

Cael levantou-se, montou em sua águia Maissa e começou a derrubar dragões um após outro. Essa ação fez que os outros elfos, assim como os soldados de Damaiurás, também levantassem voo e começassem a derrotar os dragões. Infelizmente, viram que tudo iria ficar mais difícil, pois os diacrons estavam perto da cidade e, junto com eles, os diacris. A batalha iria ficar mais difícil.

Ao chegar aos portões da cidade, os diacrons foram atacados em massa pelos soldados de Damaiurás, assim como por Cael, Daidegan e Inã. Eles usavam de todos os seus poderes para poderem impedir o ataque e o avanço dos diacrons e que eles entrassem na cidade. Ao longe, se avistava Subpteus, que ostentava Krisna em seu braço.

– Olhem! – disse Daidegan. – Krisna também está aqui. O que será que ela faz aqui?

Cael, olhando para Daidegan e para Inã, respondeu meio sem fôlego, pois não parava de atirar e derrubar dragões:

– Talvez esteja esperando o nosso fim para nos roubar o livro de Damaiurás e matar Caius para sempre. Esse sempre foi seu objetivo.

– Não diga isso! – exclamou Inã. – Vamos vencer, assim como já vencemos nas montanhas de fogo.

– Eu estou brincando. Sei que vamos vencer – respondeu Cael.

Todos em Damaiurás lutavam sem parar, mas quanto mais lutavam, mais dragões e diacris apareciam, tudo parecia sem fim. Vendo a situação, que estava já um tanto desesperadora, Alifás tomou a atitude e, dando um grande rugido, chamou a atenção de todos, inclusive de seus próprios companheiros.

– Chega! Essa batalha não pode continuar para sempre. Temos que pôr um fim nesta matança. Nosso povo, e a vida em nosso planeta, não merecem tal sofrimento.

A impressão que tinham era de que Alifás estava maior e com muito mais poder do que jamais imaginaram. Voltando-se para os diacris e para os dragões, soltou o seu rugido congelante, assim como fizera nas montanhas do vale. Assim como lá, os diacris que se encontravam em contato com o solo foram atingidos, e rapidamente ficavam congelados, sem nenhuma ação. Até mesmo alguns dragões que estavam pousados ou feridos no chão eram atingidos. Quando Alifás percebeu que um grande número de inimigos estavam imobilizados, deu a ordem:

– ATAQUEM!

Ouvindo a ordem, muitos dos soldados de Damaiurás e outros animais que buscavam refúgio na cidade entraram na batalha, destruindo um após outro os inimigos que estavam congelados pelo sopro de Alifás.

– Parece que no solo está tudo sob controle – disse Daidegan.

– Concordo – disse Cael, dando um sorriso.

– Cael, não perca a atenção! – gritou Inã. – Atrás de você: dois dragões estão te seguindo.

Voltando-se rapidamente, Cael abateu os animais e novamente sorriu para Inã, que retribuiu da mesma forma a gratidão.

– Daidegan!

Ele procurou por quem o chamava e não encontrou.

– DAIDEGAN!

Agora com mais atenção, Daidegan procurou quem o estava chamando.

– Daidegan! Aqui em baixo! Sou eu, Inalã, venha para cá, rápido!

Sem questionar, Daidegan rapidamente desceu até a torre onde estava Inalã para ver do que se tratava. Inalã estava sob uma das grandes torres do castelo de Damaiurás.

– Qual o problema, Inalã?

– Estou preocupada com aquelas criaturas, olhe. – Dizendo isso, apontou para o horizonte e Daidegan avistou os enormes diacrons.

– Nossa! São várias vezes maiores do que os diacris. – disse Daidegan.

– Acredito que são ainda mais poderosos – complementou Inalã.

– Não se preocupe. Alifás consegue abater os que estão em contato com o solo rapidamente, não devemos nos preocupar.

– Será? São muitos – preocupou-se Inalã.

– Fique calma, e vamos voltar para a batalha.

Dizendo isso, Daidegan e Inalã voltaram ao céu para continuar a guerrear com os dragões, que já haviam derrubado vários soldados e deixado muitas águias feridas, impossibilitadas de voar.

De repente, um grande grito soou em meio à batalha. Cael foi o primeiro a perceber o que acontecia, e o primeiro a buscar de onde viera aquele grito de agonia. Não foi preciso ir longe para avistar o que não queria ver.

– Não! Não pode ser! INÃ! – exclamou em tão alta voz que até mesmo Daidegan e os outros conseguiram ouvir. Até mesmo Sairik e Haivorés, que estavam em batalha no solo, correram para ver do que se tratava. Era Inã. *Teria ela sido abatida?* Este foi o primeiro pensamento que veio à cabeça de Cael, e também de Sairik, quando a viu no chão. Inã era como uma filha para ele. Todos correram até onde ela se encontrava e, quando Cael chegou até ela, Sairik e Haivorés lá já estavam. Rapidamente, a retiraram: ela se encontrava sob a águia, que ainda agonizava.

– Inã? Inã, acorde! – disse Cael, um tanto preocupado. – Vamos, acorde. Não me deixe sozinho nesta batalha.

– Calma, Cael, ela está desacordada – disse Sairik. – A águia a protegeu da queda, dando sua vida pela dela. – Neste momento, a grande águia fechou os olhos para sempre. Cael a acariciou a grande águia, que deu o último suspiro e morreu.

– Deixe-a conosco, meu filho, nós cuidaremos dela – disse Haivorés, para tranquilizar Cael.

Antes que Cael saísse, Inã começou a recobrar a consciência e o chamou. – Cael.

– O quê? O que foi, Inã? Você me deixou preocupado.

– Eu estou bem. Acabe com eles por mim, e assim que me recuperar voltarei para ajudar.

– Tudo bem. Cuidem bem dela, por favor – solicitou a Haivorés.

Dizendo isso, voltou à batalha e tranquilizou os outros, que também estavam preocupados com ela. Contudo, não podiam se ausentar da frente de batalha, pois os maiores obstáculos ainda estavam por vir. Os diacrons já estavam bem próximos da cidade, e pareciam muito fortes.

Vendo que os novos inimigos pareciam muito fortes, Daidegan foi até Sairik, Haivorés e Seroc, que estavam em uma torre batalhando como nunca. Daidegan nunca havia visto Haivorés tão nervoso e forte como estava agora, conseguia lançar a grandes distâncias qualquer diacris que conseguisse pegar com suas mãos. Seroc, que sempre pareceu forte e bravo, também não deixava nada a desejar na questão de trabalhar em batalha, usando todos os seus poderes para acabar com dragões e diacris que se atreviam a passar perto dele. Quando Daidegan se aproximou deles, fizeram um círculo para esperá-lo. Ele chegou e sua águia pousou, mas rapidamente levantou voo novamente, pois paradas eram alvos fáceis para os dragões de colaborós.

– O que houve, Daidegan? – perguntou Sairik.

– Como podemos enfrentar os gigantes que se aproximam? Parecem invencíveis! Tem alguma ideia do que são aqueles monstros, Haivorés?

– Sim. São os diacrons.

– Diacrons? Mas o que são eles?

– É a maior criação do mal. Eles já existiram quando Krisna tinha mais poder, e agora, com seus poderes em maior força, ela conseguiu restaurá-los, que provavelmente estavam adormecidos devido à prisão de seus poderes no Diacroney. São fortes e possuem os poderes dos diacris.

– Então Alifás pode vencê-los! – disse Seroc, interrompendo a fala de Haivorés.

– Pode ser. Precisamos saber até onde podem nos prejudicar.

– Então vamos atacá-los fora da cidade – disse Daidegan. – Vou procurar Alifás e vamos tentar pará-los antes que cheguem até os portões de Damaiurás.

– Tudo bem, então – disse Sairik. – Vá à procura de Alifás e tentem vencê-los fora da cidade. Leve também soldados e os que puderem ajudá-lo nesta batalha final.

Daidegan então chamou sua águia e voltaram para o céu. Rapidamente avistou Alifás que, rodeado de diacris, vivia uma batalha infernal. Alifás, com patadas e rugidos, derrubava um atrás do outro e Daidegan, quando chegou até ele, usou suas flechas rapidamente, ajudando-o a eliminar os diacris que ali estavam.

– Alifás, precisamos ir para fora impedir que os diacrons cheguem à cidade de Damaiurás.

– Diacrons? O que é isso? – perguntou Alifás. Disse isso por não ter observado o perigo que vinha. Estava tão ocupado que não percebeu os gigantes que vinham em nome do mal. Rapidamente, Alifás foi à muralha e observou que realmente o perigo era real.

– Como sabe o nome daquilo que vem lá?

– Haivorés já os conhece, são um tipo de diacris que provavelmente estavam adormecidos e que agora foram ressuscitados, estando prontos para servir o mal. Haivorés nos pediu que tentássemos impedi-los fora da cidade, você usando seu sopro congelante e eu e os outros os destruindo, como fizemos nas montanhas dos picos azuis.

– Rápido. Vamos logo – disse Alifás. – Devemos avisar os outros?

– Acho que sim. E, inclusive, podem nos ajudar. Inã e Cael estão lutando muito bem, podem ser muito úteis na destruição dos diacrons, quando estes estiverem congelados pelo seu sopro.

–Vamos então e os chamamos durante a nossa ida.

Tomando a decisão, partiram. Alifás rapidamente abriu suas grandes asas e voou como nunca. Daidegan e sua águia, parecendo apenas um, também partiram em grande velocidade. No meio do caminho avistaram Inã, Inalã e Cael, que estavam próximos.

Alifás rugiu e chamou a atenção de todos. Quando olharam para ele gritou:

– Sigam-nos, precisamos de vocês.

Um entreolhar-se e todos já entenderam a mensagem. Inalã pediu aos que lutavam a seu lado que se mantivessem firmes na batalha. Os elfos e alguns leões brancos que lutavam próximos a Inã e Cael disseram que estes podiam ir, eles davam conta de proteger o livro e a cidade: –Vão sem medo – disseram os leões. Sendo assim, partiram e encontraram-se no ar.

– O que está acontecendo? – perguntou Inã.

– Ordens de Haivorés e Sairik – disse Alifás. – Precisamos derrotar o mal que vem, os diacrons. Alifás apontou com o olhar para os diacrons, que caminhavam para a cidade.

– VAMOS! – gritou Daidegan. – Vamos, precisamos proteger a cidade e o livro! Assim que Alifás congelar os Diacrons, ajamos rápido, antes que voltem a se movimentar!

Da torre do castelo onde estavam, Haivorés e Seroc observavam os guerreiros que partiam para a batalha sem saber se voltariam.

– Seroc, quais as chances deles? – questionou Haivorés.

– Pequena. Os diacrons são muito poderosos. Lembra-se da primeira vez que os vimos?

– Sim, eu sei.

Seroc e Haivorés referiam-se às batalhas que já haviam travado com os diacrons, ou pelo menos seus antepassados, e a história ainda estava viva em suas lembranças. Contudo, Haivorés defendeu seus guerreiros:

– Mas agora estão bem preparados, são fortes e com grandes poderes. Acredito que possam vencê-los.

– Eu também – disse Seroc, com firmeza.

Ficaram, então, a observar até que os guerreiros sumissem nas cinzas e fumaças provocadas pela batalha, a mais forte e cruel que já tinha acontecido no vale de Damaiurás.

Quando os guerreiros chegaram bem próximos do diacrons, se assustaram com o seu tamanho.

– Nossa, são imensos! Será que o sopro de Alifás pode congelar um animal tão grande assim? – perguntou Inã a Cael.

– Com certeza. Minha mãe acredita nisso, e eu também.

Ele disse isso por ter acabado de fazer a mesma pergunta para sua mãe, e a resposta dela tinha sido favorável a Alifás. Desta forma, enfatizou a segurança de sua mãe.

Chegaram ao chão a uns trinta metros dos imensos diacrons, pousaram e o medo era visível entre os maiores lutadores de Eleanthus.

– Bom, aqui estamos e precisamos dar o melhor. Todo o nosso mundo depende de nossa ação e de cada um de nós – disse Daidegan. – Eu sei que parece difícil, mas já enfrentamos coisas que jamais imaginei que enfrentaríamos, e agora tenho mais confiança em mim e em vocês. Vamos vencer! – Alifás, ataque e faremos o resto.

– Alifás, você pode e vai conseguir! – disse Aroá, sua companheira, que sempre estava ao lado de Inalã, que também confirmou, balançando a cabeça. Aroá rugiu como nunca e levantou voo com Inalã, assim como Cael, Inã e Daidegan, para se prepararem para a destruição dos diacrons.

Alifás se preparou. Levantou suas patas dianteiras e ficou quase ereto. Bateu suas grandes asas e rugiu tão alto que até mesmo os que lutavam em Damaiurás puderam ouvir.

– É agora – disse.

Novamente, soltou um rugido em direção a um dos Diacrons. Do alto, os outros assistiam à manobra de Alifás, que emitiu um rugido tão forte que estremeceu a terra, assustando seus amigos.

– NOSSA! – espantou-se Daidegan. – Nunca vi Alifás tão forte e com tanto poder!

Antes que Daidegan pudesse completar a fala, foi interrompido por Cael. – Vejam, está dando certo.

Todos voltaram os olhos para o grande diacron, que começou a petrificar-se e a ficar imóvel. Rapidamente, a ordem foi dada.

– Ataquem! Vamos, ataquem. Não podemos perder tempo – gritou Daidegan.

Rapidamente, todos avançaram com tudo sobre a montanha de pedra: Daidegan com suas flechas certeiras, atirando uma atrás da outra, Cael e os outros também atacavam sem parar, usando todos os poderes que podiam. Inalã desceu ao chão e usou seu poder de fazer as plantas crescerem, e enormes trepadeiras brotaram do solo, envolvendo os pés e as pernas da grande criatura que, apesar de ver tudo, não podia se mover. Os ataques e as trepadeiras começaram a rachar a grande criatura, que se desfez em vários pedaços, causando a alegria de todos, e euforia também.

– Não podemos comemorar ainda – complementou Alifás, bem cansado. – Olhem quantos Diacrons ainda temos para derrotar.

Todos olharam e viram a imensidão de monstros marchando para atacá-los e, também, para atacar a cidade. Apesar de lerdos, eram surpreendentemente poderosos e fortes, assustando os que os olhassem.

– Vamos. Não podemos desanimar, podemos vencer!

Dizendo isso, Alifás lançou mais um grande rugido, e sua força mais uma vez foi ouvida em Damaiurás. Mais uma vez um grande diacron foi congelado e rapidamente destruído por seus aliados. Infelizmente, desta vez a destruição de um de suas grandes criaturas chamou a atenção de Krisna, que rapidamente pediu que investigassem a situação. Rapidamente, um mensageiro anunciou o acontecido.

– Mestra Krisna, são os aliados de Damaiurás, Alifás, Cael, Daidegan, Inã e Inalã. Eles estão destruindo os diacrons com o rugido congelante de Alifás, assim como fizeram nas montanhas de picos azuis com os diacris.

– O quê? Você confirma então o que já sabíamos, que Daidegan e Cael estão vivos? – Subpteus, como explicar o fato de não terem morrido no Vale das Sombras? Como pôde acontecer? Explique-se!

Subpteus não soube o que dizer e ficou calado. Pensou que tudo o que dissesse não ajudaria e só poderia prejudicá-lo. Contudo, também ficou pensativo sobre o que haveria acontecido. Ele viu que todos estavam abatidos e que Cael não tinha possibilidades de se salvar. O que teria acontecido? E o que teria acontecido também ao mensageiro que enviaram para verificar a morte de Cael, que ainda não retornara? *Quanto mistério.* Este foi o pensamento que passou pela cabeça de Subpteus enquanto Krisna rosnava para ele.

– Inferno! – gritou Krisna, quase saindo do braço de Subpteus. – Mandem diacris e dragões para ajudar e combater os inimigos, para que os diacrons possam chegar à cidade.

Sem pestanejar e sem saber o que sua mestra havia dito, Subpteus, por impulso, disse: – Sim senhora!

Olhando para os soldados que aguardavam ordens, disse: – Não ouviram? Partam para ajudar os diacrons e destruam os inimigos agora! Vamos, depressa. Ataquem!

Partindo depressa, centenas de diacris e dragões partiram para ajudar. Nesta empreitada, Daidegan rapidamente viu que novos inimigos estavam chegando e, antes que pudesse imobilizar um novo diacron, Alifás foi interrompido pela voz de Daidegan.

– Inimigos novos à frente!

– O quê? – perguntou Cael.

Antes que Daidegan pudesse responder, Cael viu o grande número de novos inimigos que estavam a caminho.

– Daidegan, não se preocupe. Você e Alifás, continuem destruindo os diacrons que eu, Inã e Inalã destruímos os outros que vêm.

Sem tempo de discutir, Daidegan concordou, apesar de ficar preocupado, pois sabia que Alifás não conseguiria destruir muitos diacrons: suas forças estavam se esvaindo rapidamente, e isso já era visível.

– Alifás! – chamou-lhe a atenção Daidegan. – Agora é conosco! Vamos firmes, meu amigo.

Alifás, rugindo novamente, conseguiu paralisar mais um diacron. Rapidamente Daidegan disparou suas flechas como nunca, uma atrás da outra, e elas surgiam como mágica assim que armava seu arco. Incessantemente, Daidegan conseguiu destruir um diacron sozinho.

Enquanto isso, os outros já estavam em pleno voo e em plena batalha com os diacris e dragões, dando o melhor de si usando suas flechas mágicas. Inalã e Aroá pousaram novamente, e a elfa usou seus poderes de crescer as plantas para tentar impedir que os diacris chegassem até Alifás. Rapidamente, uma floresta surgiu entre eles e os diacrons. Com isso, ganhavam um pouco de tempo, pois os diacris, ao invés de atacá-los, tinham que destruir a floresta. Deste modo, sobravam apenas os dragões para serem derrotados.

Assim como lutavam fora da cidade, em Damaiurás a guerra continuava, um tanto equilibrada. Haivorés estava até com mais esperanças que antes.

A batalha com os diacrons agora somente contava com Alifás e Daidegan, ambos exaustos e quase sem forças, mas lutando bravamente. Já haviam derrotado um grande número de diacrons e faltava pouco, uns dois ou três no máximo, fato que animava os dois e dava força para lutarem, mesmo sem condições.

– Alifás! Faltam poucos diacrons, nós vamos conseguir! Não desista, tenha força.

Mais uma vez Alifás tirou forças de seu íntimo e provocou um rugido como nunca tinha conseguido. Uma grande luz emanou de todo o seu corpo, e ele conseguiu imobilizar todos os diacrons de uma só vez. Esse fato deixou Daidegan impressionado, e também o fez lançar flechas com maior rapidez. Eram tantas que nem se podia contar, pareciam linhas de fogo de tão rápidas e certeiras que eram. Uma vez destruídos os diacrons, Daidegan aproximou-se de Alifás, que nem conseguia se levantar, de tão exausto.

– Nós conseguimos! Nós conseguimos. Anime-se. Olhe, nós destruímos todos, acabou!

Alifás lentamente deu uma olhada e tentou emitir um sorriso. Contudo, sua força não permitia fazer tão grande esforço.

Nem momentos de alegria podiam ter, em meio à fumaça e ao fogo da destruição causados pela batalha. Eis que diante dos dois surgiu Krisna, que um grande espanto e susto causou entre os dois.

– Destruíram meus diacrons? Ou melhor, pensam que destruíram meus diacrons? Errado! São minhas maiores criações, elas não podem ser vencidas assim como nada, elas têm muito mais poder do que vocês imaginam, olhem bem e contemplem meu poder.

Dizendo isso, lançou uma grande chama de fogo que percorreu os pedaços destruídos dos diacrons, que rapidamente iam se juntando e novamente restituindo as grandes criaturas.

– E agora? – Dando um grande sorriso de vitória, Krisna e Subpteus desapareceram da visão de nossos heróis.

– Daidegan! E agora, o que vamos fazer? – disse Alifás, quase sem forças.

Daidegan, sempre confiante, disse:

– Não se desespere, vamos encontrar uma saída. Sempre encontramos uma, e não vamos desanimar agora.

Enquanto falavam, Cael, Inã e Inalã chegaram até eles e se surpreenderam com os diacrons, continuando em marcha para Damaiurás.

– O que houve? – perguntou Inalã.

– Krisna apareceu e os reconstituiu de uma só vez – disse Daidegan. – Seu poder é ilimitado.

– Esperem – disse Cael. – O chefe mitron me disse que você, Alifás, é o segundo em poder no mundo de Eleanthus. O primeiro são os mitrons, e em segundo são vocês, os leões brancos. E então, o que está faltando é a união. Ele me disse que deveria unir os meus poderes com os seus para destruirmos o mal.

– Como unir os poderes? – perguntou Inalã. – Isso pode ser perigoso.

– Não podemos pensar assim – disse Alifás. – Temos que tentar. Como podemos fazer isso? Vamos Cael, diga-me!

– O grande chefe mitron me disse que tenho o poder em minhas mãos, o poder da vida, e que para liberá-lo devemos lutar juntos, Alifás. Devemos usar nossos poderes juntos para derrotar os inimigos.

– Como devemos agir? – perguntou Alifás. – Não sei como agir como você.

– Nem eu tampouco – respondeu Cael. – Na hora que for necessário, eu sei que podemos trabalhar juntos.

Daidegan tomou a palavra:

– Então vamos agir, e rápido. Não temos tempo a perder, e temos um grande número de diacrons para derrotar novamente.

Animados e com força de vontade, partiram em busca dos diacrons, que agora já avançavam para a cidade. Já estavam bem próximos dela, causando grande angústia para Haivorés e Sairik, que se encontravam na cidade. Todos estavam animados, mas Alifás não estava bem, parecia fraco, esgotado. Infelizmente, nenhum dos seus percebeu sua debilitação, pois estavam todos preocupados com a batalha que estavam prestes a enfrentar.

Já bem próximos dos grandes diacrons e sem saber o que fazer, lutaram primeiramente contra os diacris e os dragões. Por ordem de Krisna, estes protegiam os diacrons para que pudessem chegar até a cidade. O objetivo era derrubar as grandes muralhas, que jamais haviam sido rompidas na história de Eleanthus.

– Alifás, é agora ou nunca – disse Cael. – Vamos trabalhar juntos, e vamos derrotar todos esses monstros!

Dizendo isso, Cael partiu para junto de Alifás, colocou suas mãos sobre ele e o montou como se monta um cavalo. No instante em que isso aconteceu, Alifás sentiu um grande poder atrelar-se a ele, e rapidamente seu corpo pareceu ganhar força. Suas asas ficaram maiores e com tons prateados, e Cael pareceu unido a ele. Alifás elevou-se do solo alguns metros com Cael, fato que causou espanto para os demais que observavam, e um comentário foi feito entre Inã e Inalã:

– Inã! Veja como Alifás ganhou força! Parece maior, e com muito poder.

– Concordo, Inalã. Agora é nossa vez de ajudar no que pudermos e de derrotar de uma vez por todas esses monstros que nos atormentam!

Alifás e Cael partiram. Do alto, Cael dá um grito de ordem:

– ALIFÁS! É AGORA! Ataque os diacrons.

Alifás, obedecendo à ordem de Cael, mais uma vez soltou seu rugido fatal, desta vez tão violento que assustou todos os diacris e dragões que estavam por perto. Na cidade de Damaiurás todos escutaram o grande rugido do grande leão branco, Alifás.

– Haivorés! É Alifás que está rugindo? – perguntou Sairik.

– Sim. Mas nunca foi tão forte. Cael deve estar com ele.

– Espero que seja a nossa sorte, é a última esperança de vitória.

– Se não eliminarmos esses monstros que vêm aí, não teremos chance nenhuma, e nossa derrota estará à nossa frente.

– Calma, Sairik, tenha esperança.

Enquanto isso, no vale próximo à cidade, o rugido de Alifás, combinado com os poderes de Cael, formou uma muralha congelante e não só os Diacrons eram congelados, mas também todos os diacris e dragões que havia pelo caminho da onda de gelo. Os diacris e os dragões já se despedaçavam rapidamente e os diacrons congelavam-se instantaneamente, deixando todos impressionados e causando euforia entre Daidegan e os outros.

– Ataquem! – gritou Daidegan, já levantando voo com sua águia, atirando flechas uma atrás da outra com a rapidez de um raio, assim como o fizera antes.

Assim como ele, os outros também começaram a atacar sem piedade e a destruir os diacrons com certa facilidade. Ao longe, Krisna e Subpteus observavam o fim de sua criação perfeita.

– Mestra Krisna, não vai fazer nada? – perguntou então Subpteus.

– Tenha calma, minha hora ainda vai chegar, e mais rápido do que você pensa.

Dizendo isso, rapidamente se envolveu no corpo de Subpteus, que se tornou a própria Krisna, e voou para onde estavam os diacrons destruídos, e onde acontecia a comemoração dos aliados de Damaiurás.

– Conseguimos! – disse Inalã, animada e sorridente.

– Nunca pensei que poderíamos conseguir derrotar tantos monstros assim – respondeu Inã.

– Espere – disse Inalã –, onde estão Cael e Alifás?

Partem, então, desesperadamente à procura dos dois, em meio à neblina e à poeira provocadas pela queima dos diacrons.

– CAEL! ALIFÁS! – Este era o grito incessante de Inã e Inalã, seguido por Daidegan. Procuraram por um curto período, até que Inalã os encontrou.

– Aqui. Eu os encontrei.

Estavam em meio a algumas pedras, desacordados e aparentemente sem ferimentos graves. Rapidamente, os outros chegaram e Inalã deu alguns tapinhas no rosto de Cael para que voltasse a si, e ele respondeu, voltando aos poucos, recuperando suas energias. O mesmo não aconteceu com Alifás, que parecia muito mal, muito mais do que Cael.

– Alifás! Acorde! Vamos! – Acorde, eu estou ordenando! – disse Cael, já muito nervoso e assustado. Nenhuma resposta, nenhum movimento era visto em seu grande corpo branco.

– Inalã, faça alguma coisa! – pediu Inã.

– Mas o que posso fazer? – respondeu ela.

– Mãe – chamou a atenção Cael, já em choro e pranto –, você pode fazer viver as plantas, quem sabe pode fazer viver Alifás também?

– Mas meu filho, você nem sabe se ele está realmente morto. Ele é imortal como nós? Será que pode morrer?

– Lembre-se do que disse Haivorés: "todos podem ser aniquilados". E então, ele pode morrer, sim – disse Cael.

Inalã, obediente e com o coração partido pelo sofrimento de seu filho, tentou. Colocou suas mãos sobre o grande leão e iniciou seu trabalho de vida. Suas mãos ficaram brilhantes, uma luz envolveu todo o corpo de Alifás. As plantas ao seu redor começaram a crescer e a envolver seu corpo, parecia que queriam dar suas vidas para ele. Porém, nada aconteceu, até que ela desistiu de tentar. Assim, ficaram ali olhando para ele sem saber o que fazer.

De repente, um gesto abriu novas esperanças: Alifás começou a reagir, com movimentos nas patas e nos olhos.

– Alifás, você está bem? – perguntou Cael, eufórico. Contudo, sem nenhuma resposta. Uma nova pergunta: – Alifás, você está me ouvindo?

Alifás, muito devagar, tentou manter-se em pé. Não pronunciou nenhuma palavra, abriu suas longas e grandes asas e começou a desaparecer diante dos seus melhores amigos.

– Alifás! Você está se desintegrando! – disse Inalã. Este fato rapidamente foi percebido por todos.

– O que está acontecendo? – perguntou Cael.

– Não posso mais continuar lutando com vocês. Minha jornada acabou aqui – respondeu Alifás, que continuava a desaparecer diante dos olhos de seus amigos.

– Não! Já terminou! Nós ganhamos! – disse Daidegan. – A vitória é nossa.

– Não tenha tanta certeza, meu amigo – disse Alifás, já quase completamente translúcido.

–Você não pode nos deixar. Não conseguiremos reunir o Diacroney sem você – disse Inalã. –Você não pode nos abandonar.

E esta foi a última vez que viram o olhar de Alifás, que desapareceu por completo. O grande leão branco ainda disse as seguintes palavras:

– Cael, o poder está em você.

– NÃO! – gritou Cael, desesperadamente.

E o choro tomou conta de todos. O desespero, a angústia e o medo estavam agora no coração de cada um deles. Infelizmente, o tempo não estava a seu favor e, em um instante, Krisna apareceu diante deles. Parecia com muito mais poder do que antes. Estava bela como sempre, despertando a atenção de Daidegan.

Ela se aproveitou da situação trágica pela qual estavam passando e disse, ironicamente:

– Então perderam o grande guerreiro Alifás? Não têm mais ninguém para destruir meus diacrons?

Inalã, muito zangada interrompeu a fala de Krisna.

– Mas você não tem mais nenhum diacron! A vida de Alifás não foi em vão, ele destruiu todos os seus diacrons e agora vamos derrotar você também.

Dizendo isso, tentou avançar sobre ela, mas Krisna lançou uma chama de fogo que a fez recuar rapidamente para onde estavam os outros.

– Sua tola. Você não conhece meus poderes. Observe bem e veja a minha glória. Logo o livro será destruído e eu reinarei para sempre neste mundo, unirei o Diacroney e restabelecerei meus poderes para sempre.

Dizendo estas palavras, Krisna voltou-se para onde estavam as montanhas de pedra que antes formavam os diacrons. Agora estavam todos destruídos, vencidos pela união entre Cael e Alifás, mas, assim como fizera antes, elevou as suas mãos sobre eles e lançou fogo em tamanha quantidade que podia se avistar de muito longe. O fogo era tão intenso que derreteu as rochas, que rapidamente começaram a se recompor. Os diacrons mais uma vez se reerguiam das cinzas.

– Daidegan! O que faremos agora sem Alifás para poder nos ajudar a derrotar esses monstros? – perguntou Inalã.

– Não sei. Mas com certeza conseguiremos mais uma vez – respondeu ele.

– Agora, neste momento acredito que devamos voltar para a cidade – disse Cael. – Lá poderemos montar um novo plano de ataque, junto com Haivorés e Sairik.

– Concordo – disse Daidegan. Rapidamente, todos voltaram para a cidade, que ainda estava um tanto distante. Ao avistar os nossos guerreiros, Sairik alerta Haivorés:

– Estão voltando nossos heróis, pressinto que algo está errado.

Ao chegarem onde se encontravam os dois, a aparência já denunciava que algo estava errado. E naquele momento a batalha na cidade havia sido cessada, o que para Haivorés era sinal de perigo ainda maior, pois ainda podia ver os diacrons vindo ao longe.

– Pai! – gritou Inalã. – Alifás morreu!

– O quê? Como isso é possível, ele é o segundo em poder em nosso mundo! O que aconteceu?

A história foi contada para os dois em todos os detalhes, o que os deixou um tanto intrigados: como a união de poderes podia ter extinguido um, enquanto o outro nada sofrera? Sairik, muito antigo e experiente, relatou:

– Acredito que ele não morreu, pode estar em repouso em outra dimensão. Diz a história de meu povo que quando estamos muito exaustos vamos para o lugar da restauração. Onde fica, eu não sei, nem sei se alguém já voltou de lá, talvez Caius possa nos dizer alguma coisa.

– Se tivéssemos tempo de ir procurá-lo ou dele vir nos dizer... – complementou Inalã, vendo que os diacrons se aproximavam.

– Na verdade, agora temos é que preparar um novo plano de batalha. Não podemos deixar que eles invadam a cidade, Krisna deixou claro que quer destruir o livro para poder unir o Diacroney e restaurar seus poderes.

– Como? Você viram Krisna? – perguntou Haivorés. – Onde a viram?

– Ela tirou o maior sarro de nós – disse Cael. – No meu mundo, quando acontece o que aconteceu conosco, nós dizemos que "tiraram o maior sarro", e foi isso o que ela fez quando viu que estávamos cantando vitória. Ela fez esses bichos medonhos voltarem ao combate, enquanto ficávamos com cara de bobos. O que podíamos fazer era fugir para cá.

– Vocês lutaram bem – disse Haivorés. – O que podemos fazer agora é lutar e esperar.

– Esperar a derrota! – disse Daidegan, um tanto nervoso e desanimado.

Haivorés somente olhou para ele e nada disse. Ele se enfureceu e procurou sair de onde estavam, mas foi segurado por Inalã e Inã.

– Tenha calma – disse Inalã. – Nós vamos encontrar uma nova saída, não vamos morrer aqui. Se isso acontecer, morreremos, mas lutando.

Tudo isso foi confirmado por Inã, com as mesmas palavras. Isso o deixou mais calmo e o fez voltar para esquematizar um novo plano de batalha.

Disse Daidegan:

– Precisamos proteger as muralhas e o portão. Se um dos diacrons arrombar o portão, muitos inocentes morrerão.

Inã interrompe a conversa:

– E se mandássemos os que não podem lutar para a cidade do céu? Lá poderia ser um lugar mais seguro.

– Sim – concordou Inalã –, e lá talvez Caius possa protegê-los dos monstros por meio da árvore matriz.

– O que acha, Sairik? – perguntou Haivorés.

– Pode ser uma boa opção, talvez não consigam chegar lá tão rápido, pelo menos não pelas passagens que conhecemos. Mas e os dragões que podem voar até lá? O que faremos com eles? – apontou Sairik.

– Bom, isso para nós não é mais problema – disse Cael. – Destruir esses bichos é fácil, agora que já sabemos lutar. Um de nós pode ficar na cidade do céu com os outros e lutar com os dragões que lá atacarem, e os outros cuidam dos diacrons. Não sei como, mas encontraremos uma forma.

Feita a reunião e chegando-se a um acordo, começaram a encaminhar os pequenos animais e os que não podiam lutar para a cidade do céu. Inalã foi a responsável por esse trabalho, enquanto Cael e Daidegan recrutavam todos os outros para ficarem nas muralhas e no grande portão da cidade para impedir que os inimigos pudessem entrar. O medo no olhar dos habitantes de Eleanthus era visível, foi o comentário que Haivorés fez para Sairik em segredo.

E antes que estivessem preparados, o ataque recomeçou. Uma grande nuvem de dragões atacou a cidade, e diacris ao chão lançavam chamas para derreter as grandes paredes formadas por troncos antiquíssimos que protegiam a cidade. Muito próximo, já estavam os grandes diacrons.

– Ataquem com todo o poder que vocês têm – disse Daidegan, já atirando flechas como nunca, de uma forma que impressionava até mesmo Haivorés. As flechas saíam às centenas do arco, e um dragão ou um diacris era rapidamente eliminado pelo seu poder. Daidegan estava em um estado de ódio tão grande pela morte de Alifás, que seu poder parecia ainda maior. Esse fato estimulou os soldados e outras criaturas de Eleanthus que estavam ajudando na batalha, assim como fizeram na grande batalha com Krisna no episódio do Diacroney, há centenas de anos atrás.

Infelizmente, o pior estava para acontecer, os diacrons já estavam nos muros de Damaiurás e, com um empurrão, derrubaram metade da muralha. E era apenas um deles, centenas chegariam a qualquer momento.

– É o fim! – gritaram alguns dos soldados que lutavam ao lado de Daidegan, e voaram com suas águias para a cidade do céu.

– Não fujam! Voltem, seus covardes, vamos lutar! – gritou Daidegan. Não havendo retorno, fez gestos de fúria e raiva.

– Calma, Daidegan – disse Cael. – Eles não têm culpa, nunca enfrentaram problemas tão grandes como esses. Devemos nós mesmos lutar até o fim.

Enquanto isso, na cidade do céu, Inalã enfrentava problemas sérios com o grande número de dragões que atacavam a cidade. Ela, apesar de ágil com seu arco, não estava conseguindo eliminar todos. A árvore matriz ajudava com seus grandes galhos o quanto podia, mas mesmo assim era insuficiente.

Em meio à grande batalha, Cael sentiu a presença de Caius em sua mente.

– Daidegan?

– O que foi? – respondeu ele.

– Caius quer falar comigo.

– Como assim? Ele não está aqui, como pode falar com ele a uma hora dessas?

– Não. Ele quer falar comigo por meio de minha mente. Ele pede minha ajuda, diz que tenho que usar meus poderes.

– Pois então use. Não tem hora melhor para isso – disse Daidegan aos berros.

– Mas, mas eu não sei o que fazer. Caius, o que devo fazer? – gritou Cael. – Eu não sei o que fazer!

Disse isso aos gritos, e muito desesperado. Em sua mente, Caius disse: "Lembre-se do vale da sombra, onde você descobriria seu grande poder. Lá você o descobriu, então use-o agora ou então será o fim."

Cael voltou no tempo e relembrou do Vale das Sombras e de tudo o que lá aconteceu. Começou a lembrar-se do estado de morte que viveu e da vida que os mitrons devolveram a seus amigos. Por último, lembrou-se da convocação que fez ao chefe mitron e de como ele rapidamente apareceu. Então, disse em gritos para Daidegan:

– Eu já sei! Eu já sei o que posso fazer! – Deu um longo sorriso.

– Então faça logo, ou será o nosso fim!

Daidegan ficou a olhar para Cael, que parecia entrar em um tipo de transe. Ficou iluminado e pareceu fugir de seu próprio corpo.

De repente Daidegan viu que outra nuvem de animais se aproximava.

– Cael! Acorde! – gritou Daidegan. – Mais Dragões vêm aí. A coisa vai piorar.

– Não. Daidegan, esses são amigos – Cael olhou para Daidegan com um sorriso no rosto, transmitindo tranquilidade e confiança. – Olhe novamente, meu caro amigo.

– Estou vendo! São os litírios, aqueles animais que vimos, e com eles vem aquele que nos levou até o Vale das Sombras! Mas será que podem nos ajudar? Você os convocou?

– Na verdade, são os primeiros. Ainda vem mais por aí, Fique tranquilo.

Quando os litírios chegaram, eram milhares. Começaram a atacar os dragões e os diacris. Lançavam um tipo de gosma que os derretia, parecia um tipo de ácido.

– Eu não sabia que esses passarinhos gigantes podiam lutar – disse Daidegan.

– Nem eu tampouco – respondeu Cael, aos prantos de tanta alegria.

Nem mesmo terminavam a conversa, o litírio amigo de Cael chegou até ele e o cumprimentou. Daidegan não compreendeu nenhuma palavra do que o animal dizia.

– O que ele está dizendo, Cael?

Cael estava em transe com o litírio, então não respondeu nada. E o litírio disse a Cael:

– Meu caro amigo, como demorou a entender o grande poder que você tem! Seu poder é o de convocar os animais e tudo o que é vivo para te ajudar quando estiver em perigo.

– Sim – respondeu Cael –, mas convoquei o chefe mitron. Por que ele não apareceu?

O litírio deu um sorriso e respondeu.

– Os mitrons só são convocados por você, mas você precisa chamá-los, e bem alto. Caso não faça isso, eles jamais vão atendê-lo. E lembre-se de que eles são os animais mais poderosos de Eleanthus, e os únicos capazes de derrotar esses diacrons. Agora, chame-os, e rápido, antes que os inimigos cheguem à cidade do céu.

– Certo.

Cael ergueu a cabeça, tomou um grande fôlego e gritou em alto e bom som, tão alto que até mesmo Inalã na cidade do céu pôde ouvir:

– AMIOTRON! CHEFE DOS MITRONS! Eu, Cael, o estou convocando para em ajudar na batalha! Chefe mitron, VENHA AGORA!

No Vale das Sombras, Amiotron escutou o chamado e, levantando sua grande tromba, recrutou seu bando para a batalha.

– Chegou a hora, Cael nos chama!

Na cidade de Damaiurás, um silêncio entre Daidegan e Cael aconteceu. Um olhou para o outro e todos os que lutavam olharam para Cael.

– Cael, nada aconteceu. E agora? – disse Daidegan.

– Tenha calma, Daidegan, e verá a maravilha de Eleanthus em ação muito em breve.

Neste momento, os diacrons já estavam adentrando a cidade, e o grande portão veio abaixo. Em instantes, os diacrons estavam destruindo toda a cidade. Os soldados fugiam para a cidade do céu e os diacrons caminhavam naquela direção.

De repente, todos escutaram o alerta do chefe mitron, que chegava como que se atravessasse um portal mágico. Daidegan se impressionou com o tamanho da criatura, tão grande quanto os diacrons. Eles eram ainda mais fortes, essa era a impressão que se tinha.

– Você nos chamou, mestre Cael?

– Mestre Cael! – disse Daidegan, impressionado.

– Sim. Ele nos resgatou do vale da restauração e nos trouxe à vida novamente. Sempre que precisar, estaremos dispostos a ajudar – respondeu Amiotron.

Daidegan ficou surpreso e contente ao mesmo tempo ao ver que os mitrons eliminavam os diacrons rapidamente.

Usavam suas trombas, esmagando os diacrons tão rapidamente que os faziam virar pó. Nem havia tempo para que se reconstituíssem para continuar a batalha, eram aniquilados em seguida. Um a um, os diacrons eram destruídos, e isso dava aos soldados e aos herois um ar de vitória, mais uma vez.

Enquanto isso, a cidade do céu era protegida somente por Inalã, que sofria um forte ataque, e ficou esquecida. Felizmente, os litírios, que também estavam por ali, rapidamente foram ajudá-la.

O chefe mitron disse a Cael:

–Vocês precisam ir à cidade do céu. Caius corre grande perigo. Deixe que daqui nós cuidamos, nenhum diacron vai mais atacar a cidade.

– E se Krisna aparecer? Ela está aqui, nós a vimos – disse Cael.

– Desta vez estaremos preparados. Ela não vai mais nos pegar desprevenidos como antes. Pode ir, e seu amigo também – respondeu Amiotron.

– Daidegan! Vamos à cidade do céu. Inalã precisa de nossa ajuda, e Caius também.

Rapidamente voaram até a cidade do céu. Chegando lá, viram que os litírios já estavam ajudando Inalã. Destruíram alguns dos Dragões que restavam e os outros rapidamente fugiram para o vale. Quando olharam para Damaiurás, também viram que os diacris restantes estavam em retirada com medo dos mitrons e o grito de vitória era audível entre todos os que lutavam para defender a cidade.

Já na sala do livro, todos se encontraram. Daidegan, Cael, Haivorés, Sairik, Inalã e Inã. Também o litírio, que tanto os ajudou, estava lá presente. Abraços e sorrisos tomavam conta do ambiente. Parecia tudo bem, a vitória estava completa.

Porém, Cael parecia impaciente.

– Cael, o que houve? Nós vencemos. Krisna perdeu – disse Inã.

– É, meu filho – disse Inalã –, você conseguiu. Você descobriu seu grande poder, o de convocar as criaturas de Eleanthus quando estiver em perigo, principalmente os mitrons.

– Não, mamãe, tem algo errado. Eu não sinto que terminou. Amiotron me avisou que Caius corre perigo.

Não fizeram muitas comemorações no salão principal da cidade do céu, e eis que apareceu Krisna, agora separada do anelar do braço de Subpteus. Sua face demonstrava muito ódio e muita raiva.

– Olhe, Daidegan, agora ela só está ligada ao anelar pela luz, reparou? – disse Haivorés.

Haivorés disse isso porque sempre que Krisna aparecia, ela estava ligada a Subpteus pelo braço ou pelo fogo, mas desta vez estava separada dele. Somente uma luz a ligava ao anelar, e isto intrigou Haivorés, que fez o comentário com Daidegan.

– Sim, reparei.

– SILÊNCIO! – gritou Krisna. – Nada está acabado! A vitória não é de vocês! A vitória será MINHA! Quando eu destruir esse livro que contém os poderes de Caius, meu querido irmão, vou restabelecer meus poderes, reconstituindo o Diacroney! Vocês já sabem que quem me aprisionou nas profundezas de Eleanthus foi meu irmã, e agora é minha vez de reinar!

Ao dizer isto, Krisna caminhou para o ambão onde se localizava o livro. Conforme ela caminhava para lá, as trepadeiras que protegiam o livro cresceram como nunca para protegê-lo. Krisna, porém, não se preocupou com isso: lançou jatos de lava sobre elas, que se queimaram rapidamente. Ao ver que ela poderia conseguir pegar o livro, Haivorés tentou impedi-la. Avançou sobre ela, mas nem conseguiu se aproximar: foi lançado para longe somente com o movimento de sua mão.

– Sua bruxa! – disse Inalã. – Você nunca vai conseguir pegar o livro, somente passando por mim.

Dizendo isso, Inalã aproximou-se do lado onde se encontrava o livro, colocou suas mãos no chão e usou seus poderes para recriar as trepadeiras. Suas mãos ficaram azuis e as trepadeiras rapidamente cresceram, com muito mais poder do que antes. O crescimento era tão rápido que Krisna não conseguiu queimar todas ao mesmo tempo e acabou sendo enrolada, como se fosse uma múmia. As plantas, com o poder de Inalã, continuavam crescendo, e mais rápido ainda. Inalã usava tanto poder que se esgotava rapidamente. Vendo que não conseguiria segurar Krisna por muito tempo, pediu que alguém fizesse alguma coisa.

– O que podemos fazer? – disse Daidegan. – Inalã não vai segurá-la por muito tempo!

– Cael, o que você pode fazer? – perguntou Sairik.

– Eu não sei. Os mitrons não podem entrar aqui, destruiriam toda a árvore matriz e salão do livro. Eu não sei o que fazer!

Haivorés, que já se recuperara do ataque de Krisna, disse:

– Cael, só você pode ajudar. Lembre-se do que Caius disse a você, lembre-se do que o chefe mitron disse a você, lembre-se! E seja rápido!

– Eu não sei! Por que depende tudo de mim? Alifás já se foi por minha culpa, a cidade está destruída por minha culpa!

Inã interrompe:

– Não é sua culpa, você é quem salvou a cidade convocando os mitrons para derrotar os diacrons, você é nosso herói!

– Eu sei, Inã, mas demoro muito para saber o que fazer! Tenho que agir com mais rapidez. Não posso brincar com a vida de meus amigos. Isso me faz lembrar minha outra vida...

– RÁPIDO! Eu preciso de ajuda! – suplica Inalã, já no final de suas forças.

Krisna, presa entre as fortes trepadeiras, viu que Inalã já estava perdendo suas forças, enquanto seus amigos não sabiam o que fazer. Provocou, então, uma explosão, libertando-se da prisão de trepadeiras. Com isso, lançou Inalã contra uma parede, o que a fez desmaiar. Inã correu ao seu encontro para tentar ajudá-la. Nem tempo teve de chegar até lá: Inalã já se recuperava e deu a ordem a Inã:

– Inã, volte, vá ajudá-los! Precisamos proteger o livro!

Durante esse período, Daidegan, Sairik e Haivorés atacavam Krisna sem parar. Centenas de flechas eram atiradas sobre ela, contudo nenhuma chegava a afetá-la, pois o seu calor e seu fogo as queimavam antes que pudessem atingi-la.

– Continuem atacando! – disse Daidegan. – Cael, ande! Vamos, ataque!

Cael permanecia parado. Não ouvia o que Daidegan falava, só se preocupava com o que ele poderia fazer para ajudar.

De repente, ele sentiu um impulso, levantou-se e passou por entre os ataques, dizendo a Daidegan e aos outros:

– Eu já sei o que fazer.

Cael correu até o livro e, quando fez isso, as trepadeiras abriram caminho para que chegasse mais rápido a ele. No meio do caminho foi atacado por Subpteus, que aguardava escondido até ser solicitado por sua mestra. Inã, vendo o ataque, levantou-se e tomou a briga para si.

– Cael, eu confio em você! Se sabe o que fazer, faça logo! Eu cuido desse insignificante.

Estando libertado das lavas, que agora rodeavam Inã, que ataca Subpteus como nunca, Cael ficou sem ação, e a reação foi seguir, diante da força e agilidade que tinha aquela pequena elfa.

Cael rapidamente chegou ao livro. Quando isso aconteceu, uma grande luz apareceu, iluminando todo o ambiente, ofuscando a todos, inclusive Krisna. Quando Cael pegou o livro, abriu suas páginas e pronunciou as palavras que ali estavam escritas:

– Krisna, irmã de Caius, você não tem o direito de permanecer neste mundo, nem neste lugar. Diante deste fato, convoco Caius, seu irmão, o rei da luz e de Eleanthus, que te aprisionou no Diacroney e acabou também aprisionado, para que venha e a prenda novamente em uma parte do Diacroney, fazendo-a voltar para onde estava. Caius, eu o convoco para que venha e termine o que começou.

Com essas palavras, do livro surgiu uma grande luz, maior ainda do que a que já havia aparecido quando o livro foi aberto outras vezes. Do meio da luz, apareceu um jovem rapaz, todo de branco, com uma armadura reluzente, com um semblante reluzente, e luzes nas mãos.

– Que bom, Cael, que você descobriu o seu poder. Você percebeu que podia me convocar, assim como convocou os mitrons. Esse é o seu grande poder, além de muitos outros que descobrirá a cada parte do Diacroney que encontrar e destruir. O anelar vai ser o primeiro.

Caius olhou para Krisna. Era um olhar triste, e ele chorava.

– Minha irmã, por que tanta mágoa em seu coração? Nosso objetivo nesse mundo não era esse, não queria que nada disso tivesse acontecido. Meu maior sonho era viver em paz com você e com todas as criaturas que criamos aqui.

– Criamos? Você criou, e não deixou que eu fizesse nada. Só suas ideias eram boas, as minhas não serviam para nada. Então, eu tinha que destruir tudo para poder mostrar que eu também tinha poder. E agora eu vou destruir tudo novamente, e vou reinar para sempre.

Dizendo isso, ela lançou fogo sobre o livro que estava com Cael. Quando o fogo o atingiu, Cael teve dificuldades para segurar o livro, e Caius caiu de joelhos. Krisna percebeu isso e fez o seguinte comentário:

– O livro é a fonte de seu poder! Pois ERA! Agora eu vou destruí-lo!

Dizendo isso, avançou com ainda mais força e ainda mais fogo. Cael tinha novamente dificuldades para segurar o livro, e Caius pareceu enfraquecer, conforme o livro era atacado.

Vendo isso, Sairik sentiu que precisa fazer alguma coisa. Correu e entrou entre o fogo e o livro, livrando-o por alguns instantes. A dor parecia insuportável, e Inalã sentiu medo de perder seu pai. Gritou por ele e pediu que alguém o ajudasse. Seroc apareceu repentinamente no salão e invocou o poder do círculo de proteção, o mesmo feitiço que protegia a cidade dos mantifores na floresta de Daidegan. Usando suas mãos, envolveu Sairik com um campo que o protegia do fogo de Krisna, e isso deu a Caius novamente força para poder se levantar e lutar contra Krisna. Enquanto ela atacava Sairik, não percebeu que Caius se restabelecia, e já podia voltar a lutar.

– Krisna – chamou-lhe a atenção Caius. Ela voltou-se para ele rapidamente e cessou o ataque em hora oportuna, pois Seroc não conseguia mais manter Sairik protegido do fogo. Sairik caiu, Inalã rapidamente corre ao seu encontro.

– Pai! O senhor está bem? Vamos, responda?

Sussurrando, Sairik respondeu que sim. Pediu que ela tivesse calma e ajudasse no que fosse necessário.

Nesse momento, Caius aproximou-se bem de Krisna, segurou-a pelo pescoço, apertando-a até que ela ficasse sufocada.

– Inalã, convoque as plantas de Eleanthus e ordene que prendam Krisna novamente nos subterrâneos de Eleanthus, até que possamos destruir todos os elementos do Diacroney e destruí-lo para sempre, ou reunir e mandá-lo para casa para sempre.

Inalã, obedecendo a seu mestre Caius, novamente pôs suas mãos sobre o solo sagrado da árvore mãe e mentalmente solicitou que bloqueasse a saída do subterrâneo, para que assim Krisna jamais saísse de lá novamente. Uma brisa suave penetrou no ambiente, e todos perceberam que a árvore mãe e a árvore matriz estavam respondendo à sua ordem.

– Está feito, mestre Caius, as raízes impedirão que Krisna volte à superfície novamente sem que eu autorize.

– Muito bom – disse Caius.

– Agora, Krisna, você vai voltar para o fogo do vulcão, que é de onde jamais deveria ter saído.

– Mas eu tenho o anelar – disse ela. – A primeira parte do Diacroney é minha, e está com Subpteus, você jamais o terá. Eu estou na frente, e quem reunir primeiro o Diacroney será o vitorioso e reinará para sempre.

– Cale-se, sua tola. O anelar é apenas um dos elementos, faltam três para que o Diacroney se recomponha e nos dê todo o seu poder. Eu os criei e nem mesmo eu sei onde estão, nem ao menos como são. Só quem sabe é o mundo de Eleanthus, e o livro, que pode nos dar pistas de onde encontrá-los. E o livro é nosso, você jamais o terá. Quem tem mais poder? Eu ou você? Chega! Que seu fogo se apague. E que você volte para as profundezas de Eleanthus, ficando lá para sempre.

A luz de Caius iluminou Krisna, que apagou seu fogo: ela parecia uma mulher frágil e fraca.

– Cael, traga-me o livro.

Ele rapidamente levantou-se de onde estava e o entregou em suas mãos.

Caius elevou o livro acima de sua cabeça, abriu-o e pronunciou: "Pelo poder de Eleanthus, volte para seu túmulo e leve para lá todos os seus. Seu poder ficará aprisionado no livro de Damaiurás até que o Diacroney seja restaurado". O livro emitiu um raio de luz que envolveu totalmente Krisna, que começou a desaparecer. A última coisa que se pôde ouvir foi:

– Eu ainda voltarei, e ainda com mais poder e mais força. Você pode ter vencido está batalha, mas eu ainda posso derrotar você.

Dizendo isso, Krisna sumiu diante dos olhos de todos. Rapidamente, todos foram às janelas da cidade do céu e observaram que os diacris e dragões que restavam também rapidamente sumiram para as profundezas de Eleanthus, o que causou euforia e muita gritaria entre os que ainda batalhavam em Damaiurás. Todos olharam para a cidade do céu e viram nas janelas aqueles os quais já chamavam de "Heróis de Eleanthus".

Quando todos voltaram para o interior do salão, Caius ainda estava lá de pé. Agora estava diferente, parecia fraco e translúcido.

– Caius, o que houve? O que aconteceu? – perguntou Inalã.

Antes que pudesse responder, ele caiu. Inalã, rapidamente foi ao seu encontro e o colocou em seu colo. Estava já transparente e pronunciou a seguinte mensagem:

– Lembram-se de que o que acontece com Krisna também acontece comigo. Eu a mandei de volta para a sua prisão, então também tenho de voltar para a minha. Felizmente, sei que vocês estarão aqui para proteger o mundo de

Eleanthus e o livro de Damaiurás. É ele que vai dar todas as pistas para o próximo elemento do Diacroney, e vocês tem que encontrá-lo antes de Krisna. Ela não vai ficar presa por muito tempo, logo vai se libertar de novo, e vai procurar juntar os elementos e isso não pode acontecer.

Antes que pudesse terminar de falar, entrou no salão um dos soldados da guarda de Damaiurás:

– Com sua permissão, senhor Sairik.

– Sim. O que houve?

– Interceptamos um dos diacris que carregava em seu braço este objeto. Imaginamos que fosse importante.

– Rápido, soldado, dê a mim.

– É o anelar! – exclamou Haivorés. – Eu o vi no Conselho dos Astros Reis.

– É mesmo o anelar – confirmou Daidegan.

Todos riram muito, pois se lembraram de que Krisna havia dito que possuía o anelar. Quando ela percebesse que não o tinha mais, como iria ser?

– Rápido, tragam até aqui – pediu Inalã. Ela o pegou e entregou nas mãos de Caius. Quando o entregou, uma luz novamente envolveu Caius, e pareceu que ele iria continuar a existir em meio a eles.

– Como pode um elemento que eu criei ser agora o meu fim? Cael, você deverá ficar com ele, e por meio dele poderá me convocar quando necessário. Lembre-se de seu poder de convocar tanto as criaturas quanto eu. Contudo, não pode ser a qualquer momento, tem que ser em situações extremas.

Cael pegou o Anelar e o colocou no braço, sentindo o poder fluir em suas veias.

– Lembrem-se, meus amigos: somente o livro poderá dizer onde procurar o segundo elemento do Diacroney. – Dizendo isso, Caius desapareceu em um raio de luz e voltou para o livro, que rapidamente se fechou e voltou ao ambão, sendo coberto mais uma vez pelas trepadeiras.

Inalã ameaçou chorar, sendo porém rapidamente consolada por Inã e pelos outros.

– Vamos comemorar, tivemos uma vitória hoje – disse Daidegan.

Todos voltaram para a cidade de Damaiurás, e a festa já havia começado. Havia muita música e alegria, e todos entravam na festa.

Entretanto, Haivorés, Seroc e Daidegan entraram no castelo e iniciaram uma conversa sobre os acontecimentos que se sucederam na cidade. Cada um deu sua opinião, e a questão que ficou no ar: onde estarão as outras partes do Diacroney, o qual devem encontrar?

Já no subterrâneo de Eleanthus, Krisna, em meio às chamas em que estava desde o início, convocou Subpteus.

– Ainda está com o anelar?

– Mestra Krisna, ele foi tirado de mim ainda na cidade de Damaiurás...

Essa resposta enfureceu muito Krisna, que fez que o vulcão entrasse em erupção de tanto ódio por ter perdido o anelar.

Alguns meses se passaram e a vida em Damaiurás corria tranquila e mansa. Cael e Inã sempre visitavam os mitrons e os litírios, que agora viviam no Vale das Sombras. Inalã reconstituiu toda as florestas que foram destruídas nas batalhas, tanto a de Daidegan como a das montanhas dos picos azuis. Também a cidade, com a ajuda de todos, foi totalmente reconstruída.

Tudo parecia normal.

Em um belo dia...

LIVRO II

O AMENIDIUM

CAPÍTULO I

O Recomeço

Era um dia normal de treinamento na cidade de Damaiurás, onde Cael havia ficado, enquanto Daidegan e Inalã haviam voltado para a cidade da floresta, bem como Haivorés e Seroc. Todos haviam voltado para suas casas, esperando até que Caius os convocasse novamente.

Todos os dias, Inã e Cael treinavam juntos, esperando que começasse a busca pelo segundo elemento do Diacroney e por novos confrontos com Krisna. Sabiam que ainda não havia terminado a guerra, e que ainda muita coisa podia acontecer.

Em um destes dias algo estranho acontece na cidade do céu.

– Inã! Olhe! A cidade do céu parece estar brilhando! – disse Cael.

– Parece mesmo. Vamos! – respondeu Inã.

Correram para o interior do palácio, onde Sairik sempre estudava e lia os manuscritos de Eleanthus, em busca de alguma pista dos outros elementos do Diacroney. Ele se encontrava perdido no meio de tantos inscritos, que apareceram logo após a batalha anelar com Krisna em uma câmara secreta na cidade do céu e que nem mesmo ele sabia que existia.

– Senhor Sairik! A cidade do céu está brilhando! – disse Cael, o que foi confirmado por Inã.

– O quê? – respondeu ele. – Devemos ir para lá o mais rápido possível. Cael, você não pressentiu nada?

– Apenas um olhar súbito para a cidade do céu. Será que Caius me fez olhar para lá?

– Com certeza – disse Sairik, apressadamente.

Os três rapidamente subiram à cidade do céu e estranharam ao entrar no castelo da árvore matriz. Tudo parecia diferente: muito mais forte, com mais flores e trepadeiras, em grande quantidade. Ao entrarem, elas se afastaram, formando um corredor até o livro de Damaiurás, que brilhava como nunca. Cael rapidamente correu até o livro para abri--lo e para saber o que Caius tinha a dizer.

Ao se aproximar do ambão onde o livro estava, ele também foi envolvido pela luz que o livro emitia, e sentiu um poder imenso. Nem foi preciso abri-lo para que Caius aparecesse: o mesmo jovem de antes, contudo agora já não mais com vestes tão brancas. Estava com uma espécie de armadura que o protegia no peito. Parecia mais forte.

– Sejam bem-vindos – disse ele, estendendo as mãos. As trepadeiras, como por ordem, limparam o salão, deixando-o como antes.

– Tenho notícias sobre o Diacroney.

Ao dizer isto, causou espanto em Inã e Cael.

– Como? – perguntou Cael. – Diga-nos logo, precisamos saber. É sobre o segundo elemento?

Nesse momento, a ansiedade foi geral, todos os três esperando por uma mensagem de Caius e por uma nova esperança de encontrar o outro elemento, visto que já tinham o primeiro, que haviam roubado de Subpteus quando este fugia de Damaiurás. O anelar, aliás, estava guardado na cidade do céu, na sala do livro, lugar que acharam ser o mais seguro, pois lá Caius poderia protegê-lo.

– Caius, diga o que precisamos fazer para encontrar o segundo elemento! – foi o pedido geral dos três que estavam no salão. Contudo, a de Sairik foi a que se destacou.

Caius, muito prudente, respondeu.

– Cael, você deve ler o livro e interpretar a mensagem para poder começar a busca do Amenidium. Este agora é o segundo elemento do Diacroney. Não podemos correr o risco de que Krisna tenha informações antes de nós sobre este segundo elemento, ela não pode se apossar dele antes de nós. Agora, ela também está mais forte, e não devemos ignorá-la.

Dizendo isso, ele desapareceu e o livro se abriu sozinho na frente de Cael.

Uma grande surpresa para Cael apareceu no livro...